Amoureux du Grand Nord qu'il a découvert dans les romans de Jack London, Nicolas Vanier, né en 1962, explore depuis toujours les grands espaces vierges, du Labrador à la Sibérie en passant par l'Arctique, à cheval, en canoë ou en traîneau à chiens. Écrivain, photographe, réalisateur, il a livré ses découvertes, ses rencontres et ses émotions dans une vingtaine d'ouvrages (albums, romans et récits de voyage) et dans des films comme *L'Enfant des neiges*, *Le Dernier Trappeur* ou encore *Loup*, adaptation du roman paru en 2008 chez XO Éditions et tourné en Sibérie dans des conditions jamais réalisées.
Son dernier roman, *Belle & Sébastien*, a paru chez XO Éditions en 2013 et a été adapté au cinéma la même année.

**Retrouvez toute l'actualité de l'auteur sur son site :**
**www.nicolasvanier.com**

# BELLE
ET
SÉBASTIEN

## DU MÊME AUTEUR
*CHEZ POCKET*

LE GRAND BRAME
BELLE & SÉBASTIEN

L'ODYSSÉE BLANCHE
L'OR SOUS LA NEIGE
MÉMOIRES GLACÉES
LOUP
DESTIN NORD

### LE CHANT DU GRAND NORD

1. LE CHASSEUR DE RÊVE
2. LA TEMPÊTE BLANCHE

### LE GRAND VOYAGE

1. MOHAWKS ET LE PEUPLE D'EN HAUT
2. LA QUÊTE DE MOHAWKS

# NICOLAS VANIER
Avec la collaboration de Virginie Jouannet

# BELLE
## ET
# SÉBASTIEN

D'après le scénario du film *Belle et Sébastien*
écrit par Juliette Sales, Fabien Suarez et Nicolas Vanier,
produit par Radar Films, Épithète Films, Gaumont, M6 Films,
Rhône-Alpes Cinéma.
D'après la série *Belle et Sébastien* écrite et réalisée
par Cécile Aubry.

XO ÉDITIONS

Pocket, une marque d'Univers Poche,
est un éditeur qui s'engage pour la préservation
de son environnement et qui utilise du papier fabriqué
à partir de bois provenant de forêts gérées
de manière responsable.

Le Code de la propriété intellectuelle n'autorisant, aux termes de l'article L. 122-5, 2° et 3° a, d'une part, que les « copies ou reproductions strictement réservées à l'usage privé du copiste et non destinées à une utilisation collective » et, d'autre part, que les analyses et les courtes citations dans un but d'exemple et d'illustration, « toute représentation ou reproduction intégrale ou partielle faite sans le consentement de l'auteur ou de ses ayants droit ou ayants cause est illicite » (art. L. 122-4).
Cette représentation ou reproduction, par quelque procédé que ce soit, constituerait donc une contrefaçon, sanctionnée par les articles L. 335-2 et suivants du Code de la propriété intellectuelle.

© XO Éditions, Paris, 2013
ISBN : 978-2-266-24608-8

*À nos deux Sébastien,
Medhi et Félix*

Première partie

## 1.

Dans le ciel immuablement bleu de ce matin d'été, la menace planait, masquée par le ruissellement du soleil qui éclaboussait les pentes abruptes, les alpages piquetés de fleurs et embrasait les rochers d'un éclat violent, presque aveuglant.

Alertée par une ombre fugitive, une vieille marmotte postée en chandelle émit un long sifflement, signal de la présence d'un danger imminent. Aussitôt, la colonie occupée à manger détala dans l'herbe rase, filant vers les galeries souterraines, mais déjà l'aigle avait plongé depuis le fond du ciel, aussi lourd qu'une pierre. Au dernier moment, il infléchit sa trajectoire et fila à ras de terre, immense et sombre, les ailes déployées. Négligeant les adultes trop vifs, il choisit un marmotton à la course erratique. Il n'eut qu'à l'arracher dans ses serres, puis remonta vers le ciel en quelques coups d'aile. Là-haut, sur le pic de la montagne, deux aiglons affamés réclamaient de la viande.

— Tu l'as vu ?

Le vieil homme se tourna vers son petit-fils qui s'était arrêté, bouche bée. Son visage, d'habitude si prompt au rire, parut se froisser de chagrin.

— Tu crois qu'il va souffrir ?
— Non. Il est sans doute déjà mort. C'est la loi de la nature.
— Est-ce qu'elle est méchante ?
— Jamais. Mais elle peut être dure. Et c'est une grande maîtresse. Pourquoi crois-tu que l'on chasse ?

Il désigna son fusil, puis d'un coup de menton celui de l'enfant, qui tenait fièrement une réplique miniature, en bois, reçue deux mois plus tôt pour fêter ses huit ans. César avait beau redouter la sensibilité exacerbée de Sébastien, il ne voulait pas lui raconter des histoires. Le petit avait passé l'âge des contes de fées, si tant est qu'il l'ait jamais eu ! Celui-ci secoua la tête et contesta.

— Mais une balle, ça tue d'un coup ! On souffre pas !
— La mort reste la mort, ne l'oublie jamais. Elle se passe d'excuses.

Il se remit en marche, et perçut bientôt le trottinement derrière lui. Ils grimpèrent en silence, pénétrés par le calme majestueux des montagnes. Voilà bientôt une heure qu'ils avaient quitté la forêt de pins et de mélèzes pour attaquer le versant nord du massif, et le sentier raidissait toujours plus. Semées d'une myriade de gentianes, chardons et soldanelles bleus et mauves, les pentes herbues déroulaient un poudroiement de Voie lactée. Au-dessus, l'herbe se raréfiait, la roche affleurait, et le mauve des saponaires faisait place, par endroits, aux rares fleurs jaunes du génépi.

Un groupe de tétras lyre jaillit d'un taillis de groseilliers sauvages et s'envola en désordre. Le vieux les laissa aller, sans faire mine d'épauler, se contentant de compter les lyres du plus vieux mâle de la compagnie.

La beauté de la balade lui avait fait oublier son souci, qui revint l'assaillir quand il aperçut la trace, en plein sur le sentier. Il se figea aussitôt et fit signe à l'enfant d'approcher.

— Regarde. Une empreinte pareille, avec ses doigts écartés, c'est pas un loup.

L'enfant leva un regard interrogateur vers l'aïeul.

— C'est la Bête, pour sûr.

La trace disposée en étoile semblait gravée dans la terre, comme un avertissement. Le soleil avait dû changer les autres en poussière, mais celle-ci, protégée par l'ombre d'une grosse pierre, était intacte, large comme une main ouverte.

Accroupi, le vieil homme inspecta les alentours et finit par distinguer une autre empreinte, à demi cachée par le talus herbeux. Il murmura pour lui-même, d'un ton soucieux :

— Il a filé par la ligne des crêtes. On va le suivre, et avec un peu de chance…

— Tu veux le tuer, Papé ?

— Trois moutons, qu'il m'a égorgés, trois, en une semaine ! Si je le laisse continuer, c'est nous qu'il fera crever de faim. Bien sûr que je vais le tuer !

Il se redressa en réprimant une grimace de douleur et fouilla dans sa poche pour en tirer une balle qu'il engagea d'un geste rapide dans le canon de sa vieille Mauser.

— Avec cette chaleur, il a dû se mettre à l'abri, là-haut. À présent, je veux que tu restes aussi silencieux qu'une souris.

L'enfant acquiesça sans un mot. Un frisson d'effroi,

mêlé à une sourde excitation, le traversa. Son grand-père n'avait pas l'habitude de s'énerver pour rien, mais la Bête avait attaqué le troupeau. Elle devait mourir.

Ils marchèrent encore une heure avant d'atteindre le col qui débouchait sur la ligne des crêtes. Le soleil cognait dur, mais c'était leur meilleure chance de déloger l'animal, probablement endormi dans un repli de la roche ou une grotte bien fraîche. Partout où le regard portait, ce n'étaient que pics enneigés, abîmes vertigineux, aiguilles minérales qui défiaient la pesanteur, massifs gris taillés à vif par l'érosion. Pas un souffle de vent. Les rapaces avaient déserté le ciel de plein midi.

L'homme et l'enfant stoppèrent à l'ombre d'un cairn édifié à l'aide de blocs de granit. Le vieux en profita pour désaltérer Sébastien, car la journée serait longue et ils ne trouveraient pas de point d'eau sur les hauteurs. Lui se contenta d'une rasade de génépi qui lui fouetta les sangs. Ils soufflèrent un moment avant de repartir. Les lacets du sentier recelaient des passages traîtres, mais César connaissait si bien la montagne qu'il aurait pu s'y engager les yeux fermés. Quant au petit, depuis qu'il était en âge de marcher, il gambadait sur les chemins des hauts alpages et avait acquis l'agilité d'un jeune bouquetin. Depuis quelque temps déjà, César le laissait aller seul, à condition de respecter des règles strictes : ne pas traîner du côté des crêtes, et revenir avant la tombée du jour.

La soif était revenue torturer Sébastien. L'eau bue au col l'avait avivée au lieu de l'étancher. Il avait de plus en plus de peine à déglutir. Pour attiser son supplice, il voyait battre la gourde au flanc du sac à dos de César, mais il n'osait l'appeler, de peur de rompre le rythme. Le vieil homme avançait d'un pas tranquille, mais sans jamais infléchir la cadence. Pour être digne de lui, le garçon serra les poings, banda ses muscles douloureux et trottina plus vite en songeant à la Bête, sans parvenir à décider s'il voulait la dénicher ou si, au contraire, il souhaitait qu'elle s'échappe.

Soudain, une détonation claqua dans l'air, si durement que l'enfant crut en ressentir le souffle. Dans les rochers, à moins de cinquante mètres de distance, un chamois surgit, le poitrail ensanglanté. Il parut tituber sur la pente, avant d'être aspiré par le vide. Son corps plongea, heurta un aplomb rocheux et rebondit pour chuter dans l'abîme, le long de la paroi. Chute interminable et silencieuse, plus terrible qu'un cri.

Sébastien lutta pour ne pas gémir. Le vieil homme, en revanche, ne se gêna pas et jura furieusement tout en cherchant à apercevoir les chasseurs en contrebas.

— Bande de fumiers ! Tuer une femelle en plein été !

Le reste de la harde des chamois avait détalé, fuyant le couloir rocheux où, une seconde plus tôt, ils ruminaient à l'ombre. Les mères poussaient leurs petits affolés, et en un clin d'œil les animaux avaient disparu dans l'éboulis de pierres. Tous, sauf un, une silhouette fragile qui tremblait tellement sur la corniche que même à cette distance on voyait son corps frémir.

— Papé, le cabri ! Regarde !

Le chamois orphelin ne devait pas avoir plus de deux mois. Il se tenait sur le balcon de roche où sa mère avait disparu, incapable de trouver une issue maintenant qu'il était seul. Son cri s'éleva, strident, déchirant.

César se mit en marche, suivi par Sébastien qui en avait oublié soif et fatigue. Arrivé à l'aplomb du vide, juste au-dessus du chevreau qui bêlait toujours, le berger évalua les distances. Une bonne vingtaine de mètres le séparaient du rocher, et la pente était bien trop raide pour s'y risquer. D'un autre côté, si on laissait l'animal là, il ne survivrait pas. D'un coup d'épaule, le berger déchargea son sac et le retourna d'un geste vif. Le déjeuner se répandit dans la poussière, ainsi que son couteau, un piolet et une longue corde qu'il emportait toujours lorsqu'il partait vers les cols. Il détacha la gourde et fit signe à Sébastien d'approcher en désignant la corde.

— Maintenant, tu m'écoutes attentivement, bonhomme. On peut pas laisser cette bestiole crever ici. On a pas le choix, et il faut faire vite. Alors, je vais te descendre jusqu'au rocher, au bout de cette corde. Tu enfileras mon sac à l'envers, sur ton ventre, comme ça, quand tu seras arrivé en bas, tu pourras y fourrer le chevreau pour la remontée. Ensuite, je te tirerai jusqu'à moi. Tu t'en sens capable ?

Le visage du vieil homme, tanné par les années, était plissé d'inquiétude, mais son regard demeurait calme, d'un noir brillant qui enveloppait l'enfant avec bienveillance. Sébastien acquiesça, la gorge serrée, et se laissa harnacher, les bras ballants.

César ajusta le sac sur sa poitrine en resserrant au maximum les lanières, puis il glissa la corde sous ses aisselles et la noua en veillant à laisser assez de lest pour ne pas entraver les mouvements du garçon. Il évalua une nouvelle fois les distances, puis alla se camper derrière une butée de terre, afin d'avoir un maximum d'appui au cas où ses forces viendraient à flancher. Il attacha la corde à sa ceinture et enroula le reste autour de son avant-bras. Tout était prêt. Il cracha dans ses paumes et les frotta vivement avant d'empoigner la corde, les pieds fermement ancrés dans le sol. Enfin, il poussa un gros soupir et fit signe à l'enfant.

Sébastien s'approcha du vide, le souffle haché par l'appréhension. Pour se donner du courage, il s'efforça de se concentrer sur le bébé chamois qui bêlait à fendre l'âme plutôt que sur l'abîme qui s'ouvrait à ses pieds. On aurait dit que le monde dansait sous l'effet de son vertige ! Le cabri lui parut minuscule, perché sur l'étroit balcon de pierre. L'animal tremblait si fort qu'on ne savait plus si c'était à cause du cri ou sous l'effet de la panique, mais il pouvait basculer d'un instant à l'autre. C'est ce qui décida Sébastien. Sans plus réfléchir, il empoigna le cordage rugueux et s'y accrocha de toutes ses forces en se laissant glisser, les pieds collés au dévers. Des pierres dégringolèrent pour rebondir autour du chevreau, sans qu'aucune, par miracle, ne l'atteigne. Et puis, sans prévenir, la pente fit place au vide, l'attache se tendit brutalement, et sous la violence du choc Sébastien eut le souffle coupé. Il se sentit basculer, mais, avant même d'avoir peur, il se balançait déjà en l'air, comme un pantin. La voix de son grand-père retentit au-dessus de lui :

— Quand tu seras arrivé en bas et que tu auras mis le petit dans le sac, tire un bon coup et je te remonte. T'inquiète pas, je te tiens bien.

Sébastien se garda de répondre pour ne pas effrayer

davantage le chamois, qui avait levé le museau sans paraître rien voir, les pupilles voilées de terreur. Ses bêlements s'étaient mués en une plainte lancinante, et l'enfant se demanda s'il appelait sa mère.

La corde descendait par à-coups, mais soudain quelque chose, un mouvement trop vif ou un obstacle, le fit tournoyer brutalement. César bloqua son effort jusqu'à ce qu'il se stabilise. Puis il redonna du lest et l'enfant glissa plus bas. Il n'y avait rien d'autre à faire que de se laisser tomber doucement, mètre après mètre.

Sébastien arriva au niveau de la corniche située à deux bons mètres de lui. Alors, il s'élança en donnant à ses jambes, puis à tout son corps, un effet de balancier. Ses pieds touchèrent enfin le rocher. Aussitôt, les bras en avant, il agrippa une branche de cornouiller séchée et se rétablit sur le rocher. L'animal eut un soubresaut qui aurait pu l'envoyer dans le vide. Sébastien assura sa prise, et, en s'approchant un peu, parvint à glisser sa main libre sous le ventre chaud et étonnamment doux du cabri.

— Viens là, petit, je veux pas te faire de mal…

Le cœur du chevreau battait à tout rompre sous ses doigts, son pelage était humide de sueur. Sébastien empoigna l'animal et le souleva sans difficulté, puis tâtonna pour ouvrir le sac à dos. Le chamois avait cessé de bêler et son corps s'alourdit brusquement, comme s'il comprenait que son seul espoir d'en réchapper tenait à sa docilité. Sébastien réussit à le placer à l'intérieur du sac de toile, dont il resserra le cordon pour bloquer toute tentative de fuite. Après quoi, il secoua la corde, en chuchotant :

— Tu vas voir, on va s'envoler et puis tu seras sauvé. T'inquiète pas, César est fort comme un géant.

Il se sentit hissé lentement, réalisa la dureté de l'effort, puis chassa toute peur de son cœur, parce qu'il avait une confiance aveugle en son grand-père. Sébastien enfouit le visage dans le court pelage. Le chamois exhalait une senteur de musc, de fourrure chaude et d'herbe sèche.

## 2.

Tandis que l'enfant caressait le chanfrein du cabri, César sortait sa flasque et avalait deux bonnes gorgées de génépi. L'alcool se répandit dans ses veines comme une vague et apaisa son tremblement. Il avait vraiment eu peur cette fois, pas tant pour lui et son vieux cœur que pour le garçon. Il s'apprêtait à vider la flasque quand il sentit peser sur lui un regard réprobateur. Il la rangea dans sa poche en maugréant, et exagéra sa mauvaise humeur pour détourner l'attention de son petit-fils.

— On part chasser une bête qui bouffe nos moutons et on revient avec un cabri, je te jure !

Il savait que Sébastien n'aimait pas le voir boire. En général, il attendait le soir, à la veillée, et il évitait de le faire en montagne, surtout quand ils étaient ensemble.

— On rentre, alors ?
— On va à la bergerie. Mais d'abord on casse la croûte.
— Et lui ? Il faut lui donner un nom.
— Tu pourrais l'appeler « Veinard » !
— C'est moche ! Maintenant qu'il est orphelin, il faut lui trouver un vrai nom...

Le visage du vieil homme s'assombrit d'un seul coup. Sébastien n'y prêta pas attention, trop occupé par sa recherche :

— Fortuné, Désiré, Miracle… Et si je t'appelais Éclair ? Ou Foudre ? Tu aimes ça, Foudre ?

La bergerie n'était qu'à une bonne heure de marche. Ils revinrent au col et descendirent vers les alpages en empruntant un raccourci escarpé. Le vieil homme sentait la fatigue alourdir ses jambes et s'appuyait plus fort que de coutume sur son bâton. Il était contrarié d'avoir interrompu sa traque, mais se consolait en pensant qu'il aurait fallu sans doute passer la journée avant d'espérer rejoindre la Bête. Il commençait à se faire vieux, et la lassitude de ses os l'inquiétait. Il devait encore tenir quelques années, le temps que le garçon devienne un homme. Évidemment, Angelina veillait au grain, mais il n'était pas question qu'elle se sacrifie, il ne le voulait en aucune façon. Elle aussi avait été recueillie enfant et, maintenant qu'elle était en âge d'aller à ses premiers bals et de rêver à ses premières amours, voilà que la guerre avait éclaté. Non, décidément, la période était déjà bien assez dure sans qu'elle prenne en charge un enfant qui n'était pas le sien, même si elle le considérait comme son petit frère.

Ignorant le sujet de préoccupation de son grand-père, Sébastien gambadait sur la route tout en surveillant le cabri sagement lové dans le sac à dos du berger. César se fit la promesse de lui parler bientôt. Plus tard, quand cette fichue guerre serait finie…

Le dernier kilomètre s'effectua à travers un bosquet de mélèzes et de pins, dans une pénombre bienfaisante. Enfin, ils débouchèrent à la lisière des arbres, au-dessus d'une vaste combe d'alpages. Coiffée d'un toit de lauzes, la bergerie se dressait sur une butte. Trapue et grise, pourvue de deux ouvertures étroites, elle dégageait une impression de solitude et de force. Tout autour, avec ses versants en pente douce, son herbe drue, l'endroit composait un alpage idéal, assez vaste pour nourrir les bêtes le temps de l'estivage. Le troupeau s'était dispersé vers l'ouest, à l'endroit habituel, et tout semblait normal. César évalua d'un regard les moutons et souffla, rassuré.

Il rejoignit un groupe de brebis flanquées de leurs agneaux en dégageant doucement le cabri de son sac à dos. Il lui flatta l'encolure en murmurant des paroles de réconfort :

— On va te trouver une nouvelle maman, tu vas voir.

Sans hésiter, il se dirigea vers une femelle solitaire, s'accroupit à quelques pas et poussa le cabri dans sa direction. Sébastien l'interrogea à mi-voix :

— Pourquoi celle-là ? Elle a l'air malade.

— Elle vient de mettre bas un agneau mort-né. On va bien voir si elle accepte un autre petit. Une femelle qui a perdu le sien est capable du pire comme du meilleur. Ton Veinard va avoir besoin d'un autre coup de chance.

— Il s'appelle pas Veinard !

— Tais-toi et regarde.

L'animal se dirigeait d'un pas hésitant vers la brebis, attiré par un vague relent de lait. La femelle avait les pis gonflés et douloureux. Quand le cabri se pressa contre son flanc, cherchant à téter, elle esquissa une amorce de ruade, parut changer d'avis, puis entreprit de le renifler à son tour, sans trop de ménagement. Tremblant, le cabri se laissait bousculer en émettant un bruit de gorge, entre le bêlement et la plainte. Est-ce son cri qui apitoya la mère en mal de petit ? En tout cas, elle commença à le lécher vigoureusement. César poussa un soupir de satisfaction.

— C'est bon signe, si elle le lèche. Il est sauvé... du moins pour l'instant !

Affamé, l'orphelin cherchait toujours, reniflant les flancs de la brebis. Il finit par trouver le pis et s'accrocha pour téter goulûment. La mère avait cessé de le débarbouiller et se laissait faire, paisible. Sébastien s'assit par terre, émerveillé par le spectacle. César l'observait, le cœur serré. S'il avait pu détenir le secret de la joie, il en aurait prélevé chaque jour une part pour contenter cet enfant. Les brusques accès de tristesse de Sébastien le désespéraient, même s'il n'en montrait rien. Il se remit debout et s'étira longuement.

— Bon, assez perdu de temps. Je vais rentrer les moutons. Avec cette bête qui traîne par là-haut, je suis pas tranquille. Dis à Angelina que je rentrerai tard.

Après un dernier regard au cabri et à la brebis, le garçon se leva d'un bond et s'éloigna en trottinant vers le sentier qui menait au village. En le voyant si vif, César ne put s'empêcher de crier une dernière recommandation :

— Et tu passes direct par le sentier des Glantières, pas de détours, c'est compris ?

L'enfant acquiesça d'un geste de la main, sans même se retourner. Résistant ou non, le petiot ne tarderait pas à avoir son compte de fatigue. César attendit de le voir disparaître, puis, d'un pas lourd, il avança vers le troupeau et repéra la bréhaigne dominante. La bête était accoutumée à suivre des ordres simples. Il l'appela, soulagé de voir le troupeau s'ébranler sagement à sa suite. Une fois de plus, il se répéta qu'il devait trouver un chien. Regrouper le troupeau, surveiller les bêtes sans aucune aide devenait trop rude pour lui. Il songea avec nostalgie à son vieux compagnon mort l'hiver précédent, un bâtard croisé avec un berger des Pyrénées, qui l'avait accompagné pendant plus de dix ans.

## 3.

Les moutons enfin parqués dans l'enclos qui jouxtait la bâtisse, César pénétra dans la salle commune de la bergerie. La pièce était basse, fraîche, et la pénombre plus épaisse après la lumière du dehors. Il demeura quelques instants immobile, le temps d'accoutumer ses yeux, et sembla hésiter. La porte en bois, cachée au fond de la salle, l'attirait irrésistiblement. Il pouvait très bien piquer un somme pour se remettre d'aplomb. Ensuite, il trairait les brebis et rentrerait tôt au chalet. Angelina serait contente. Ils dîneraient ensemble, tous les trois, comme autrefois, en racontant quelques vieilles légendes à Sébastien ou en échangeant les nouvelles du voisinage avec Angelina. Depuis quand n'avait-il pas passé le temps ainsi ? L'incident avec le cabri l'avait secoué. Il haussa les épaules, furieux de ne pas pouvoir résister à la tentation. C'était la faute de cette satanée guerre, et toutes ces douleurs rentrées que l'on portait cachées en soi... Et puis il n'avait pas sommeil. Pas vraiment.

Dans l'étroit débarras, l'odeur le prit à la gorge et il en oublia ses scrupules. Malgré la pénombre, il distinguait les contours de l'alambic. Même les yeux fermés, il en connaissait chaque courbe, tant l'assemblage lui était familier. Il empoigna une bouteille vide, et la plaça sous le bec en cuivre d'un grand récipient qu'il avait à moitié rempli la dernière fois. Il écouta le génépi ruisseler tandis que l'odeur âcre de l'alcool le prenait à la gorge. C'était la promesse de l'oubli qui coulait ici ! Le flacon rempli, César le porta à ses lèvres et avala une grosse lampée, de quoi étancher sa soif, puis il claqua la langue et confirma : « Fameux. » Il s'apprêtait à remettre ça quand il perçut un bruit qui venait de l'extérieur, une galopade, puis des coups vigoureux résonnèrent contre la porte. Quelqu'un l'appelait et César crut reconnaître la voix du maire. Brusquement inquiet, il se dépêcha de ranger sa bouteille au pied de l'alambic, si vite qu'il sentit le précieux liquide déborder et se déverser sur le sol en terre battue. Étouffant un juron, il rebroussa chemin, le cœur battant, comme un homme pris en faute. Il referma soigneusement la porte en espérant que personne ne reniflerait les effluves de génépi. Au pire, il prétexterait avoir bu un coup. Après tout, il était chez lui, il pouvait bien faire ce qui lui plaisait, et avaler un remontant quand il le voulait. N'empêche, si Marcel soupçonnait la présence de l'alambic, il était cuit ! Avec ces maudits Allemands, ce qui valait jadis une simple amende pouvait vous causer de sérieux ennuis. Même le maire, encouragé par les circonstances (et son imbécillité naturelle), se croyait obligé d'en rajouter et de faire la chasse à tous les contrevenants. Tant qu'on ne parlait pas de Résistance…

Il éleva la voix en forçant sa mauvaise humeur, pour faire plus naturel.

— Ça va, on vient ! C'est pas permis de faire un boucan pareil et de réveiller les braves gens !

En ouvrant la porte, l'air catastrophé de Marcel le fit presque sourire, mais il déchanta très vite en apercevant le petit groupe agglutiné derrière lui. Soutenu par deux compères, André, le berger voisin, gémissait doucement, le teint livide. Le sang avait détrempé ses pantalons et César se demanda un instant s'il n'avait pas pris une balle perdue. Pourtant, il aurait juré n'avoir entendu qu'une seule détonation ce matin. Il se renfrogna encore.

— Qu'est-ce qu'il a fichu ?
— C'est la Bête. Elle l'a attaqué !
— La Bête ? !

Vexé qu'on parle pour lui, André cessa de gémir pour répondre d'un ton rogue :

— Direct, sans prévenir. J'ai à peine eu le temps de lever mon arme qu'elle me sautait dessus. Je n'ai rien pu faire, à cause de mon barda. Et puis je ne m'y attendais pas. Paulo a épaulé et ça l'a fait détaler.

Le Paulo en question opina du chef en précisant que son fusil n'était même pas chargé, mais que l'animal connaissait pour sûr la menace des armes parce qu'il avait déguerpi sitôt le fusil levé.

— Tu aurais vu le morceau ! Un vrai monstre, énorme, avec des yeux luisants comme les feux de l'enfer ! Et une de ces mâchoires !

En dépit de sa faiblesse, André approuva bruyamment en roulant de gros yeux effrayés. Derrière la douleur, on sentait poindre une fierté absurde, celle d'avoir survécu au démon qui terrorisait la région depuis quelques semaines. Le maire tempéra ses effets, toujours pragmatique.

— Tu pourras te vanter plus tard, pour l'instant, tu as besoin qu'on désinfecte ça...

Le berger leur fit signe d'entrer et désigna la table en chêne. Malgré les protestations du blessé qui se voyait déjà amputé, comme les soldats en 1914, les chasseurs l'allongèrent sur la planche en bois brut, tandis que César allumait la lampe à huile pour mieux distinguer la plaie. D'un geste sec, il fendit la toile du pantalon et écarta le tissu sanglant. La plaie était profonde, une vilaine morsure en haut du mollet qui témoignait d'une solide mâchoire. Il laissa fuser un sifflement de surprise, puis alla chercher la boîte en fer-blanc où il rangeait les bandes, un baume cicatrisant, des aiguilles, du fil et une vieille pince à écharde. Il fallait d'abord arrêter le saignement et désinfecter la plaie. Il puisa dans sa poche en priant pour qu'il lui reste du génépi dans sa flasque, sinon, il serait obligé de se rendre dans le débarras devant les autres. Dieu merci, il n'avait pas tout bu. Dédaignant les protestations d'André qui avait désormais le teint d'un cierge, il fit signe pour qu'on l'aide à maintenir le blessé, puis versa l'alcool sur la plaie, provoquant un hurlement de douleur. Agacé par ses cris, il gronda sèchement :

— Bon sang, c'est pas Dieu possible de gueuler comme ça ! Arrête, André, tu nous casses les oreilles. Tu parles d'un héros !

— Si cette pourriture m'avait pas pris en traître, je l'aurais eue du premier coup !

— C'est sûr que pour descendre un chamois sans défense, t'es meilleur...

— Tu sous-entends quoi, César ?

Le maire semblait fâché, mais son regard fuyant confirma les soupçons du vieux berger.

— C'est pas vous peut-être qui avez tiré la femelle, y a pas trois heures ?

— Et comment tu le sais que c'était une femelle ? gémit André, le chamois a chuté dans le ravin...

— Parce qu'avec Sébastien, on a récupéré le cabri, voilà comment je le sais ! Et je sais aussi que quand je tire un gibier, j'ai pas besoin d'aller lui compter les mamelles pour savoir si c'est un mâle ou une femelle ! Alors, viens pas te vanter maintenant avec la Bête, sinon j'irai raconter que tu confonds les filles et les garçons ! Tu feras beau voir aux fêtes de fin d'estive, quand tu voudras inviter une danseuse !

Il se mit à rire et le maire intervint pour calmer les esprits. Marcel avait discerné une violence inaccoutumée chez le berger, et il préférait ne pas envenimer les choses. Malgré son sale caractère, César n'avait pas son pareil pour pister un gibier, et se fâcher avec lui n'était pas très malin, surtout par les temps qui couraient.

— César...

— Quoi, César ? Toi aussi, tu y étais et t'as rien empêché ! Quels fameux chasseurs vous faites !

— Ce n'est pas le moment...

— C'est jamais le moment !

Néanmoins, il se calma, conscient de frôler les limites. Histoire de reprendre une contenance, il se concentra sur la plaie où le sang avait cessé de suinter. Le plus urgent était fait. Les bords étaient propres, d'un rouge bien vif, mais il faudrait des points de suture car les morsures avaient entamé profondément la chair. Ignorant les grimaces d'André, il pansa le mollet à l'aide d'une bande propre et serra un peu fort, pas mécontent d'infliger une leçon à l'imbécile.

Il avait paré au plus urgent et cela tiendrait le temps de rejoindre le village. Guillaume se chargerait de le recoudre. Il demanda, moins par curiosité que pour meubler le silence qui devenait gênant :

— Vous étiez sur la crête des Gourjon ?

— Non. La Bête s'enhardit, faut croire. C'était au sentier des Glantières, alors qu'on rentrait... Elle a surgi de nulle part et nous a sauté dessus.

— Nom de Dieu !

Le teint du vieil homme devint aussi blême que celui du blessé. L'espace d'un instant, il fut incapable de bouger ou de parler, paralysé par la vision du garçon avançant sur le chemin, vers la bête enragée. La terreur lui broyait la poitrine. C'est lui qui l'avait envoyé là-bas, et tout ça pour boire tranquille ! Étreint par l'angoisse, il chancela, et sa main chercha un point d'appui. Le maire, qui s'était précipité en le voyant changer de couleur, eut juste le temps de le rattraper.

— Hé ! Qu'est-ce qui se passe, César ? Tu as un malaise ?

— Sébastien... Il y est... aux Glantières. Il est parti, y a pas un quart d'heure...

— Sainte Mère !

Les chasseurs se dévisagèrent, consternés. Tous avaient vu les dégâts infligés par la Bête, les carcasses de moutons éventrés, les entrailles fumantes répandues sur l'herbe, les gorges déchiquetées. En cas de mauvaise rencontre, l'enfant était perdu.

## 4.

Sébastien avait dévalé la montagne sans reprendre son souffle, porté par le bonheur d'avoir sauvé le cabri. Il connaissait le sentier par cœur, chaque pierre, chaque aspérité, car il l'empruntait presque chaque jour en été pour aller aider son grand-père avec le troupeau. S'il adorait suivre le vieux berger, il aimait presque autant les moments de solitude, parce qu'il se sentait alors libre de découvrir le monde. Parfois, il rêvait d'être un aigle, de voler au-dessus des cols, de passer les montagnes et d'aller, au-delà de la frontière, jusqu'en Amérique.

Il longea le lac aux marmottes, traversa une forêt de pins centenaires bruissante de souffles et de craquements mystérieux puis traversa le torrent qui irriguait la vallée de Saint-Martin, quatre kilomètres en contrebas. Mais, au lieu de passer par le petit pont, il choisit de sauter la rivière. Le niveau de l'eau avait baissé et permettait le passage à gué. Évidemment, il faillit glisser sur le rocher du milieu, encore couvert de mousse verte, et son éclat de rire fit s'envoler un groupe de bartavelles. Il fit une pause sur son rocher favori, rien ne le pressait, même s'il lui tardait de raconter sa journée à Angelina. Déjà, il imaginait sa bouche arrondie de stupéfaction et de plaisir quand elle apprendrait qu'ils avaient sauvé un cabri, avec Papé. C'était une bonne journée, un jour pour faire un vœu. Si seulement Elle pouvait revenir… même pour la Noël, ce serait un cadeau fabuleux. Finalement, il se releva d'un bond et repartit comme une flèche.

En abordant le sentier de Glantières qui longeait le torrent, il ralentit le pas, car la pente était traître. Alerté par un bruit, il stoppa sa progression et vit débouler une flèche de fourrure, au beau milieu du chemin. Le lapin détalait à toute allure et Sébastien se demanda ce qu'il fuyait comme ça. À croire qu'il était poursuivi par les flammes. Brusquement inquiet, il retint son souffle, les sens en alerte. Quelque chose approchait, il le sentait. Il crut percevoir un souffle rauque et leva les yeux vers le goulet en pierre qui tournait dans la pente.

Là, au beau milieu du chemin, barrant le passage, la Bête se tenait à demi ramassée sur elle-même. Entre ses pattes gisait un lièvre égorgé. En se sentant observé, l'animal parut se ramasser plus encore et émit un grognement, les babines retroussées, la gueule éclaboussée de sang. Malgré le choc de cette vision, l'enfant prit conscience que l'animal n'était ni un loup ni une créature échappée des enfers, mais qu'il ressemblait plutôt à un chien énorme au pelage dru, sombre et hirsute. Le grognement s'intensifia, comme pour signaler l'imminence d'une attaque. Sans bouger d'un pouce, Sébastien plongea les yeux dans les pupilles noires. La fascination l'emportant sur la peur, il était hypnotisé. C'était l'animal le plus impressionnant qu'il ait jamais vu, le plus sauvage aussi qu'il ait approché ! En un seul bond, le chien lui fondrait dessus pour le dévorer, comme le lièvre. Pourtant, au lieu de trembler, Sébastien le fixait sans ciller, partagé entre l'émerveillement et le respect. Peu à peu, alors que leur face-à-face s'éternisait, les grondements faiblirent et se muèrent en une sorte de vibration sourde, qui cessa à son tour, ne laissant qu'un écho, comme une menace suspendue. Ce fut la Bête qui brisa l'enchantement en avançant d'un pas, tout en veillant à protéger la carcasse du lièvre. Elle toisait le petit d'homme. Trois mètres à peine les séparaient maintenant. L'air parut se charger d'électricité et l'enfant frissonna. Il fallait qu'il fasse quelque chose. Poussé par une inspiration, il chuchota d'une voix douce :

— Je vais pas le prendre, ton lièvre…

Comme l'animal ne réagissait pas, il recula tout doucement d'un pas pour lui montrer qu'il ne cherchait pas à le voler. Le chien avança à son tour, stoppa et parut attendre. Ses oreilles s'étaient dépliées et pointaient en l'air. Sébastien reprit à mi-voix :

— César, il t'appelle la Bête. Comme si t'étais un monstre. Mais, en fait, t'es qu'un chien ! Je dis pas ça pour te vexer, tu sais. Tu es tellement gros que tu pourrais tuer n'importe quelle bête…

Il déglutit et reprit dans un souffle :

— César, c'est mon grand-père. Le meilleur berger de la montagne.

Un grondement lui répondit tandis que l'animal se mettait en mouvement. Cette fois, il sentit la peur contracter ses muscles et baissa les yeux en attendant le choc. L'animal attrapa la carcasse du lièvre dans ses mâchoires et sauta droit sur l'enfant. Sébastien, réflexe inutile, leva le bras pour protéger son visage et attendit le choc. Il ne vint pas. La Bête, sans plus se préoccuper du petit d'homme, disparut derrière le talus.

Éberlué, Sébastien mit un moment à comprendre ce qui avait fait fuir l'animal. Une rumeur de voix excitées lui parvenait peu à peu. Il se tourna vers la pente et vit apparaître un groupe d'hommes, fusils brandis vers le ciel. Une exclamation fusa :

— Té, le voilà ton petit sauvage ! Il est vivant !

César bouscula celui qui avait parlé. C'était le maire, Sébastien le dévisagea avec surprise, car Marcel était plus souvent au village qu'en train de courir les chemins de montagne. Son grand-père l'apostropha sévèrement :

— Qu'est-ce que tu fiches, planté là ? Tu aurais dû arriver depuis longtemps ! Où est-ce que t'as été traîner ?

— Je vous ai entendus venir. Je vous attendais. C'est tout.

— Tu as rien vu ?

Le maire le scrutait d'un air soupçonneux qui n'augurait rien de bon. Sans se démonter, Sébastien lui renvoya un sourire innocent et le mensonge lui chatouilla la gorge.

— Vu quoi ?

— La Bête. Elle rôde dans le coin et elle nous a attaqués pas plus tard que ce matin.

L'enfant remarqua alors le dernier chasseur qui arrivait en boitillant, le pantalon maculé de sang séché. Il se contenta de secouer la tête, puis détourna les yeux, de peur que les autres n'y décèlent son secret. César avança la main et lui toucha les cheveux dans une ébauche de caresse.

— Tu vas rentrer avec eux, ce sera plus sûr. Va

directement à la boulangerie. Moi, je viendrai plus tard. Il faut que je retourne traire les bêtes, d'accord ?

Au lieu de répondre, l'enfant s'écarta brusquement. César soupira. Il était indemne, c'était l'essentiel. Dissimulant son émotion d'avoir retrouvé Sébastien sain et sauf, il ajouta un peu rudement :

— Allez, file, maintenant, tu as assez traîné comme ça !

Il salua les autres d'un hochement de tête et rebroussa chemin, en direction des alpages. Il savait que le petit était furieux, car, au lieu de lui faire confiance, il l'avait confié à des étrangers. Ce n'était pas pour rien qu'on le traitait de sauvage... Sébastien ne supportait aucune autorité, sauf la sienne et celle d'Angelina. Parfois, César avait l'impression que leur famille était vouée depuis toujours à l'isolement, à l'image du chalet dressé à la sortie de Saint-Martin, à l'écart des autres habitations. Forcément différent des autres.

Le groupe de chasseurs s'était remis en marche, Sébastien à la traîne, l'air morose. À l'approche du village, André recommença à geindre, histoire de faire son intéressant, et les hommes, soulagés d'être arrivés, firent quelques grasses plaisanteries en oubliant la présence de l'enfant. L'échec de la traque avait échauffé les esprits, la frustration leur donnait des envies d'en découdre. Le blessé, qui avait un compte à régler, finit par dire tout haut ce que les autres pensaient tout bas :

— Pour une fois, il avait pas l'air trop bourré, le César.

— Repasse donc dans trois heures, m'est avis qu'il sera moins vaillant !

Le maire appuya ses paroles d'un gros clin d'œil.

Il n'avait guère apprécié de se faire sermonner par le berger, surtout devant ses administrés. Si André avait tiré une femelle chamois, après tout, il n'y était pour rien. Lui non plus n'avait rien vu. Et puis il gardait un souvenir cuisant de l'attaque de la bête. Il s'esclaffa au milieu des rieurs avant d'apercevoir le visage décomposé de Sébastien qui les fixait, les poings serrés, campé au milieu du chemin :

— Il boit pas plus que vous !

Au lieu de se taire, les hommes pouffèrent de plus belle. Le spectacle de ce petit furieux était trop comique, à croire que le sale caractère du grand-père était contagieux ! Paulo s'esclaffait en répétant :

— Tu entends ça, Marcel ? Pas plus que nous ! C'est qu'il prend sa défense, au vieux poivrot ! Il serait bien capable de nous engueuler, tantôt !

Pour l'arrêter, Sébastien cracha ses mots comme des flèches, avec tout le mépris dont il était capable :

— Lui, au moins, il sait chasser, et il tue pas les mamans chamois !

La remarque acerbe de Sébastien mit fin aux moqueries. Vexé, André l'apostropha d'un ton mielleux :

— Et toi, tu te prends pour qui, le gitan ?

Puis il avança, la main levée, bien décidé à corriger l'impertinent en lui allongeant une baffe, mais Sébastien l'avait vu venir de loin. D'une glissade, il lui fila sous le nez et se planta à quelques pas, hors de portée, en criant de plus belle :

— Je sais pourquoi la Bête t'a mordu, c'est parce que tu pues comme un bouc !

Le chasseur voulut lui courir derrière, en dépit de sa blessure, mais le maire, qui avait repris ses esprits, le retint d'une poigne solide.

— Laisse, c'est un petit imbécile. On a déjà assez perdu de temps comme ça. On rentre maintenant.

Pour donner plus de poids à ses paroles, il tira de sa poche une montre-gousset, une habitude qu'il avait prise en recevant ce trésor d'un oncle décédé. À force de s'y fier, il ne savait plus deviner l'heure, mais il s'en moquait. La montre était le signe éclatant qu'il était un Monsieur et pas un vulgaire paysan. Le boîtier était en or massif, relié à une chaîne à gros maillons en bronze. Le cadran, grisé sur la partie inférieure, permettait de lire le nord, comme une boussole, grâce à l'aiguille des heures qui s'achevait sur un soleil finement ciselé.

Même l'enfant s'était rapproché pour admirer l'objet. Il en avait oublié André, Paulo et leurs injures. La montre du maire faisait jaser partout aux alentours.

5.

En débouchant sur la route, juste au-dessus des premières maisons, ils entendirent un bruit de moteur de sinistre augure. Surgissant à vive allure d'un lacet de la route qui reliait la vallée, une traction flambant neuve grimpait en direction du village... Des ennuis en perspective. Le maire étouffa un juron.

— Bon sang, c'était pourtant pas le jour ! Les Boches !
— Les Boches, t'es sûr ?
— Sûr et certain. Ils remplacent les Italiens partout dans la région, et à ce qu'il paraît c'est pas bon pour nous.

Sébastien ne demanda pas la permission de détaler et les autres ne firent même pas mine de l'en empêcher. Il fallait prévenir Angelina. Tandis que les chasseurs poussaient et tiraient André pour aller plus vite, il se faufila par un raccourci, emprunta un lacis de ruelles, traversa un jardin, sauta les dernières marches de l'escalier en pierre qui flanquait l'arrière de l'église et se précipita vers la boulangerie, sur la Grand-Place. En ouvrant la porte, le carillon fut couvert par le hurlement assourdissant de la sirène. Angelina était à son comptoir, la bouche ouverte de stupeur, puis elle éleva les mains à ses oreilles en faisant une grimace.

— Les Boches ! Ils sont là !

— J'entends bien. Et on ne dit pas Boche... C'est mauvais signe, s'ils font sonner l'alarme.

Pendant un instant, la jeune femme parut hésiter en jaugeant Sébastien.

— Écoute, ça m'ennuie de te demander ça, mais il faut aller prévenir Guillaume.

— À son cabinet ? Mais il aura entendu la sirène ! Il est pas sourd !

Angelina s'esclaffa un court instant avant de retrouver son sérieux.

— Non. Il n'est pas à son cabinet. Tu le trouveras à coup sûr dans le chemin des Écrins. Tu peux y courir ?

— Évidemment que je peux ! Il n'y a pas meilleur que moi à la course !

— Fais attention, Sébastien... Les Allemands sont énervés ces temps-ci.

— Pourquoi ?

— Parce que... le temps commence à leur durer. Trois ans...

— Ils vont l'arrêter ?

— Mais non ! Qu'est-ce que tu vas imaginer ! Il faut juste le prévenir... Il doit juste être prévenu.

— D'accord !

Il se retourna, prêt à détaler, quand elle lui attrapa la main comme pour le retenir. Il suivit son regard et eut le temps de voir le battant s'ouvrir à la volée, livrant passage à un homme vêtu de l'uniforme noir. Il parut immense aux yeux de l'enfant, le visage fermé, aussi dur qu'un bloc de granit. Seuls ses yeux d'un bleu glacé semblaient vibrer d'une force inquiétante.

Derrière lui, deux silhouettes se tenaient droites, les pieds écartés, dans une attitude menaçante. L'officier fit mine d'hésiter, son regard glissa sur Sébastien, puis il détourna la tête et lança un ordre en allemand. Aussitôt, les soldats s'éloignèrent. On les entendit toquer brutalement contre la porte de la maison des Malard en hurlant :

— Tout le monde dehors. Rassemblement !

L'officier avança à l'intérieur du magasin. En découvrant Angelina, son regard changea, mais Sébastien n'aurait pas su dire comment. Une lueur dans ses yeux trahissait un léger trouble et lui donnait l'air plus humain. Une sorte d'hésitation. L'enfant se sentit gagné par la colère. Angelina était belle, tout le monde le disait à la ronde, mais elle était surtout comme sa grande sœur, ou quelquefois, quand le temps lui durait trop, comme une seconde maman, alors, ce n'était pas un sale Boche sans gêne qui pouvait la dévisager de cette façon ! Il cherchait quelque chose à crier quand il se sentit poussé dans le dos. Il résista, buté, refusant de céder à la pression.

— File maintenant, tu me déranges !

Il se tourna pour protester, mais les yeux noirs le suppliaient en silence, alors, il se résigna et se glissa par la porte entrouverte. L'Allemand ne fit pas un geste pour le retenir. Il contemplait toujours la jeune femme avec un sourire mi-ironique, mi-admiratif :

— Bonjour, mademoiselle Angelina.

Il connaissait son prénom ! En dépit de sa surprise, la jeune femme s'efforça de rester de marbre. Les pensées défilaient à toute allure, des hypothèses plus effrayantes les unes que les autres. Elle tenta de se calmer. Ces fichus Allemands savaient décidément tout sur tout le monde, il ne fallait jamais laisser filtrer sa peur. Elle emprunta un ton froid, en choisissant une formule neutre au possible.

— Monsieur...

— Lieutenant Peter Braun. Je viens passer commande pour une fournée de pain.

— Du pain ? !

— Vous êtes boulangère, non ? À partir de cette semaine, tous les lundis, il faudra fournir trente kilos de miches, ordre du Quartier général. On a quelques problèmes de ravitaillement avec les boulangeries de la vallée...

— Trente kilos ?... c'est impossible !

En dépit de son instinct qui lui soufflait d'adoucir le ton, Angelina sentit la colère brûler ses joues. L'homme était fou. Elle songea à Germain, le jeune apprenti endormi dans la cuisine, épuisé par le travail du pétrin et aux soucis quotidiens pour se fournir en farine. Et maintenant, ça ! Pourquoi pas une tonne tant qu'il y était ! Elle serra les poings, inconsciente de l'effet que sa colère produisait. Elle se mordit les lèvres, commença une phrase, renonça et attendit. Devant son indignation, l'officier élargit imperceptiblement son sourire. À peine si le ton de sa voix se teinta d'une menace ironique.

— Oh, je pense que si, au contraire. Et je vous déconseille de couper la farine comme l'a fait le boulanger de Maurienne. Maintenant, pour lui, c'est cinquante kilos.

C'en était trop ! Angelina se campa face à lui, frémissante, sans se soucier de prudence. Il fallait qu'il comprenne, lui qui savait tellement de choses !

— Trente kilos pour une petite boulangerie comme

la nôtre ! On en fait à peine vingt par jour. Et encore, en deux fournées. Et la farine, c'est vous qui allez nous la fournir ? Le boulanger n'est pas revenu, c'est un apprenti qui se charge de tout le travail !

— Je vous rappelle, mademoiselle, que nous sommes en guerre. Les ordres sont les ordres.

— Et moi, je vous réponds, monsieur, que les vrais soldats se battent et ne pillent pas les commerces des braves gens !

Aussitôt, elle regretta sa phrase, redoutant d'avoir passé la mesure. L'indignation lui avait fait oublier Guillaume et ce qui se jouait dans l'ombre et dont elle n'avait qu'une vague idée. Quelle idiote elle faisait ! Elle maudit sa langue trop bien pendue. L'officier était devenu blême et l'ironie avait cédé la place à une rage qui menaçait d'imploser. Elle ne put s'empêcher de baisser les yeux, à la recherche d'un argument qui ne sonnerait pas comme une excuse. Rien ne venait. Elle haïssait cette guerre, l'humiliation de l'occupation, les brimades et les ordres imbéciles... C'est cela qu'elle aurait voulu expliquer, consciente que c'était peine perdue car il était l'ennemi. Il courait des rumeurs affreuses sur certaines exactions... Vaincue, elle finit par murmurer :

— J'essaierai.

— Parfait. Je vous salue donc. À lundi.

Il quitta la boulangerie, sans toutefois claquer la porte, et alla rejoindre les soldats. Ceux-là étaient en train de pousser les Malard hors de chez eux, pour une fouille en règle selon toute vraisemblance. Le couple restait planté, les bras ballants, mais, en voyant l'un d'eux retourner à l'intérieur, Malard se mit à protester. Angelina se demanda pourquoi on l'avait laissée tranquille, dans la boutique. Elle approcha de la vitre, hésitant sur la conduite à tenir. Elle plaignait ces pauvres gens, bien sûr, mais tant que les Allemands étaient occupés ici, ils n'étaient pas chez Guillaume, ce qui laisserait peut-être le temps au petit de le prévenir.

Elle tressaillit en entendant un fracas de vaisselle brisée. Une voix hurla :

— Dehors, *Raus* !

Malard voulut se précipiter, mais l'autre soldat s'interposa, l'arme pointée sur lui.

Le premier soldat apparut enfin sur le seuil de la maison en tirant Hortense par le bras. Heureusement, malgré sa mine déterminée, ses gestes restaient contenus, fermes mais sans brutalité apparente. Le grand âge de la mère Malard avait de quoi impressionner. L'autre soldat renchérit et se mit à débiter un discours visiblement appris par cœur :

— On va fouiller les maisons, tout le monde garde-à-vous devant le lieutenant Braun.

Malard, que l'apparition de sa mère avait tiré de son mutisme, protesta faiblement :

— Pourquoi l'obliger, vous voyez bien qu'elle ne peut pas se déplacer !

Devant le silence de son supérieur, le soldat se crut autorisé à poursuivre d'un ton rogue :

— Parce que vous cachez les youpins, on le sait. Vous les cachez et ensuite vous leur faites passer la frontière ! On a vu des traces au Grand Défilé !

— Personne ne cache personne ! bougonna Malard, vous pouvez fouiller autant que vous voulez si ça vous dit, mais laissez ma mère tranquille…

Une rumeur timide l'approuva. Les gens avaient commencé à affluer sur la Grand-Place, et un gars du bourg voisin, dont la maison avait été retournée de fond en comble, chuchotait pour prévenir ceux de Saint-Martin qui n'y étaient encore jamais passés. Les Boches fouillaient tout, même le fourrage. En bas, chez le ferronnier de Saint-Jean, ils avaient même été jusqu'à touiller une fosse à purin !

À cet instant, fendant la foule frileusement rassemblée, le maire apparut, précédant trois hommes. Angelina sentit son sang se glacer. Pourquoi personne ne les arrêtait ? ! André, soutenu par Paulo, gesticulait à propos d'un monstre, sans paraître remarquer les Allemands. Le maire lui lança un « La ferme ! » et, dans le calme revenu, la scène parut se cailler comme du lait, alors que chacun retenait son souffle. Sans se démonter, en ignorant ostensiblement les soldats qui ne représentaient, somme toute, que de la bleusaille, Marcel salua l'officier d'un « Bonjour, lieutenant », puis se planta devant lui, les bras croisés sur le ventre. Soit il connaissait les grades, soit l'autre s'était déjà présenté. Angelina étouffa un gloussement. En dépit de sa vanité, Marcel Combaz montrait un certain courage et son intervention ne manquait pas de panache.

— On peut savoir ce qui se passe, lieutenant ? Pourquoi organiser une telle battue dans notre petit village ?

Au lieu de répondre à la question, Braun désigna la blessure d'André et répliqua d'un ton goguenard :

— Alors, c'est dangereux le passage du Grand Défilé ?

— Ma foi, je l'ignore. On était aux Glantières.

— Ah oui ? Vous avez envie de vous moquer de moi, c'est ça...

Sa voix avait changé, de polie elle était devenue

froide, aussi coupante qu'une lame. Angelina ne put s'empêcher de tressaillir.

— On s'est fait attaquer par la Bête.
— La Bête ? Vous voulez dire un loup ?
— Plutôt un chien sauvage. Il tue nos moutons depuis quelques semaines.
— Alors, vous faites comme moi. Vous chassez les nuisibles...

Son rire s'éleva, puissant et clair, et le maire parut comprendre brusquement que son petit numéro n'était sans doute pas du meilleur goût. La réaction du Boche l'avait déstabilisé et Marcel n'était pas idiot au point d'ignorer le danger à engager un bras de fer avec l'occupant. Le problème, c'était qu'à force d'être tranquille dans son village perché, il avait un peu oublié la situation politique. Ce type ne serait pas aussi conciliant que les Italiens. Il avait tous les pouvoirs, et s'il voulait faire plier les lois à son aise, fouiller ou arrêter un homme juste parce que ça lui chantait, par simple lubie, il pouvait le faire. Même arrêter le maire, si l'envie lui en prenait ! On racontait les pires horreurs sur certains Boches récemment installés dans la vallée.

Il jeta un regard autour de lui, vit ses compatriotes tremblants, la tête basse comme des élèves réprimandés. La scène avait de quoi enchanter l'officier dont le ton faussement léger était clairement menaçant.

— Ne me faites pas croire que vous ignorez ce qui se passe là-haut.
— Vous parlez de cette bête ?
— J'aimerais que vous ne me preniez pas... pour... comment dites-vous déjà ? Un con, c'est ça ?

Paulo eut un hoquet tandis que le maire feignait de réfléchir. Que voulait ce type ? Qu'il accuse ses voisins et administrés, ceux dont le fils avait disparu après avoir reçu sa feuille de route pour le STO ? Ou ceux qui louchaient un peu trop du côté des frontières ? Il se racla la gorge, mais ne trouva rien à dire.

— Si vous nous aviez pas pris nos armes, on l'aurait tuée, cette bête !

— Livrez-moi les noms de ceux qui font passer les clandestins et je vous rendrai quelques armes. C'est... comment dites-vous encore... donnant, donnant ?

Tout était dit. Une seule confrontation avait suffi à Peter Braun pour établir son autorité.

Angelina songea que si aucun autre incident ne survenait, et en admettant que les Allemands fouillent chaque maison, il ne leur faudrait guère plus d'une heure pour atteindre le chalet de Guillaume, et elle pria le ciel pour que Sébastien l'ait trouvé et le ramène en vitesse.

## 6.

Sébastien avançait aussi vite que ses jambes le lui permettaient. À mi-chemin, au bas de la côte qui menait aux Écrins, il crut qu'il n'y parviendrait jamais. Sa poitrine était douloureuse, le souffle lui manquait et les crampes commençaient à durcir ses muscles, pourtant, il continua à courir, poussé par l'intuition que quelque chose de terrible était sur le point d'arriver.

En traversant le village, il avait vu les gens devant leur porte, accablés par leur impuissance à se défendre. Dans leurs yeux, on lisait la peur. Cette fois, c'était plus grave que d'habitude, peut-être à cause de l'officier en noir, celui qui regardait Angelina. César prétendait qu'ils étaient plutôt tranquilles à Saint-Martin, sauf que depuis quelque temps plus rien n'était pareil. Dans les villages de montagne, habituellement peu fréquentés, on voyait toutes sortes de gens passer, des étrangers, des jeunes de la ville, armés de fusils militaires, qui disparaissaient dans la montagne. Des histoires circulaient, des histoires interdites que les enfants surprenaient quand même. Isolé, sans ami pour discuter, Sébastien lui aussi avait appris des choses. La plupart du temps, il en était réduit à deviner ce qu'on lui taisait, et avait fini par développer une intuition hors du commun. Par exemple, il avait compris depuis longtemps que l'occupation était une sale chose qui pouvait vous envoyer en prison pour presque rien. Devant lui, César se contentait de maudire « ces Allemands qui n'avaient aucun respect de rien », mais parfois il oubliait sa présence et Sébastien entendait que l'ennemi pouvait tout décider et punir tous ceux qui refusaient d'obéir. Alors, mieux valait rester très poli avec eux. Par exemple, *Boche* était un mot interdit, même si certains ne se gênaient pas pour le dire derrière leur dos. Sébastien, lui, n'avait pas le droit, à cause de son âge. N'empêche, il le pensait. Dans sa tête, il disait *Boche* ou *Frisé*, comme César et Guillaume, et comme les gosses du village quand ils jouaient à la guerre. Ce n'est pas parce qu'il ne participait pas qu'il manquait d'oreilles pour entendre. Il savait que ça chauffait salement pour les Italiens. Bientôt, ce serait le tour des Boches et on pourrait à nouveau dire les choses que l'on pensait vraiment.

Il décida de faire une halte au tournant. La violence de l'effort commençait à lui donner la nausée. Ses jambes poussaient mécaniquement, et les muscles de ses mollets le brûlaient comme des morceaux de fer chauffés au rouge. En arrivant en haut de la côte, il distingua un mouvement flou. Incapable de lever la tête, il se retrouva plié en deux, la bouche ouverte, cherchant un filet d'air pour respirer. Sa langue était aussi sèche et râpeuse qu'un morceau d'étoupe. Une main s'abattit sur son épaule en le secouant doucement.

— Holà, bonhomme, tu veux te crever dans la montée ?

— Guillaume !

Le soulagement lui donna la force de se redresser.

— Y a des Boches... partout... au village. Ils fouillent les maisons... et Angelina...

Guillaume perdit aussitôt sa jovialité. Un éclair de panique passa dans ses yeux avant qu'il ne se ressaisisse.

— D'accord, reprends d'abord ton souffle.

Il tendit sa gourde à l'enfant et pendant que Sébastien se désaltérait il se débarrassa de son sac à dos et se mit à le fouiller, méthodiquement. C'était un homme dans la force de l'âge, à l'allure grave, presque sombre, mais dont la gentillesse et l'attention forçaient la confiance de tous aux alentours. À le voir vêtu en montagnard, on avait peine à l'imaginer auscultant dans son cabinet, pourtant, c'était un médecin compétent, à l'écoute de ses patients. Sébastien l'aimait bien. Il le considérait comme un ami, le seul à vrai dire qui donnait l'impression de le comprendre, sans le traiter en sauvage ou en bébé. Il poussa un long soupir pour attirer son attention, mais Guillaume restait perdu dans ses pensées, et il dut le tirer par la manche pour obtenir une réaction.

— Qu'est-ce qu'on fait ?

Il avait parfaitement perçu son désarroi, et se redressa en fronçant les sourcils, pour montrer qu'il était prêt.

— J'aimerais que tu guettes la route, si quelqu'un vient.

C'était une demande absurde, parce que la vue était parfaitement dégagée et qu'on pouvait apercevoir le fond de la vallée, mais l'enfant fit ce qu'on lui commandait. Du coin de l'œil, il guettait les mouvements de Guillaume. Le docteur sortait quelque chose de son sac à dos qu'il fourra hâtivement dans une fissure de rocher, derrière une pierre. Ensuite, il entreprit de balayer la poussière pour effacer ses traces. Sébastien réprima un élan de déception. Guillaume se cachait de lui, pourquoi ? Comme s'il allait cafter ! Il savait ce qu'on voulait lui cacher. Une arme, ou plus exactement un pistolet. Il en avait déjà vu un jour, chez le maire. Pourtant, il fit comme si de rien n'était et continua de fixer la pente, jusqu'à ce que Guillaume donne le signal de départ.

— Maintenant, on se dépêche. Et si on croise quelqu'un, on dit qu'on revient du torrent, d'accord ?
— D'accord.

Drôle d'idée, le torrent, ça ne voulait rien dire, mais Sébastien avait appris à garder ses pensées pour lui. Quelquefois, il se demandait pourquoi tout le monde se sentait obligé de mentir ou d'arranger la vérité. Lui, il préférait encore se taire, même si on le prenait pour un sauvage. Sauf, bien sûr, qu'en « pays occupé », ça la changeait, la vérité. Souvent.

Ils dévalèrent le chemin à toute allure, et parvinrent à Saint-Martin en moins d'une demi-heure. Les rues étaient désertes, les volets des maisons fermés, les habitants sans doute claquemurés derrière. Pour éviter les Allemands, ils contournèrent la Grand-Place et traversèrent le presbytère, à l'extrémité du village. La maison du médecin était une bâtisse en pierre de deux étages, flanquée d'une grange et d'une écurie désaffectée. Le cabinet médical occupait le rez-de-chaussée, tandis que le premier étage servait au logement. Le reste composait un débarras bourré de vieilleries.

La porte entrebâillée semblait les inviter à se dépêcher. Sébastien réfréna un cri de victoire à l'idée d'avoir berné les Allemands. Ils avaient couru si vite !

Ils s'engouffrèrent dans le corridor, à bout de souffle.

Une silhouette se découpait à contre-jour, silencieuse, vêtue d'un long manteau.

L'enfant eut l'impression que le ciel lui tombait sur la tête. C'était l'homme de la boulangerie ! À cet instant, la voix grondeuse de la vieille Célestine leur parvint depuis le cabinet de consultation.

— Puisque je vous dis qu'il n'y a rien à voir ! Vous êtes chez un docteur, ici, ôtez donc vos pattes de son bureau. Il faut attendre qu'il revienne ! Vous ne pouvez pas toucher à ses affaires sans son autorisation !

Une petite bonne femme ronde comme une pomme apparut sur le seuil et demeura coite de surprise, les joues encore rougies d'indignation. De son chignon habituellement bien tiré s'échappaient quelques mèches grises. Derrière elle, Sébastien distingua les deux Boches aux ordres du grand maigre. Guillaume leva la main en guise de bonjour ou d'apaisement, mais avant qu'il ait eu le temps de dire quoi que ce soit, le lieutenant prit la parole, sur un bref salut de la tête.

— Je suppose que vous êtes le docteur Guillaume, en chair et en os, n'est-il pas vrai ?

— Effectivement, je suis le docteur Fabre.

— Il me tardait de faire votre connaissance. Lieutenant Peter Braun. Ma foi, je ne suis pas déçu... juste surpris.

— Surpris ?

— J'imaginais que les médecins français portaient une blouse blanche ou un costume, à la rigueur. Pas cette tenue de montagnard.

Derrière l'amabilité perçait la menace et tous l'entendirent, même l'enfant. Pourtant, ce qui l'effraya vraiment fut l'absence de réaction de Guillaume. Les paroles de l'homme en gris semblaient l'avoir changé en pierre. Il ne protesta pas une seule fois alors que l'autre s'était mis à lui tourner autour, inspectant sa tenue, soulevant son sac à dos comme pour le soupeser, sans paraître se rendre compte de la gêne du Français. Pourquoi Guillaume ne criait-il pas au Boche de les laisser tranquilles ! Il était docteur, il sauvait plein de gens et, même pour un soldat, ça devait compter ! Non, au lieu de ça, il se contentait de fixer le type d'un air pas très content.

— Mes hommes ont trouvé des traces au Grand Défilé, ce matin même. Ainsi, on peut supposer qu'il y a eu un passage la nuit dernière.

— Un passage de quoi ?

— Un passage de chamois, bien sûr !

Le lieutenant défiait Guillaume de se mettre en colère et l'enfant songea aux combats de béliers, quand ils se provoquent avant la charge. D'un geste lent, le lieutenant Braun se caressa la joue. Sa peau nette contrastait avec la barbe hirsute du médecin.

— Vous avez soigné un ours ?

— Je ne comprends pas.

— Oh, je crois que si, mais je veux bien poser autrement ma question. Docteur, vous ne vous rasez jamais le matin ? À moins que vous n'en ayez pas eu l'occasion aujourd'hui, je me trompe ? Vous avez dû passer la nuit dans la montagne...

— J'ai escaladé la combe de la Graloire et j'ai dormi au refuge, effectivement. Si vous connaissez le coin, vous comprendrez que je ne pouvais pas faire autrement.

— Tiens donc. Un peu de chasse ?

— Juste besoin de solitude. Ça ne vous arrive jamais ?

— Je suis trop occupé pour ça, mais croyez que je le regrette. Vous habitez une région superbe. Sauvage. Et avec des frontières pas très loin. L'Italie, la Suisse. Un beau pays aussi. Vous permettez que mes hommes vérifient ?

Les soldats arrachèrent sans ménagement le sac et le vidèrent sur le sol.

Voilà pourquoi Guillaume avait caché son arme sous la pierre, il savait qu'il serait fouillé. Sébastien se demanda à quoi pouvait bien lui servir le pistolet. Les chasseurs avaient des fusils, ou des carabines, et à part le maire qui possédait un tas de choses inutiles et belles, comme la montre, personne ici n'aurait eu l'utilité d'un pistolet.

Une corde, un couteau, un morceau de pain et une carte roulèrent sur les tomettes, devant les bottes noires impeccablement cirées. Le lieutenant se baissa pour examiner chaque objet, en prenant son temps, et Sébastien pria pour que personne n'entende les battements de son cœur affolé. Finalement, le Boche attrapa la carte et se releva, en laissant fuser un petit soupir.

— Voyons cela dans votre cabinet, nous serons plus à l'aise.

Bousculant les soldats, Célestine ouvrit la marche pour bien montrer qu'elle était ici chez elle, au service du docteur. Dans la salle de consultation, les meubles avaient été fouillés, les tiroirs étaient ouverts, le porte-plume gisait renversé et un livre traînait au pied de la bibliothèque. En bougonnant, la vieille servante le remit en place et se campa au milieu de la pièce, les bras croisés, la mine sévère. Sans paraître remarquer ces marques de mauvaise humeur, Braun étala la carte sur le bureau, à la place qu'occupait habituellement le médecin, et entreprit de l'examiner. On aurait dit qu'il y voyait des choses invisibles à l'œil nu, car il s'exclama à plusieurs reprises en murmurant des remarques dans sa langue. Enfin, il releva la tête et questionna, feignant la perplexité :

— La Graloire vous avez dit. C'est beau ?
— Très.
— Bien sûr. Assez loin du Grand Défilé, à ce que je vois. Sauf à vol d'oiseau. Mais vous ne volez pas, docteur, pas vrai ?

Guillaume haussa les épaules en guise de réponse. Le silence dura le temps de compter jusqu'à dix. Sébastien avait mal au ventre, au cœur, dans tout le corps. Il devinait les paroles cachées ou retenues, comme quand on joue à ne pas dire un mot interdit, et la tension lui donnait envie d'éclater en sanglots. L'Allemand se pencha une nouvelle fois sur la carte, faisant glisser son doigt sur le chemin des crêtes.

— C'est par là qu'ils sont passés. Je finirai par les coincer, vous savez, et ce jour-là, il vaudrait mieux que je ne vous trouve pas de ce côté, par pur hasard, en train d'admirer les marmottes par exemple, si vous comprenez ce que je veux dire.

Comme Guillaume restait muet, il insista sèchement, et cette fois l'avertissement ne fit aucun doute :

— C'est clair ?
— Parfaitement clair, lieutenant Braun.
— À la bonne heure, comme on dit chez vous !

J'aime l'obéissance, même si je dois vous avouer que je préfère celle des hommes intelligents, plutôt que la docilité des abrutis... Et vous n'en êtes pas un, docteur, assurément non !

Il parut sur le point d'ajouter quelque chose, mais y renonça pour se tourner vers Célestine qu'il salua d'une courbette.

— Vous avez là une redoutable alliée, docteur. Madame Célestine, j'espère que nous ne nous reverrons pas trop vite... pour ma santé comme pour la vôtre.

— Moi tout pareil, officier. Et j'ai à faire maintenant.

La brave femme attrapa le petiot qui n'avait rien à faire avec les hommes et sortit de la pièce, le menton fièrement levé. Sébastien se laissa entraîner de bonne grâce, soulagé d'échapper au Boche. Le terrible lieutenant Braun l'avait-il reconnu ? Pour conjurer le sort, il ferma les yeux et se persuada que non. Il n'était qu'un enfant et l'ennemi avait autre chose à faire que de remarquer les gosses.

Célestine le fit asseoir dans la cuisine et lui apporta un bol de soupe, un quignon de pain et un bout de fromage. Pour la remercier, il se laissa ébouriffer les cheveux. La vieille marmonnait, les yeux perdus dans le vague.

— C'est pas justement permis de laisser pousser une tignasse pareille... Ton Papé, il exagère, à te laisser débarouler partout, pire qu'un petit sauvage. Et s'il t'arrive quelque chose ? Avec tous ces soldats qui nous mettent le chahut... Tu les as vus ces blancs-becs, tout permis qu'ils se croient. Mais moi, ils m'effraient pas, ça tu peux me croire...

## 7.

Angelina apporta la lourde marmite sur la table. Elle était rentrée tard de chez un fournisseur, dans l'espoir de régler le problème d'approvisionnement. Heureusement, la soupe cuisait depuis le matin, un mélange de légumes, de pois cassés additionnés de quelques morceaux de lard. Pourtant, au lieu de se sentir soulagée, elle n'arrivait pas à chasser son anxiété et un vague sentiment de malaise.

Sans remarquer le geste de Guillaume qui cherchait à l'aider, elle déposa la lourde marmite au milieu de la table, puis alla chercher la miche de pain qu'elle serrait dans un torchon pour lui conserver son moelleux. Elle l'avait invité pour le dîner, quand il avait ramené Sébastien, et le médecin s'était empressé d'accepter.

Elle en avait assez de la guerre, assez de se faire du souci pour la farine, l'approvisionnement ou le moral de l'enfant. Elle aussi était orpheline. César les avait recueillis à une quinzaine d'années d'écart, et Angelina savait combien les années à venir seraient difficiles. Contrairement à Sébastien, son intégration avait été facile, personne ne l'avait traitée en étrangère… Et voilà qu'en plus des Allemands, son grand-père adoptif l'inquiétait à son tour ! Le vieil obstiné était descendu de la bergerie pas très solide sur ses jambes. Angelina savait ce qui le rongeait, mais son indécision la rendait folle. Le temps avait suffisamment passé, il fallait dire la vérité, sans quoi un malheur finirait par arriver.

La présence de Guillaume n'y changeait rien. Elle aimait son regard attentif, ses frôlements et le trouble qui s'emparait d'eux parfois, mais ce soir, sa compagnie ne parvenait pas à chasser l'angoisse qui la rongeait. Elle adopta un ton enthousiaste qui sonnait si faux qu'elle dut réprimer une grimace.

— Voilà de quoi nous remettre d'aplomb ! Passez-moi vos assiettes !

Auréolée par les fumées de la soupe, elle ressemblait à un ange, mais un ange fatigué aux grands yeux cernés. Sébastien comprit que c'était à cause de lui que les autres se taisaient, pour ne parler ni de l'Allemand ni de la guerre. C'était toujours pareil, ils le croyaient trop petit et fragile... Lassé de la morosité des adultes, il tenta une diversion.

— Tu sais, Angelina, le cabri, il serait sûrement mort si on n'avait pas été le chercher. Il serait tombé de son rocher et même sans ça, sans le lait de sa mère il pouvait pas survivre, pas vrai, Papé ?

César sortit de sa torpeur et son teint vira au rouge brique, tandis que la jeune femme lui jetait un regard furieux. Sébastien se demanda quel genre de bourde il avait commise cette fois et insista, dans l'espoir de se rattraper.

— Pas vrai qu'on l'a sauvé, et que sans sa mère il serait crevé ?

— Bien sûr, Sébastien, et maintenant qu'il a une

nouvelle maman tout se passera pour le mieux, surtout si tu veilles sur lui, affirma Angelina.

Et elle se tourna vers son père adoptif comme pour le défier de dire le contraire. César se contenta de marmonner un « oui » et vida son verre d'une traite. Ensuite, il fit signe à Guillaume de servir une nouvelle tournée. Celui-ci consulta la jeune femme du regard et répondit, non sans embarras :

— Merci, César, mais je préfère garder les idées claires.

— Ben moi, c'est ça qui me les éclaircit. Sers toujours !

— Tiens donc !

L'ironie d'Angelina tomba à plat et chacun se concentra sur son assiette, sauf César, qui fixait la bouteille les sourcils froncés, hésitant à se servir lui-même. Sébastien détestait quand il faisait cette figure-là, toute perdue. Il chercha un autre sujet de conversation, et bêtement, parce que l'idée lui était venue plus tôt devant le spectacle des montagnes, il laissa échapper la question interdite :

— Tu crois qu'Elle sera là pour la Noël ?

— Qui donc, bonhomme ?

— Ma mère. Tu as dit qu'elle reviendrait. Il faut combien de temps pour venir d'Amérique ?

La figure de César se vida de toute expression. Au lieu de répondre, il se tourna vers les autres, comme pour les appeler à l'aide. Frustré, furieux et surtout malheureux, Sébastien ravala une protestation. Chaque fois, c'était pareil, il avait l'impression que son grand-père détestait parler d'Elle. Comme si Elle n'existait pas ! Il laissa tomber sa cuillère, décidé à ne pas bouger tant qu'il n'aurait pas sa réponse. César dut sentir sa détermination parce qu'il finit par bredouiller :

— Tu sais... C'est difficile à dire, je connais pas l'Amérique moi, j'y suis jamais allé, alors te dire combien de temps...

C'en était trop pour Angelina. Elle l'interrompit sèchement sans se soucier des bonnes manières. Elle paraissait très en colère, peut-être à cause du génépi, parce qu'elle détestait quand César buvait.

— Au lieu de promettre n'importe quoi, mieux vaut s'abstenir ! Le petit est épuisé, je vais le mettre au lit.

César se garda de répliquer, Guillaume s'absorba dans la contemplation du mur. Sébastien aurait voulu poser d'autres questions, mais il n'osa pas. D'habitude, Angelina faisait toute une histoire quand il laissait de la nourriture dans son assiette. Cette fois, elle était si impatiente de l'emmener au lit qu'elle ne se donna même pas la peine de vérifier. De toute façon il n'avait plus faim. Ce n'était pas juste ! Sûrement qu'ils allaient parler de la guerre maintenant qu'ils étaient débarrassés de lui !

Guillaume lui adressa un clin d'œil, alors qu'il glissait ses jambes par-dessus le banc. Il lui répondit par un faible sourire. Sa sœur l'attendait au pied de l'escalier, le visage fermé. Elle était fâchée, mais l'enfant ignorait si c'était contre lui, si c'était sa faute ou celle de leur Papé. Il ignora le salut de César qui lui souhaitait bonne nuit et monta l'escalier derrière elle. La bougie dansait au bout de sa main, pareille à un papillon battant des ailes.

Sa chambre était la dernière de l'étage, sous les combles, dans une pièce qui servait autrefois de mansarde. La bassine était remplie d'eau fraîche, comme à l'accoutumée. Il fit mine de se débarbouiller, en trichant pour aller plus vite. De toute façon, la jeune femme rêvassait, le front appuyé contre la vitre de la lucarne. Il se déshabilla, enfila son pyjama, plia ses habits au pied du lit, comme elle aimait, puis se glissa sous la lourde couette en l'appelant pour qu'elle le borde. Avec la tombée de la nuit, la fraîcheur était revenue et il se blottit douillettement au creux du lit. La fatigue pesait si lourd sur ses paupières qu'il dut cligner les yeux pour ne pas s'endormir trop vite. Il voulait savoir.

— Dis, Lina, tu crois qu'Elle viendra, toi ?

Sans mot dire, elle arrangea le drap sous son menton, sourit, se pencha pour l'embrasser sur le front, le nez et chaque joue, leur rituel quand il se sentait triste ou malade. Son odeur de soupe et de pain chaud le fit penser au cabri, quand il l'avait remonté, et il sourit de bien-être, puis il rit, parce qu'elle avait levé le doigt pour se faire mieux entendre.

— Écoute-moi bien, petit sauvage. Je ne veux plus que tu te risques seul du côté des Glantières, pas avec cette bête qui rôde. Tu aurais pu tomber dessus, et si tu avais été blessé j'aurais été si malheureuse que personne ne m'aurait consolée, jamais. Alors, tu me promets ?

Il acquiesça, même si c'était pour rire. Angelina exagérait toujours un peu pour son bien.

— Dis, la Bête... Est-ce que quelqu'un l'a déjà vue tuer des moutons ?

— César ne t'a pas montré les bêtes ? Les brebis égorgées ?

— Si, de loin, pour que j'apprenne. Mais ce que je te demande, c'est si on a vu la Bête les attaquer !

— Non, bien sûr que non, sinon je peux te dire que Papé ne l'aurait pas ratée !

— D'accord. Donc personne n'a vraiment vu.

— Ne songe plus à ça. Tu ferais des cauchemars.

Angelina saisit la bougie et la flamme éclaira son visage. L'espace d'un instant, sa peau s'illumina, pareille à du miel liquide, et Sébastien voulut lui dire qu'elle était jolie, et qu'elle devait se méfier de l'Allemand, mais l'épuisement fut le plus fort. Il se laissa aller, les yeux fermés. La fatigue l'emporta dans un tourbillon où tout s'emmêlait, la joie d'avoir sauvé le bébé chamois, sa rencontre avec la Bête, la peur de la guerre, le mystère du retour de sa mère. Il sentit une main effleurer sa joue et entendit les pas légers qui s'éloignaient avant de sombrer dans un profond sommeil.

— Je croyais que tu attendais qu'une occasion se présente pour lui dire la vérité ? Et celle-ci, ce n'en était pas une ?

Toute douceur avait déserté Angelina. Elle faisait face à César, les poings sur les hanches, furibonde. Après la peur qu'elle avait eue, d'abord des Allemands avec Guillaume sur les routes, ensuite avec cette histoire de chien féroce, elle aurait voulu hurler ou casser quelque chose, secouer le vieil homme muré dans son entêtement et engourdi par l'ivresse. Guillaume tenta de l'apaiser en lui prenant la main, mais elle le repoussa, remarquant à peine l'intimité du geste. Maintenant que Sébastien dormait, elle ne se souciait plus d'être discrète et rien ne pouvait l'arrêter, surtout pas le mutisme du berger.

— Non, évidemment. Pas aujourd'hui ! Ni demain sans doute, parce qu'il y aura autre chose, une autre aventure en montagne, un agneau à naître ou bien encore un verre de trop ou au contraire un de moins… Parce que tu dois avoir les idées claires pour lui dire la vérité si j'ai bien compris, pas vrai ?

Comme il ne répondait pas, elle quêta l'approbation de Guillaume. Le médecin hocha la tête et s'approcha de l'âtre où César avait trouvé refuge, absent. À côté de sa chaise, sur le sol, la bouteille de génépi avait baissé de moitié depuis le début du repas.

— Ta petite-fille a raison, César. Sébastien grandit, tu ne peux plus lui cacher les choses comme s'il avait trois ans. Tout à l'heure, aux Écrins, il m'a impressionné. Même s'il n'a pas conscience de tout ce qui se trame, il démontre un courage que certains pourraient lui envier. Il ne jouait pas, tu sais, il a eu peur en arrivant chez moi, devant ce type… Braun. Je pense qu'il devine plus de choses qu'on ne pense.

Son soutien, plus encore que ses paroles, apaisa un peu la colère d'Angelina. Voilà des mois qu'elle essayait, sans aucun résultat, de convaincre César pour qu'il parle à l'enfant. Mais il refusait obstinément toute confrontation et seul son maudit alambic lui apportait un maigre réconfort ! Or l'opinion de Guillaume comptait beaucoup pour César. En dépit de leur différence d'âge, le berger respectait l'expérience du médecin, son courage aussi… Profitant de l'aubaine, elle insista, d'un ton plus doux :

— Tu ne crois pas qu'il mérite la vérité ?

— Ce n'est pas la question, maugréa César. Le mérite n'a rien à voir là-dedans.

— Alors, c'est quoi ?

— C'est que je ne peux pas comme ça ! Pas en ce moment ! Mais je vais lui dire ! J'attends juste le bon moment !

— Le bon moment ! Et pour le faire patienter, tu lui racontes n'importe quoi ! L'Amérique derrière les montagnes ! Tu as de la chance qu'il n'aille toujours pas à l'école, le maître aurait vite fait de le détromper et il passerait pour un cancre. C'est ça que tu veux pour lui ? Tu ne crois pas qu'il souffre déjà assez d'être à l'écart des autres ?

— Et toi, tu crois que je voulais ça ? C'est ma faute si on le considère comme un…

— Je n'ai pas dit ça, coupa Angelina d'un ton vif, avant qu'il ne prononce le mot.

Sous le coup de l'émotion, le berger chercha la bouteille à tâtons, mais la jeune fille fut plus rapide et attrapa la bouteille avant qu'il s'en empare. Puis elle lui sourit, consciente de l'avoir blessé.

— S'il te plaît. Ça n'arrangera rien.

Il ne répondit pas, ne la regarda même pas, absorbé tout à coup dans la contemplation des flammes pour marquer la fin de la conversation. Guillaume s'était levé, enfilait sa veste. Angelina le suivit et ils sortirent en laissant César seul devant la cheminée.

La fraîcheur de la nuit les enveloppa. Angelina frissonna et aspira l'air à grandes bouffées, comme pour se débarrasser de son emportement. Dans le ciel immense, d'un bleu d'encre, la lune était énorme, et sa pâleur luisante éclairait le contour des massifs, des bosquets, et plus loin, sur le chemin, la vieille croix en pierre qui marquait l'entrée de Saint-Martin. D'un coup, Angelina sentit son angoisse retomber et les dernières traces de sa colère s'évanouirent. Devant l'immensité du monde, tout paraissait dérisoire. Elle essaya de discerner la lumière des premières maisons, cinq cents mètres en contrebas, mais ne vit que des masses obscures. Les gens dormaient. Il ne s'était rien passé de grave, après tout. Elle se tourna vers Guillaume et, en soupirant, demanda, d'un ton mi-moqueur, mi-embarrassé :

— Tu crois que j'y ai été trop fort avec lui ?
— César a le cuir solide.
— Peut-être quand il s'agit de la montagne. Mais avec Sébastien...
— Justement...
— Quoi ?
— Vous le traitez comme un enfant ignorant et je ne parle pas seulement de son histoire et de sa mère...
— Et pourquoi pas ! Oui, c'est un enfant !
— Je sais. Mais moi, je le vois autrement.
— Évidemment, puisque tu ne vis pas avec !

Blessée de se voir rangée dans le même sac que César, elle avait répliqué d'un ton sec qu'elle regretta aussitôt. Guillaume la fixait, l'air interdit. Elle glissa la main dans la sienne et la serra doucement.

— Je ne voulais pas dire ça, excuse-moi. Je sais qu'on a tendance à le protéger, mais avec ce qui est arrivé, il faut nous comprendre. Ne m'en veux pas. C'est à cause de cette journée, cet Allemand qui me demande de lui fournir du pain, le petit, toi qui as failli te faire prendre ! Et puis...

Avant de comprendre, elle se retrouva dans les bras de Guillaume, le dos contre le mur de pierre. Elle étouffa une exclamation de surprise et faillit se laisser aller. Il embrassait son cou, remontait vers ses lèvres et elle se sentit happée par un tourbillon vertigineux. L'envie brutale de goûter sa bouche la submergea et pourtant, elle le repoussa. Tout allait trop vite ! Il la regarda, consterné. Pour modérer son refus, elle se dressa sur la pointe des pieds et effleura ses lèvres d'un baiser chaste, en tremblant.

Non, elle refusait que les choses se passent de cette manière, à la sauvette, pour se consoler ! Elle ne voulait pas d'un réconfort. C'est vrai, la guerre avait éclaté au moment où elle aurait dû rêver de bals. Au lieu de quoi, il y avait eu la peur et la désillusion, on ne pouvait plus se fier à personne et encore moins rêver d'insouciance. Tout cela, elle aurait voulu le confier à Guillaume, lui expliquer qu'elle ne voulait pas tout confondre, mais elle restait muette, sans mots pour exprimer ses sentiments.

Il s'écarta d'elle, recula de quelques pas, le souffle court. Elle devina son trouble et la maîtrise qu'il s'imposait pour ne pas la toucher. Elle aurait voulu le consoler, mais c'était la dernière chose qu'il aurait souhaitée.

— J'y vais, murmura-t-il. Merci pour le dîner et pour m'avoir fait prévenir...

— J'ai eu peur, Guillaume. On compte sur toi, tu le sais...

Il eut envie de dire qu'il se moquait bien de savoir que les autres comptaient sur lui, ce soir plus que tous les autres, il aurait voulu qu'avec lui, elle oublie le reste du monde.

Tandis qu'il dévalait la pente qui conduisait vers sa maison, il s'efforçait de comprendre pourquoi elle l'avait repoussé. Bien sûr, une histoire d'amour risquait de compliquer encore la situation. Pourtant, aucun obstacle n'était insurmontable. Il l'aimait et la guerre ne changerait rien à cela. Mais elle, pourquoi était-elle si raisonnable ? À cause de lui ? D'un autre ?

# Deuxième partie

1.

Les rayons du soleil embrasèrent le massif qui se colora de traînées mauves, puis l'astre émergea de la ligne de crête et parut se hisser lentement sur sa pointe abrupte, hésitant, avant de s'élever dans le ciel d'un bleu pur.

L'enfant marchait d'un pas décidé, gravissant la pente aussi vite qu'il en était capable sans courir. Il aurait déjà dû se trouver à la bergerie pour aider à la traite, mais il avait fait semblant de dormir ce matin, et le berger était parti sans lui.

Le col des Glantières apparut enfin au-dessus de lui, et il accéléra l'allure. Il savait comment poser le pied bien à plat pour ne pas glisser, éviter les pierres instables qui créaient des éboulis. Bientôt, il serait aussi habile qu'un chasseur, mais sans arme pour tirer. L'idée le fit sourire. Ils disaient tous que la Bête était maligne, qu'elle craignait les fusils et attaquait seulement quand elle était sûre de ne pas se faire piéger. Il n'avait pas d'arme, lui, pas même son jouet en bois. Il n'en voulait plus, même pour faire semblant.

L'attaque d'André avait eu lieu un mois plus tôt, et on lui avait formellement interdit de traîner par là, pourtant Sébastien n'éprouvait aucun remords à mentir. Il n'aurait pas su expliquer ce qui le poussait, pas plus qu'il ne savait exprimer ce sentiment de solitude et la tristesse qui l'envahissait quelquefois. Simplement, il devait retrouver la Bête.

Avec sa logique enfantine, il avait décidé de chercher à partir du lieu de leur rencontre. Arrivé dans l'étroit couloir de pierre, il se pencha pour étudier le sol, comme César le lui avait montré. C'est le matin, dans la rosée, qu'on avait le plus de chances de trouver des empreintes, avant que le soleil ou le vent ne les efface. La Bête s'était tenue là, le lièvre entre les pattes. Les hommes étaient passés et repassés, bouleversant toutes les traces du face-à-face, mais il connaissait chaque caillou du goulet. Il saurait reconnaître les signes de son passage.

Il remonta la piste, cherchant de nouvelles empreintes ou des poils sombres qui indiqueraient qu'elle était revenue. La veille, il avait déposé un morceau de lard au milieu du talus, sur le chemin qu'elle avait emprunté en fuyant. Bien sûr, tout avait disparu, sans qu'il sache quel animal avait dévoré son offrande. Un renard, ou n'importe quel rongeur, attiré par le gras. Il scruta le tapis d'herbe et, l'espace d'un instant, devant l'infinité de possibilités, se laissa envahir par le découragement. Comment retrouver l'animal dans cette immensité ? Par défi, il porta ses mains en cône et hurla :

— Ehooo ! La Bête, où es-tu ? N'aie pas peur, je veux pas te faire de mal, j'ai jeté mon fusil. Ehooo ! Tu te caches ?

Seul le silence lui répondit, rompu par le cri d'un rapace. Il écouta encore, de toutes ses oreilles. Le vent portait la rumeur des herbes, le bruissement infime des insectes et, au loin, le tintement des sonnailles d'un troupeau. Sa voix avait sûrement porté loin. Il ne manquait plus qu'un berger le dénonce à son grand-père !

Il revenait ici aussi souvent que possible, cherchant les signes de la Bête, lui laissant des cadeaux dans l'espoir de l'amadouer. Il avait même abandonné un vieux mouchoir pour l'habituer à son odeur. Il savait que, pour les animaux, c'était un moyen de reconnaissance. À force, elle finirait par comprendre qu'il était son allié. César prétendait que les chiens reniflaient la peur ou la colère, alors pourquoi pas l'amitié ?

Pensivement, il remonta le long du torrent. Il n'avait pas envie de partir, même pour aider son grand-père. Il décida de rejoindre son rocher favori, juste au-dessus du torrent, et de retarder ainsi le moment de rejoindre la bergerie.

La pierre était luisante de soleil, si chaude qu'elle lui brûla les paumes quand il prit appui dessus pour contempler l'eau en contrebas. Sur le sable d'une anse, aux creux d'un méandre du torrent, une trace attira son attention. Le cœur battant à tout rompre, il glissa sur les fesses, de rocher en rocher, afin d'aller plus vite, et atteignit la petite plage. En s'approchant, il distingua les empreintes, magnifiques ! Deux superbes traces de pattes, le creux des coussinets et celui des griffes imprimés dans le sable ! Or, la veille, il n'y avait rien, il l'aurait juré ! Cela signifiait que la Bête avait dû emprunter le même chemin que lui, car Sébastien ne pouvait s'empêcher d'espérer qu'un lien s'était créé entre eux. Ensuite, elle avait mangé le lard et était venue juste ici, sous son rocher préféré, pour se désaltérer ! Sans doute même qu'elle avait reniflé sa présence !

Le risque qu'un autre découvre ces empreintes était trop grand, alors, à contrecœur, il effaça soigneusement les indices de son passage en raclant le sable. Aucun chasseur ne les verrait, personne ne traquerait son ami, tant qu'il serait là pour veiller sur lui.

À présent, il devait courir avant que César ne s'inquiète et ne parte à sa recherche. Dans le bois, au lieu de sortir par le chemin le plus direct, il bifurquerait et ferait un large détour. Ainsi, au lieu de surgir par le sentier habituel, il apparaîtrait plus à l'est, et jamais César ne devinerait qu'il venait des Glantières.


Le cabri avait pris du poids, et se comportait désormais comme les autres agneaux, avec la même docilité.

Cela intriguait l'enfant. Était-il possible qu'un animal change de nature en changeant de mère ? Et chez les gens, est-ce que cela se passait pareil ? Est-ce que lui, Sébastien, changerait si… sa vraie mère revenait ? Et si Elle ne le reconnaissait plus ? Il y avait si longtemps. Presque huit ans… Il tendit la main et le cabri lui lécha la paume. Sa langue était chaude, râpeuse.

Certains jours, quand Elle lui manquait trop, il s'inventait des souvenirs. Il imaginait une femme très belle, avec de longs cheveux couleur de la nuit, brillants et souples. Elle se penchait vers lui en souriant, sans rien dire. Il essayait de se rappeler son parfum, l'odeur de sa peau. Il savait qu'il la reconnaîtrait, même s'il avait tout oublié. Elle s'approchait pour l'embrasser, mais son visage restait flou, parce que, chaque fois, c'était celui d'Angelina qui apparaissait. Il aimait Lina, sauf que ce n'était pas sa mère. La sienne était partie de l'autre côté des montagnes, en Amérique. Une fois qu'elle aurait terminé son voyage, elle reviendrait. César l'avait juré.

— Sébastien, viens par ici !

L'appel de son grand-père le tira de ses pensées. Il se redressa et, après une dernière caresse au cabri, fila tout au bout de l'alpage. César s'était accroupi et ce n'est qu'en arrivant à quelques pas de lui que l'enfant distingua ce qu'il cachait.

Un piège. Une mâchoire ouverte dont l'acier bruni luisait de graisse, redoutable.

— C'est pour quoi, Papé ?

Il connaissait la réponse, pourtant, en entendant les paroles tomber, il dut se mordre la langue pour ne pas trahir son émotion.

— Un piège à loup pour la Bête. Crois-moi, avec ce truc-là, elle est pas près de s'en sortir. Ça vous broie une patte en moins de deux. On va en poser trois autres, autour de l'alpage, comme ça, si elle s'approche, clac !

— Le troupeau a pas été attaqué !

— Pas ici. Mais dans la vallée voisine, un berger a trouvé une brebis à moitié dévorée, pas plus tard qu'hier.

— Et si c'était pas elle qui tuait les moutons ?

— Ah oui ? Et c'est qui alors ? Les Boches ? ! C'est elle, crois-moi. Et je pense même savoir d'où elle vient. Un berger, dans la vallée de Verpeille, a pris un chien patou pour surveiller son troupeau et se protéger des loups. Il y a deux ou trois meutes qui rôdent là-bas, sauf que le gars, c'est un mauvais, il a jamais su faire avec ses chiens.

— Qu'est-ce qui s'est passé ?

— Je connais pas les détails, mais à ce qu'on m'a rapporté, il le frappait à coups de bâton. Un jour, son patou s'est enfui. Après, à ce qu'on dit, il est devenu sauvage. Sauvage et enragé, c'est pour ça qu'il égorge les moutons.

— Qui t'a raconté ça ?

— André. Il connaît le berger, celui de Verpeille.

— André, il s'est fait mordre, il est mauvais, lui aussi !

— Allons, Sébastien, c'est pas parce qu'il sait pas chasser qu'il raconte des bobards.

Comme son petit-fils faisait mine de s'éloigner, il s'étonna.

— Tu ne veux pas m'aider à poser les trois autres ? Je te montrerais, comme ça.

Sébastien parut hésiter, puis acquiesça, la mine fermée. Soucieux de lui apprendre, César n'avait rien remarqué. Comme à son habitude, il expliqua avec des mots simples le système de déclenchement, la manière de camoufler le piège et les emplacements à privilégier. Ils firent un large cercle, et disposèrent ainsi les mâchoires d'acier, afin de couvrir un maximum de surface. Chaque fois qu'il en posait un, le berger expliquait son choix.

— Tu vois, j'ai couvert au moins trois directions possibles. Tu me diras, si la bête est maligne et qu'elle a de la veine, elle peut passer au travers, mais la chance tourne, et si elle veut encore s'attaquer au troupeau, elle risque d'y laisser sa peau, cette fois.

— Les pièges, c'est cruel. C'est toi qui me l'as dit !

— C'est vrai et je le pense toujours. Ceux-là servent pour les loups, d'ordinaire. Mais tu sais, bonhomme, on est parfois obligé de se défendre en accomplissant des choses qu'on ne ferait pas habituellement.

— Comme à la guerre ?
— Pourquoi tu dis ça ?
— Pour rien. Sauf que tu traites la bête d'ennemie alors que c'est juste un chien.
— Un chien qui égorge les moutons.

Ils revinrent en silence vers la bergerie et, quand Sébastien demanda à rentrer au village, César ne fut pas vraiment surpris. Depuis quelque temps, son petit-fils s'éloignait et il ne parvenait plus à l'amadouer avec ses histoires, comme avant.

— Tu ne devais pas m'aider à traire, ce soir ?
— Si, mais Angelina a besoin de moi pour livrer du pain. Elle dit qu'ils ont trop de travail avec Germain.
— Tu es sûr que tu ne veux pas plutôt filer t'amuser ?
— Non, Papé, croix de bois...
— C'est bon, pas la peine de jurer. File !

Il le regarda disparaître, pensivement, puis haussa les épaules. Il se faisait des idées. Sébastien n'avait que huit ans après tout.

Après avoir emprunté le détour par la forêt, l'enfant courut d'une traite aux Glantières, jusqu'à la langue de sable où la bête s'était tenue. La peur et l'excitation se mêlaient en lui. À présent que César avait posé les pièges, il se moquait encore plus de désobéir. Il devait la prévenir, d'une façon ou d'une autre. Il espérait qu'elle était revenue au rocher, mais, à la vue de l'endroit désert, son espoir retomba.

Il grimpa sur la pierre en surplomb et cria vers la montagne.

— Je sais que tu es là. Pourquoi tu te caches ? Je suis pas méchant ! Viens ! S'il te plaît...

Il se sentait idiot et surtout impuissant. Dans l'air calme de l'après-midi, rien ne bougeait. Il reprit son souffle et cria plus fort :

— César, il a mis des pièges autour de la bergerie. Faut pas que tu y ailles ! Y a des loups qui se mangent la patte pour survivre à ces saletés, je veux pas que tu te blesses !

Un silence absolu lui répondit. Le soleil cognait durement sur sa nuque. L'enfant s'en moquait. Il s'assit sur la pierre, les mains sur les genoux, résolu à attendre. Pour mieux s'en convaincre, il ajouta pour lui-même :

— De toute façon, je reste jusqu'à ce que tu viennes. Je veux pas que tu meures.

Il ferma les yeux et compta lentement jusqu'à vingt. Après, il ne savait plus. Un jour, il irait à l'école où les autres apprenaient, et lui aussi saurait calculer jusqu'à cent, ou mille ! Il recommença. Encore et encore. Par instants, il s'interrompait et lançait un cri en direction de la montagne : « Allez viens ! », mais l'animal restait sourd à ses appels.

Il demeura longtemps ainsi, jusqu'à ce que sa tête lui fasse trop mal pour compter ou réfléchir. Finalement, il céda et descendit vers le lit du torrent pour se désaltérer.

L'eau était froide et il but longuement. De sa poche, il tira un morceau de fromage suintant. C'était une part de son déjeuner, qu'il avait dissimulée juste avant la pose des pièges. Il abandonna son cadeau sur le sable, exactement là où le chien s'était tenu.

Caché derrière un bouquet d'arcosses, trente mètres plus haut, l'énorme chien gris observait chaque geste de l'enfant à travers les branchages. Les effluves rances lui parvinrent et lui mirent l'eau à la bouche. Il ne frémit même pas, et resta tapi longtemps après la disparition de l'intrus.

Quand le soleil entama sa descente, d'une lente reptation l'animal se faufila jusqu'au torrent et sauta sur la langue de sable. Il ne fit qu'une bouchée du bout de fromage que Sébastien avait laissé.

## 2.

C'était le cinquième lundi qu'il venait. Toujours à la même heure, quand il était certain qu'elle était seule, juste après avoir fermé boutique. Comme ça, ils avaient tout le temps.

C'était un affrontement silencieux entre l'officier allemand et la jeune Française. Nul besoin d'explication. Mais si elle restait prudente, Angelina refusait de se soumettre et le défiait du regard.

Trente kilos de pain, c'était une quantité énorme et Germain devait travailler deux fois plus. Heureusement, en quelques mois, il avait acquis l'adresse d'un vrai panetier. Angelina non plus n'avait pas choisi de travailler ici, la guerre avait décidé pour elle. En 1940, le boulanger de Saint-Martin n'était pas revenu des Ardennes et sa veuve avait quitté les lieux pour rejoindre ses parents dès l'annonce de sa mort. Il avait fallu trouver en urgence un apprenti pour pétrir, et quelqu'un qui accepterait de se charger de la vente et de l'approvisionnement. Angelina s'était portée volontaire, faute de candidats. Quant à l'apprenti, il n'avait pas tenu un an avant de se perdre dans le maquis. Un autre s'était enfui vers la ville, et puis Germain.

À la seconde visite de Braun, quand elle s'était vivement plainte de n'avoir trouvé qu'une farine coupée avec des succédanés d'orge et de seigle, le lieutenant lui avait glissé des tickets de rationnement en plus. Elle avait failli dire merci et s'était retenue au dernier moment. Merci pour quoi ? L'Occupation ? Elle savait qu'il la testait. Elle devinait aussi que les autres boulangers n'avaient sûrement pas droit à ce genre d'indulgence, sans parler des tickets de rationnement. C'était leur secret, un peu comme du marché noir légal. D'un autre côté, elle aurait été bien bête de refuser et de nourrir l'armée allemande sur le dos des villageois !

Ainsi, chaque lundi matin, Angelina se tenait prête. Une sourde excitation la prenait, à mesure que la pendule avançait vers le 3.

Quand le carillon tinta, elle continua à lire son grand carnet, là où elle consignait les ventes et les commandes. Il ne dit rien, se tint silencieux au milieu de la boutique et une minute passa sans que l'un ou l'autre ne laisse échapper le moindre soupir. Elle pouvait presque sentir l'énergie dégagée par sa présence. Intérieurement, elle se maudit de cette pensée et finit par relever la tête, ennuyée de lui offrir si facilement la victoire. Cette fois, il emportait la première manche. Elle ouvrit les yeux, feignant de s'apercevoir de sa présence, et il répondit par une esquisse de courbette.

— Mademoiselle...
— Bonjour, lieutenant. Vos pains sont prêts. Les trente kilos.
— Pas de problème cette semaine ?
— Aucun.

— Pas de plainte à me soumettre ?
— Pas particulièrement.
— Et de façon plus... générale ?
— D'une façon générale, oui, je pourrais me plaindre de la guerre. Mais je suppose que vous ne l'arrêteriez pas à vous tout seul, même si je vous le demandais.
— Effectivement. Je crains de ne pas avoir assez de pouvoir. Pourtant, j'aimerais être en mesure de vous faire plaisir.

Angelina s'empourpra tout en maudissant sa naïveté. Il allait croire qu'elle cherchait à lui plaire.

— Les pains sont là. Vous pouvez appeler vos hommes. Faites vite ! J'ai de l'ouvrage...

Cette fois, c'est lui qui fut surpris et elle en conçut un plaisir disproportionné. D'un claquement de talons, il la salua, puis ouvrit la porte pour laisser entrer ses deux fidèles soldats, Hans et Erich.

Dehors, il buta contre un enfant assis sur la première marche de la boutique et, d'un geste distrait, lui effleura la tête. La Française le troublait chaque fois un peu plus. Ce n'était pas seulement sa beauté qui le touchait, mais sa façon de le regarder, cette lumière qui émanait d'elle. Il se demanda quel effet produirait un vrai sourire dans ce visage si pur, et il se jura de lui en arracher un, la prochaine fois.

Il ne prit pas garde à la grimace de l'enfant. Il ne l'avait pas reconnu.

Sébastien était venu attendre Angelina. Il patientait depuis un moment, en épiant les gamins qui jouaient au ballon sur la place. Il y avait là Jean-Jean, Pierrot et Gaspard ainsi que les deux jumeaux Tissot. Il aurait pu être invisible, tellement les autres l'ignoraient. D'un coup de pied, il envoya valdinguer sa besace qui roula au pied de l'escalier. Il n'arrivait pas à savoir si l'indifférence des autres enfants le mettait en colère ou le désespérait.

Avant de s'asseoir dans son coin, il avait fait deux fois le tour de la place à pas lents, dans l'espoir qu'on l'appelle pour jouer. C'était complètement idiot, parce que personne ne voulait jamais lui parler, mais Sébastien espérait qu'un jour, par miracle, il s'en trouverait un assez curieux ou amical pour lui faire signe. Il aurait donné tous ses trésors pour avoir un ami, quelqu'un à qui se confier, parler de sa mère ou de la Bête, échanger des secrets ou des nouvelles de la guerre. Il avait du mal à comprendre pourquoi les autres ne voulaient pas de lui, juste parce qu'il était différent. Il se demanda ce qui arriverait si on l'inscrivait à l'école. Peut-être que ce serait pire encore.

Le ballon roula dans sa direction et s'arrêta juste entre ses pieds. Sébastien s'en empara et regarda Jean-Jean approcher. Il suffisait de lui demander la permission de jouer. Rien de plus simple. Il esquissa un sourire.

Mais le regard de l'autre était mauvais, fuyant.

Sébastien haussa les épaules et laissa retomber le ballon qui roula hors de portée. L'autre étouffa un juron et courut taper dedans, assez fort pour l'envoyer à l'autre bout de la place. Ensuite, il se retourna vers lui en crachant :

— Sale gitan !

La cloche de l'école sonna, provoquant aussitôt la débandade parmi les enfants. Ils se précipitèrent pour récupérer leurs cartables empilés sous un arbre et s'égaillèrent en hurlant :

— Sale gitan ! Sale gitan !

Sébastien ne bougeait plus, ne respirait plus. En pensée, il se retrouva près du torrent et se vit devant la Bête. L'envie de la revoir se fit si violente qu'il sentit son cœur se briser. L'animal et lui étaient pareils. Détestés par les autres. Il ferma les yeux très fort pour empêcher ses larmes de couler.

Angelina le trouva là, assis à l'attendre, tellement sage qu'elle ne put réfréner un sourire. Ce jour-là, elle n'osa pas le gronder d'être venu un lundi.

Personne au village ne devait soupçonner que l'Allemand lui donnait des tickets.


Il se tenait à sa place habituelle, sur le rocher, quand il revit la Bête, le lendemain.

C'était le premier matin d'octobre.

Depuis l'incident sur la place du village, Sébastien souffrait. Il voulait tellement être accepté, mais il ignorait comment se débarrasser de sa sauvagerie. Il n'avait rien raconté à Angelina, ni le rejet méprisant des autres, ni la solitude qui l'étouffait, car il savait que cela la peinerait autant que lui. Elle aussi avait été adoptée ! Peut-être que c'était plus facile quand on était une fille... Chaque fois qu'il allait à la boulangerie, les regards moqueurs l'enfermaient dans sa solitude, bien pire que lorsqu'il marchait seul sur les sentiers de montagne. Dans ces moments-là, son cœur se serrait si fort que ça lui donnait l'impression d'avoir une pierre dans la poitrine. Pour s'empêcher de pleurer, il se jurait de prendre sa revanche. Quelque chose finirait par arriver, c'était obligé ! Il ne savait pas trop si cela concernait sa mère ou l'animal sauvage, mais sûr que ça allait venir...

Ce matin-là, il attendit le départ de César pour rejoindre Angelina qui s'affairait à la cuisine. Son bol de gruau était sur la table et l'odeur lui arracha une grimace. Le mélange de lait et de bouillie fade l'écœurait un peu. Il devait tout manger, jusqu'à la dernière cuillerée, parce que, en ces temps de guerre, beaucoup de gens étaient privés... Angelina finissait de boire son café, silencieuse, l'air ailleurs. Sébastien se préparait à la questionner, mais elle chaussait déjà ses bottillons et il se dépêcha d'avaler sa bouillie pour sortir en même temps qu'elle.

Sur le chemin, il regretta de ne pas avoir pris de veste. Lina était tellement distraite qu'elle avait oublié de vérifier sa tenue. Il était encore tôt, assez pour voir les rayons du soleil percer la brume matinale exhalée en nappes des profondeurs de la vallée. On aurait dit un géant en train de fumer la pipe. Au-dessus des sommets, le bleu d'encre s'éclaircissait, parcouru de quelques rares nuages d'altitude. Il ferait beau. L'enfant n'avait pas encore l'habileté de César pour détecter les changements de temps, il lui arrivait de se tromper, mais il savait distinguer les signes les plus évidents : l'aspect des nuages, la venue du brouillard, la direction ou la force des vents, le vol des insectes, très bas en cas d'orage, ou l'effet de loupe qui venait avec l'humidité.

Plus il montait, plus il avait l'impression de flotter, emporté par l'air ou l'impatience, il ne savait pas trop, la tête grisée par le tournis. Bientôt, les pics escarpés des sommets s'enflammèrent à leur tour sous les rayons du soleil. Le vent, en passant entre les branches des pins, soufflait une rumeur familière et apportait l'écho des sonnailles d'un troupeau au loin. Avec la venue de l'automne, la montagne se tapissait d'or et de pourpre, elle se faisait plus douce, presque langoureuse, sauf sur les cimes empierrées que la neige ne couvrait pas encore. Sébastien réprima un cri d'allégresse, la nature tout entière semblait l'encourager en lui offrant ce que les enfants de Saint-Martin lui refusaient. En proie à des sentiments contradictoires, il voulait croire que la terre l'aimait et qu'un jour, bientôt, il retrouverait sa mère.

Il prit son temps pour atteindre le torrent, en s'arrêtant à chaque bouquet d'argousiers pour cueillir les baies orange cirées comme des perles. Angelina l'avait chargé d'en récolter tant qu'il pourrait, car les fourrés aux alentours du village avaient été dépouillés. Avec les privations, la plus modeste récolte devenait précieuse, et tout le monde au village s'était mis aux conserves, même les célibataires ! Les confitures étaient aigrelettes, faute de vrai sucre, alors on ajoutait de la saccharine, quelques pommes pour adoucir, et pour solidifier des pépins ou les amandes contenues dans les noyaux de fruits.

Son sac ne tarda pas à être plein, largement de quoi contenter Lina. Elle gardait une petite partie de sa production, mais l'essentiel partait à la boulangerie. La demande augmentait à mesure que les restrictions duraient, et on voyait de plus en plus d'étrangers venir s'approvisionner dans les fermes en fromage ou en viande. À croire que dans les plaines et les grandes villes, la situation était bien pire. Les pots de gelée, même à moitié liquide, partaient très vite, en quelques jours à peine.

Quand il parvint en vue de la pierre levée, malgré le froid piquant, sa course l'avait suffisamment réchauffé pour lui donner une bonne suée. Il stoppa à l'endroit où le chien s'était tenu, cherchant une piste, et, une fois encore, soupira de déception. Rien. Il savait que le rituel avait peu de chances de fonctionner, mais c'était une façon de retarder le moment de se rendre à la plage de sable où il avait laissé l'offrande. Chaque jour, il déposait quelque chose, soit de la nourriture qu'il prélevait de son casse-croûte, soit un beau galet, un mouchoir imprégné de son odeur, un morceau de bois flotté, parce qu'il savait que les chiens aimaient les rapporter. Quelquefois, il retrouvait ce qu'il avait laissé, intact, sauf la nourriture qui disparaissait toujours. Les empreintes n'étaient jamais celles de la Bête, pas depuis qu'il les avait lues, un mois auparavant. Alors, il demeurait sur la plage, tout le temps qu'il fallait pour sentir la déception lui retourner l'estomac. Le chien pourrait bien être mort, ou enfui à l'autre bout du monde, ce qu'il faisait ne servait à rien, ses cadeaux étaient minables, des trucs de gamin !

Le découragement ne durait jamais longtemps. Pendant la nuit, l'espoir revenait et il le retrouvait intact à son réveil, si vif qu'il jaillissait hors du lit impatient de repartir, de vérifier. Il se glissait en tapinois en haut de l'escalier et guettait le départ de César. Aujourd'hui, ce serait différent, il verrait la Bête !

Un coup d'œil lui suffit : l'endroit avait été visité. Les traces étaient cependant bien trop modestes pour appartenir à un gros chien, plutôt un renard, à la rigueur un jeune loup. Il soupira, dépité. Comment attirer l'animal et lui faire comprendre qu'il n'était pas son ennemi ? Les cadeaux ne marchaient pas. Il avait même essayé de prier dans son lit, le soir. Quelquefois, il se demandait si le chien n'était pas comme le Dieu des églises, sourd aux appels. Peut-être qu'il y avait trop de prières qui noyaient la sienne. Ou peut-être que le chien avait été battu si fort qu'il ne croyait plus aux paroles de l'homme. Et Dieu ? Était-ce pour cela qu'il laissait éclater les guerres ? Parce qu'il se sentait trahi ?

Au lieu de prendre la direction de la bergerie, il préféra longer le torrent. Il voulait retrouver l'allégresse qui l'avait rempli en regardant la montagne, un sentiment de joie et de sérénité. À une centaine de mètres, le cours d'eau s'élargissait pour former de larges méandres pris entre d'énormes blocs de roche. Il rejoignit une plage de gravier et entreprit de choisir des galets ronds, bien plats. Lancer des cailloux était la seule chose qui le consolait un peu de ses rendez-vous ratés. Campé sur le bord du torrent, il visa une zone tranquille où le flot s'écoulait sans obstacle. Il aimait ces moments, quand il cessait de réfléchir pour suivre le vol des galets et que le calme l'envahissait. Son bras s'élevait, animé d'une vie propre, l'œil visait et, soudain, catapultée par la main, la pierre fusait en l'air puis frappait l'eau, une fois, deux fois, trois fois, quatre dans le meilleur des cas, quand le tir était parfait.

Un craquement faillit l'alerter, mais il était si concentré qu'il n'y accorda pas d'importance. Il prit son temps pour ajuster son tir. Le galet bondit deux fois avant de disparaître dans un remous, dévié de sa trajectoire. Agacé, il tourna la tête en direction du léger froissement dans la végétation. Il ne pensait à rien, sauf au tir raté.

Émergeant d'un buisson, la Bête se tenait à demi ramassée, les yeux fixés sur lui, les babines légèrement retroussées, parcourues d'un frisson. Quelques mètres seulement les séparaient. Trois ou quatre bonds. Elle ne grondait pas, mais sa posture trahissait une extrême méfiance. Son poil paraissait encore plus emmêlé et dru, plus sombre que la dernière fois, à moins que la proximité n'ait troublé le souvenir.

L'espace d'un instant, Sébastien crut à une sorte de mirage. Il déglutit doucement en aspirant l'air par les narines. Tout doucement, il desserra sa main et la pierre qu'il tenait glissa entre ses doigts. Il fallait absolument montrer qu'il était désarmé, amical. Le caillou, en heurtant le sable, émit un choc à peine perceptible qui lui fit pourtant l'impression d'une détonation. Son cœur battait comme un tambour. La Bête ne bougeait toujours pas.

Dans la tête du garçon, les pensées tourbillonnaient si vite que, l'espace de quelques instants, sa vision se brouilla. Ce n'était pas la peur qui montait en lui mais une joie immense, tellement forte qu'il craignait de commettre un faux pas. Il baissa le regard, courba légèrement les épaules pour montrer sa soumission.

La Bête se décida à bouger. Elle progressa très lentement, jusqu'au ruisseau, s'arrêtant à chaque pas tandis que Sébastien l'épiait, fasciné. Arrivée sur le bord, elle observa la position de l'enfant puis, rassurée, entreprit d'étancher sa soif. À part le chant du torrent et le claquement des vigoureux coups de langue, tout était calme. Elle se redressa et parut évaluer la situation en humant l'air pour vérifier qu'aucun danger ne menaçait.

Sébastien priait pour que personne n'approche. La dernière fois, les chasseurs avaient tout fait rater. Il n'osait plus bouger, à peine respirer. Le chien dut comprendre qu'il ne présentait aucun danger, car il fit un pas dans sa direction et s'arrêta, perplexe. L'espace entre eux se réduisait maintenant à quelques enjambées. Cinq, tout au plus, calcula l'enfant. Ou un seul bond. Il aurait voulu parler, mais quelque chose le retint. C'étaient des minutes fragiles, et le chien pouvait fuir pour un rien, un geste maladroit, un mot de trop. Il se concentra pour projeter sa pensée vers lui comme un pêcheur lance sa ligne. *Tout doux. Je suis ton ami. Je veux te protéger. Je suis gentil, tu sais.* Les mots lui brûlaient les lèvres, mais il les gardait en lui, sans oser rompre l'instant. Les yeux sombres, profonds et fixes dévisageaient l'enfant sans ciller. Incapable de résister, Sébastien leva la main, paume ouverte vers la truffe luisante, si lentement qu'on aurait pu le croire immobile. Pourtant, au moment où il pensait avoir marqué un point, le chien recula, le poil hérissé. Sa gorge émit un sourd grondement de colère. L'enchantement qui les tenait tous deux face à face était brisé.

Sébastien eut juste le temps d'étouffer son cri de désarroi. Déjà l'animal faisait volte-face et disparaissait entre les buissons de rhododendrons.

— Reviens ! Je te toucherai pas ! C'est promis ! Reviens !

La déception lui arracha un sanglot. Il tapa du pied et serra les poings pour résister à l'envie de se flanquer une gifle ! Mais pourquoi avait-il bougé ? En plus, il avait oublié le morceau de fromage. En arrivant, au lieu de le déposer sur la plage, il avait préféré faire de stupides ricochets ! Une andouille, voilà ce qu'il était ! Maintenant, le chien se méfierait de lui et finirait par tomber dans les pièges de César, ou bien il serait abattu par le fusil des chasseurs !

Il se tourna vers la montagne, indécis. À la lumière franche du ciel, il sut qu'il était temps de monter à la bergerie. Même en supposant qu'il puisse lire les empreintes et suivre le chien à la trace, ce serait une trop longue traque. César se lancerait à sa recherche en ne le voyant pas venir, et alors ce serait mille fois pire pour la Bête ! Il devait trouver une autre idée ! Il repensa aux jours passés à attendre, à ses cadeaux inutiles, à tous ses efforts gâchés pour un geste mal compris, et imagina César guettant son arrivée. Il serait incapable de mentir si son Papé l'interrogeait ! Il se recroquevilla, au bord des larmes, parce que soudain tout lui apparaissait trop lourd. La solution fusa d'un coup, lumineuse. S'il ne pouvait retrouver le chien, il irait se renseigner sur lui. Or quelqu'un savait des choses sur le compte de la Bête...

Sans perdre une seconde, pour ne pas s'encombrer inutilement, il suspendit son sac rempli de baies à une branche d'épicéa, hors de portée des animaux sauvages. Il passerait par la combe aux marmottes et rejoindrait la piste forestière qui menait aux pâturages voisins. En comptant deux heures de marche aller-retour, il serait à la bergerie après le déjeuner. César l'engueulerait sûrement, mais cela valait mieux que de se mettre à pleurnicher comme un bébé. Évidemment, l'autre tocard risquait de lui faire mauvais accueil. Mais peut-être qu'à force de boire il aurait oublié leur dispute. De toute façon, c'était décidé, même s'il devait se faire recevoir à coups de pierre !

Avant de se mettre en route, il sortit le casse-croûte préparé par Lina, et déposa sur la pierre la grosse tranche de pain, frottée d'ail et de graisse.

Plus haut, dissimulé dans un bouquet d'arcosses, le chien observait le petit d'homme qui démarrait en trombe. Tiraillé entre la curiosité et la méfiance, l'animal suivait Sébastien du regard. Quand sa silhouette disparut, il poussa un jappement plaintif. Un effluve animal lui parvint en amont, porté par une brise légère, et il se leva, affamé. Il grimpa la pente avec l'agilité de l'habitude. Déjà, il avait oublié l'enfant.

André souffrait sang et eau et cela s'entendait de loin. Arc-bouté sous la charge, il avançait en assurant chaque pas pour ne pas glisser dans le dévers. Le problème, c'était qu'avec sa blessure juste guérie, de forces, il n'en avait plus guère. Sans compter que le chariot à patins aurait eu besoin d'un sérieux coup de neuf, la semelle droite se fendillait et finirait par se rompre au prochain accrochage sérieux.

Il pesta rudement et s'accorda une pause, le temps de souffler. L'attelage n'était pas chargé à plein, seulement six grumes soigneusement ficelées, pourtant il était déjà à la limite de sa résistance. C'était dangereux, mais il n'avait guère le choix s'il voulait livrer le bois avant l'hiver. Bientôt, le terrain serait humide ou verglacé et ce serait impossible pour un homme seul. Pas question de payer un fainéant alors qu'il s'était appuyé tout le boulot ! Le sentier de desserte qui serpentait parmi les sapins était malcommode, le dénivelé trop rude n'arrangeait pas vraiment la descente.

Il affermit sa prise sur le frein et se remit en route, moitié glissant, moitié marchant. Les rondins lui écrasaient les muscles du dos. Si son pied se dérobait, il était bon pour finir écrasé. L'image de la catastrophe lui arracha un grognement de fureur. Il jura, dérapa sur un demi-mètre et ne vit l'obstacle qu'au dernier moment, si bien qu'il fut obligé de se redresser d'un solide coup de reins. L'enfant s'était campé juste devant lui, en plein milieu de son chemin, comme un troll sorti des entrailles de l'enfer !

— Bon Diou, maudit chiard, tu m'as presque fait débagouler la pente !

Sans se désarçonner, le mioche soutint son regard, sourit, et l'interrogea d'un ton poli.

— Ça va mieux la blessure ?

— Mieux ? Tu peux causer ! L'irait mieux si je pouvais me la couler douce, comme toi, sans doute !

— Sauf que si je voulais faire ton travail, je finirais tout aplati.

Il gardait la mine à la fois sérieuse et admirative, ce qui eut le don de calmer André. Le morveux avait visiblement compris la leçon. Pas mécontent de pouvoir souffler, l'homme cala son chariot en opérant une traction en travers de la pente, et s'essuya le front d'un revers de manche.

— Tu fiches quoi par ici ? Ferais mieux d'apprendre à lire, si tu veux mon avis, pour te chasser la sauvagerie de la tête...

Le gamin rougit et, comme il baissait le nez,

l'homme éprouva une nouvelle bouffée de satisfaction. En voilà un qui avait juste besoin qu'on le recadre. Il bougonna quand même, histoire de ne pas céder trop vite.

— Bon, je m'en jette un vite fait et je remets ça d'une traite !
— Jusqu'où tu vas ?
— Au chemin des Cabrettes. Encore un bon cinq cents mètres. Après, j'ai les mulets pour tirer.
— T'es très fort...

La flatterie était grossière, mais André disposé à gober n'importe quoi. Son visage se fendit sur une grimace qui dévoila des dents noircies.

— C'est ma foi vrai que la besogne m'a jamais effarouché ! Pas comme certains...

Sébastien craignait de se montrer trop pressé, mais l'imagination commençait à lui manquer. Il lança, au hasard :

— C'est quoi le bois ?
— Du hêtre.
— Pourquoi tu coupes pas les sapins en bas ? Y a pas si long pour arriver au chemin.
— Parce que ça brûle moins bien, nigaud ! Le hêtre est plus dur, il dure plus longtemps et ça paye mieux. Suffit de réfléchir...

Sébastien ravala un gloussement. Tout au plaisir d'étaler sa science, André avait baissé sa garde. Le moment était venu de passer aux questions sérieuses.

— C'est vrai que tu connais le berger qui frappait la Bête et que c'est pour ça qu'elle s'est enfuie ?
— Tu me chantes quoi, là ?
— La Bête... qui t'a mordu... César dit que c'est un chien qui s'est ensauvé.

— Ça se pourrait.

André s'était rembruni au souvenir de sa blessure. Il se rappelait la honte presque aussi brûlante que la morsure de cette saloperie de bête ! Il fouilla sa poche et en sortit sa flasque, fit sauter le bouchon et avala deux bonnes lampées. L'alcool lui donna un coup de fouet et il claqua la langue, rasséréné. Prudemment, Sébastien faisait mine d'examiner une motte de terre, de peur de laisser deviner ses véritables pensées. Ce sale type critiquait son Papé de trop boire, mais son flacon sentait pas l'eau du torrent ! Heureusement, la curiosité finit par l'emporter.

— Et qu'est-ce que ça peut te faire, cette histoire ?

— Pour savoir. Tu penses qu'il le frappait parce que le chien était méchant ?

— Les gens, ça naît pas méchants. Ça le devient. Les chiens, c'est pareil.

L'enfant éprouva une bouffée de reconnaissance. André était pas si terrible après tout. Juste idiot.

— Alors pourquoi ?

L'autre haussa les épaules. La perspective de devoir repartir lui rendit sa mauvaise humeur. Et puis le môme était en train de le retarder ! Il calcula qu'il en aurait facile pour la journée avant de retrouver son fauteuil.

— Qu'est-ce que je sais, moi ? ! Et toi, tu peux me dire pourquoi les gens se font la guerre ?

Comme l'enfant le dévisageait, interloqué, il se lança dans une explication vaseuse qui s'éclaircit à mesure qu'il la débitait.

— Ben justement ! Y a pas de pourquoi. Le gars, il attachait le chiot à une chaîne de même pas deux mètres et puis il le battait. D'autres fois, il le laissait crever de faim plusieurs jours de suite, parce qu'il avait pas le temps, qu'il oubliait ou parce que ça l'amusait, va savoir. Pourtant, dans la vie, c'est un type plutôt normal. J'ai été en affaires avec lui. Il fait du bon boulot, il a une femme et quatre gosses, il boit pas plus qu'un autre. Mais il battait son chien. Du coup, forcément, le clébard est devenu complètement branque. C'est irrécupérable ce genre de bête. Et tu veux que je te dise ? Ben, les Boches, si tu réfléchis un peu, c'est tout pareil ! À ce qu'on dit, c'était plutôt rude avant la venue de leur grand Führer ! Et maintenant, ils sont enragés. Et pour leur faire passer le goût du sang...

Il conclut sur ces mots, rayonnant, cracha un vigoureux jet de salive et, sans attendre de réponse, souleva la charge d'un coup de reins pour se remettre dans la pente. Sébastien recula pour lui laisser le passage. Les pieds fermement écartés, enfoncés dans la pente, André progressait presque sans forcer. Son discours l'avait requinqué et autant profiter de la présence du chiard. En cas de chute, le môme serait toujours bon à prévenir les secours.

Il parvint au bout de la déclivité en quelques minutes, lâcha les brancards en expulsant un gros soupir, pris de vertige. Sainte Mère, il avait réussi ! Quand il se releva pour se faire admirer, le talus était vide, le gamin volatilisé.

— Ce gamin, c'est quand même quelque chose...

Il chassa sa déception d'un rire de mépris. L'ingratitude des mômes ! Lui, c'est pour ça qu'il les regrettait pas. Le célibat, y avait que ça de bon ! Avec l'âge surtout.

Il siffla une bonne lampée de gnôle pour la route et se remit en marche.

Les brebis avaient été traites et enfermées dans l'enclos. César bloqua la barrière, puis siffla de façon à prévenir l'enfant. Il était temps de rentrer s'ils voulaient arriver avant la nuit.

Sébastien avait proposé de faire la tournée des pièges, pour se faire pardonner son retard. César soupira. La Bête se méfiait. Depuis l'attaque et la pose des mâchoires d'acier, elle ne s'était plus risquée aux alentours. Un homme superstitieux aurait pu y voir de la sorcellerie. Lui devinait une malice de bête méfiante, habituée aux hommes et à leurs manigances.

Les pièges avaient tué de vilaine façon, mais jamais plus gros qu'un renard. Il avait récupéré une fouine et une marte, la tête broyée par les crocs d'acier. Les peaux serviraient à fourrer de vieilles bottes, trop grandes pour Sébastien. Les chaussures étaient devenues une denrée rare, sans parler du cuir, introuvable, quand il n'était pas réquisitionné ! Cela lui éviterait de descendre dans la vallée et de chercher un cordonnier mieux fourni que le leur, et encore... pas sûr ! Avec toutes ces histoires de marché noir, la méfiance était de mise ! D'après ce qu'il entendait, en bas, c'était pire. L'instituteur qui partait chaque semaine en randonnée avait juste dégoté une paire de chaussures de marche en caoutchouc ! Quelle affaire !

Malgré les peaux, César haïssait encore plus la bête. Les pièges étaient des pis-aller. Il aimait chasser à la loyale, après avoir traqué sa proie. Tant qu'il n'aurait pas tué l'animal enragé, il ne serait pas tranquille avec le gamin. Le problème, c'était qu'il ne pouvait guère l'enfermer comme une brebis. Sébastien devenait de plus en plus indépendant et on pouvait toujours l'engueuler, finalement il n'en faisait qu'à sa tête !

Et au fond de lui, le vieil homme aimait ça.

Il avait beau se répéter que la Bête avait changé de vallée, la fin des massacres le prouvait, il avait le pressentiment qu'en baissant la garde, elle le sentirait et profiterait du moindre relâchement pour passer à l'attaque. Depuis leur rencontre manquée, il allait jusqu'à imaginer que l'animal lui en voulait personnellement.

Le rire de Sébastien le rendit à la réalité.

— Tu faisais une grimace, Papé !

Ils se mirent en route pour rejoindre le chalet, pressés de retrouver la chaleur du feu. L'air était humide et froid, la couleur du ciel virait à un gris ardoise annonciateur d'orage. L'ombre avait gagné les versants, érodant les reliefs et détrempant la terre. Il fallait avoir un cœur bien accroché pour ne pas frissonner face à un tel spectacle. César aimait cette âpreté qui rappelait aux hommes leur petitesse. En montagne, mensonge et vanité tombaient tout seuls, les lâches se dévoilaient.

En arrivant à couvert, sous les arbres de la forêt d'épicéas et de mélèzes, ils eurent l'impression de pénétrer dans une grotte où chaque son prenait une résonance feutrée, le bruit des épines sous leurs pas, le craquement d'une branche, le passage furtif d'un rongeur. Filtrée par les pins, la lumière grise paraissait se déverser en pleurs salis. Un peu oppressés, ils accélérèrent le pas et débouchèrent en vue du col. À cette cadence, ils arriveraient avant la nuit noire. Au moment où ils s'élançaient vers le défilé des Glantières, César stoppa brusquement, la main levée pour prévenir l'enfant.

— Écoute !

Le mugissement du brame montait du fond de la vallée, rauque et puissant, et dans les ombres du crépuscule on aurait dit une corne de brume.

— C'est un cerf, hein, Papé ?

— Oui, et il annonce l'automne. Tu entends comment il prie la femelle ? Quand son cri est long, mélancolique, c'est le brame de langueur, un peu comme un amoureux jouerait du violon à sa bonne amie ! Là, il est en train de lui dire : « Je suis le plus beau, le plus fort, mais aussi le plus malheureux des cerfs tant que tu me résistes ! »

— Et la biche lui répond quoi ?

— Tu penses, elle préfère brouter ! Mais le cri réveille son envie, assez pour désirer un faon. Et tu sais comment il fait le beau ?

— Non…

— Il se roule dans la boue et l'urine pour sentir fort parce que les biches adorent ça.

— C'est dégoûtant ! gloussa Sébastien en imaginant la réaction de sa sœur s'il arrivait tout crotté sous prétexte de plaire aux filles !

— Pour toi oui, pour eux, ça fait partie de la galanterie. Tiens, écoute encore !

Le cri avait repris, plus bref et caverneux.

— Non seulement il brame pour prévenir ces dames, mais il veut aussi intimider les autres mâles. Dans ces cas-là, son cri sonne comme un rugissement. La menace est claire et les jeunes ne s'y frottent pas trop.

— Mais ils se bagarrent quand même ?

— Les plus forts oui, chaque saison du rut.

— Pourquoi ?

— Parce que le dominant a beau prévenir les autres de se tenir à l'écart, parfois, ça ne sert à rien.
— Et qu'est-ce qui se passe ?
— Ils combattent.
— C'est dangereux ?
— Pas toujours, même si les luttes sont violentes. D'abord, ils s'intimident, et si aucun ne veut céder ils s'affrontent. Ça peut durer longtemps, surtout quand les cerfs sont de la même force. En montagne, c'est pire, il y a le risque de chute. Certains finissent avec des andouillers cassés, d'autres avec des plaies ouvertes, ou éventrés. Un jour mon père m'a raconté qu'il avait trouvé les carcasses de deux grands mâles qui s'étaient emmêlés en luttant. Ils sont morts d'épuisement, sans pouvoir se dénouer, pris au piège de leurs grands bois pleins d'épois.

Ils approchaient du torrent et, insensiblement, l'enfant pressa le pas, soucieux à l'idée qu'il restait peut-être des empreintes mal effacées. Son grand-père continuait à parler sans paraître rien remarquer.

— Tu sais, j'ai vu mon premier combat à peu près à ton âge. On était partis chasser avec le père et on est tombés sur deux vieux dominants, des bêtes énormes avec des andouillers aussi grands que moi ! On aurait cru un combat de géants ! En les observant ce jour-là, je l'ai sentie, cette force qui dépassait tout.
— C'était quoi ?
— L'instinct.
— Et qui a gagné ?
— Le plus aguerri. C'est ce que mon père m'a expliqué en tout cas, parce que j'étais trop impressionné pour comprendre.

— J'aimerais en voir, Papé. Tu m'emmèneras ? Mais sans les tuer, dis ?

— Évidemment sans les tuer ! Aucun chasseur digne de ce nom ne tirerait un cerf en plein brame, sauf les petzouilles. On ira... Mais pas avant d'avoir attrapé cette saleté.

— Tu parles de... de la Bête ?

— Le chien sauvage, oui, qui d'autre ?

Affolé, Sébastien se tourna vers la vallée pour chercher l'inspiration. Le brame avait repris avec des cris plus courts, saccadés.

— On dirait qu'il est enrhumé, tu entends ?

César tendit l'oreille et acquiesça.

— Tu as raison, je crois qu'il a trouvé son adversaire. Mais crois-moi, c'est pas de rhume qu'ils souffrent, ces bougres-là !

— Ils vont se battre, alors ?

— Pardieu !

— Alors, si y en a un qui crève, c'est comme s'il mourait d'amour ?

Le vieil homme émit un rire étouffé avant de reprendre son sérieux. Derrière l'apparente naïveté de la question, il avait perçu une attente qui n'avait rien à voir avec les cerfs. D'un coup de bâton, il envoya rouler une pierre dans la pente, un geste inhabituel chez lui.

— On parle pas d'amour, plutôt d'instinct. Les vieux mâles s'intéressent aux femelles de la harde qu'à l'automne, pendant la période de rut. Le reste du temps, ils restent solitaires. Si tu veux trouver des couples fidèles, cherche plutôt du côté des loups...

— Pourquoi c'est comme ça ?

— Comme quoi ?

— Pourquoi ils se tuent, puisqu'ils sont pas amoureux ? C'est juste pour faire des petits ?

— Oui, tu as raison. Parce que la pulsion de vie dépasse tout, même la peur de la mort.

— Et la pulsion de vie, c'est se battre ?

— C'est l'instinct sauvage. La pulsion des mâles qui les pousse à vouloir dominer, et celui des femelles à porter des petits. Dans certaines régions moins montagneuses, il existe des mâles qui défendent des harems de plusieurs dizaines de biches ! Je peux t'assurer que ceux-là arrivent en hiver passablement épuisés !

Il éclata d'un gros rire, tant l'idée l'amusait.

— Ils veulent pas partager ?

— Oh ! Que non ! Même s'ils ont une harde de biches !

— Et c'est pas de l'amour ?

César hésita devant l'insistance. Sébastien cherchait à savoir autre chose, le terrain devenait dangereux. Il imagina la réprobation d'Angelina ; à toujours vouloir être précis, il pouvait devenir brutal sans s'en rendre compte.

— C'est un peu comme tu veux le voir. Tiens… Tu entends ? Plus rien. L'un des deux a cédé.

Ils étaient arrivés au-dessus du village. Juste avant d'entamer la descente, le vieux berger saisit la main de l'enfant. La paume était si douce, si menue qu'il en eut le cœur serré. Il aurait voulu lui promettre monts et merveilles, que le bonheur a beau être fluctuant comme le vent des cimes, il revient toujours vous caresser un jour. Pourtant, il préféra se taire, plutôt que risquer une bêtise. Le remords l'envahit. À force de retarder le moment de parler, il était en train de figer ses mensonges, tout comme l'eau prise en glace.

Sébastien était si jeune ! Il attendrait encore un peu. Au printemps, peut-être...

L'enfant levait vers lui sa frimousse étonnée, et César lâcha sa main, brusquement embarrassé. D'un geste, il désigna le toit qu'on devinait à une centaine de mètres.

— Allez va ! Cours devant prévenir Angelina qu'on a faim !

3.

Vides ! La langue sableuse, le couloir de pierre, la pente vallonnée, les arêtes enherbées !

Sébastien avait cherché des traces pour rien, alors qu'il avait juré de se rendre à la bergerie de bonne heure, pour aider aux fromages. La Bête n'était pas revenue, et le pain avait sans doute été emporté par un corbeau, alors que lui s'était privé de casse-croûte ! Bien sûr que c'était stupide de laisser une tranche de pain, il avait eu faim toute la journée et tout ça pour se faire chouraver son cadeau par un oiseau ! Seulement c'était plus fort que lui et il ne pouvait pas trahir la Bête, il fallait qu'elle comprenne !

Il aurait bien voulu pleurer à son aise, mais le temps pressait. Rien que d'imaginer la colère de César, il sentait les joues lui cuire... Hier, il avait houspillé Lina en lui reprochant de trop compter sur son frère pour livrer le pain ou faire des courses, et que du coup le petit n'aidait presque plus au troupeau. Bien sûr, sa sœur était tombée des nues. Une explication orageuse avait suivi et Sébastien avait dû avouer qu'il avait pas mal traîné dans la montagne ces derniers jours, mais jamais du côté des Glantières, juré craché ! En proférant son mensonge, il avait croisé les doigts dans son dos. Angelina l'avait privé de dessert, signe qu'elle était vraiment en colère. Il s'en fichait. Et en plus, il n'aimait pas trop son clafoutis plein de grumeaux.

Bon, il n'allait pas se mettre à chialer comme un môme. Il n'avait pas le temps. Pas de larmes, pas de ricochets non plus. La Bête viendrait demain. Sûrement.

Il accéléra le pas et chercha un repère des yeux pour se donner l'impression d'avancer plus vite. Une dernière montée assez rude, et puis la souche, juste sous la bifurcation. Là, il ne resterait plus qu'à traverser le bois et il serait presque arrivé. Il chercha les paroles d'une chanson et la répéta trois fois avant de pénétrer à couvert, sous les arbres. Une bouffée d'humidité l'enveloppa comme un drap mouillé. Il avait plu durant la nuit, la terre sentait l'humus et une odeur sucrée de résine. Du coin de l'œil, il repéra un rond de sorcières, dans la petite clairière où il aimait jouer par temps de grosse chaleur. Il faillit s'arrêter pour récolter des bolets et justifier son retard, mais l'image de son grand-père en colère lui fit presser le pas. Tant pis. Il lui montrerait au retour. De toute façon, l'excuse valait aussi avec les mains vides. Il dirait... qu'il avait cherché des coins à champignons pour faire une surprise à Lina, parce qu'elle était en colère contre lui, et qu'il en avait oublié le temps !

Soulagé de sa décision, il se mit à trotter le long de la piste qui sinuait entre les pins, avala un raidillon et déboucha sur une butte. Emporté par sa course, il atterrit rudement sur un tapis d'aiguilles et mit quelques instants à comprendre qu'il n'était plus seul. L'air se raréfia pour devenir aussi épais que de la poix. Il déglutit, n'osant croire au miracle. Le chien se tenait devant lui, en plein dans le passage, et il semblait énorme. En voyant Sébastien se remettre debout, il émit un bref grondement d'avertissement. Comme une politesse de chien, pour lui dire de faire attention. Ses oreilles étaient dressées, signe de vigilance.

Cette fois, pas question d'hésiter. Encore tout plein de frustration de ses heures interminables d'attente, Sébastien parla d'une seule traite, sans prendre le temps de réfléchir.

— Tu veux pas qu'on te touche, alors je te toucherai pas. Promis. Moi non plus j'aime pas tellement, tu sais. Les vieux, ils font ça tout le temps. C'est à cause de ma tignasse. Quand ils me passent la main dedans pour m'ébouriffer, je déteste ! Je suis pas un pantin. Toi non plus. Sauf que tu as des poils... et puis les chiens, ça aime les caresses, pas vrai ? Sauf que toi, tu ne sais pas ce que c'est.

Tout en discourant, l'enfant avait peigné ses cheveux en arrière pour appuyer sa démonstration. La Bête ne grondait plus mais demeurait tranquille, la gueule entrouverte, langue pendante, et Sébastien prit le risque de faire un pas.

— Viens, je vais te montrer quelque chose. Un truc.

Il continua à avancer de biais, pour ne pas couper la route du chien tout en surveillant ses réactions, mine de rien. L'animal ne bronchait toujours pas. Il s'éloigna encore, répétant d'une voix enjôleuse :

— Viens, je te promets que je te toucherai pas ! Allez, tête de mule ! Sinon, on pourra jamais être copains. Et tu peux pas continuer comme ça, tout seul ! Tu es un chien, pas une bête sauvage !

Cette fois, l'animal bougea, mais s'arrêta aussitôt,

une patte levée, comme s'il cherchait encore une raison de se laisser convaincre. Sébastien dissimula un sourire. Il comprenait cette méfiance parce que lui aussi l'éprouvait. Il fallait y aller en douceur. Il pensa aux mains de César soignant une plaie, appâtant une ligne ou écartant des brins d'herbe, à la recherche d'indices, le calme qui imprégnait chacun de ses gestes, et il sut comment faire.

Tant que le chien ne serait pas rassuré, il ne se laisserait pas approcher. Il avança de quelques pas en parlant d'une voix paisible, presque joyeuse. Les mots n'avaient guère d'importance, seul le ton importait. Le chien suivit. Cinq mètres. Dix mètres. Chaque fois que l'enfant stoppait, le chien en faisait autant, comme s'il voulait maintenir une distance de sécurité. Ils traversèrent ainsi la forêt en progressant par paliers. Sébastien avait l'impression d'être relié au chien par un fil fragile, prêt à se rompre à la moindre secousse. Le souvenir du funambule lui revint. C'était l'an passé, à la foire de la vallée, pour le marché annuel. Ils s'y rendaient toujours ensemble, César, Lina et lui. Avant la guerre, on disait que c'était encore mieux, avec plein de numéros étonnants, de bonimenteurs, des bals et des concours. Sébastien n'avait jamais rien vu de tel. L'homme glissait sur un filin tendu entre deux poteaux, qui oscillait à chaque foulée. Bras écartés, en équilibre, il inventait une marche suspendue qui ne ressemblait à rien de connu, entre ciel et terre. Le chien et lui, c'était pareil. Tout pouvait basculer d'un instant à l'autre et pourtant ils avançaient sur ce fil, reliés l'un à l'autre, dans un équilibre précaire. À présent, il savait exactement quand parler, chaque fois que le chien hésitait.

— C'est bien. Tu me suis, d'accord ?... Je vais te montrer quelque chose, c'est important... Je t'ai cherché longtemps, tu sais ?... Depuis la fin de l'été... tu te rappelles ? Moi, j'ai pas peur, alors toi non plus, d'accord ?

Il avait oublié César, la guerre et même le douloureux souvenir de sa mère s'estompait. Tout était loin, seule comptait la rencontre avec l'animal, ce qui était en train de se tisser entre eux, pas après pas. Il en était ému aux larmes.

Ils débouchèrent à la lisière des arbres, juste au-dessus des alpages, après avoir contourné le chemin habituel. À cette époque de l'année, le troupeau préférait brouter sur le versant ensoleillé, mais il y avait toujours quelques réfractaires pour chercher des coins où l'herbe poussait dru. La bergerie était dissimulée derrière un repli de terrain, un peu plus au sud. L'enfant estima l'heure à la position du soleil. Normalement, sauf s'il y avait un souci avec un mouton malade, César s'occupait à la laiterie. Le travail ne manquait pas. Retourner les fromages, tourner le lait dans la baratte. Après, Papé aimait bien boire un coup et piquer un roupillon. De toute façon, le risque de se faire surprendre était assez faible, parce que, en restant à couvert du bois, on voyait venir les gens de loin.

Comme prévu, un groupe d'une quinzaine de brebis vagabondait non loin d'une zone détrempée, en lisière du bois. Sébastien vérifia que tout était calme avant de se diriger vers elles. Son cœur cognait à tout rompre. Habituellement, quand ils sentaient l'approche d'un prédateur, les moutons s'énervaient. Or, cette fois, le troupeau restait serein alors qu'il approchait, le chien sur ses talons. Au dernier moment, juste avant d'atteindre la brebis de tête, il hésita, mais sans interrompre sa marche. Et s'il s'était trompé ? Si le chien devenait enragé et leur sautait à la gorge ?

Il avança comme en rêve, avec l'impression d'entrer dans un torrent.

Lina lui avait raconté la légende de Moïse et de la mer ouverte. Elle lui avait même montré une gravure dans un livre. On y voyait un homme de dos, vêtu d'une grande cape pareille à celles des bergers de la montagne. Il avait les bras tendus vers le ciel et, dans la main droite, il brandissait un bâton. Derrière lui, au lieu de moutons, une foule d'hommes et de femmes se pressaient, chargés de ballots. On voyait aussi la mer Rouge (qui était bleue, en réalité, comme toutes les mers du monde) en train de se soulever pour ouvrir un passage. Ces eaux dressées de part et d'autre du chemin ressemblaient aux rideaux d'un théâtre. Or voilà que lui aussi, le chien à sa suite, se sentait comme Moïse. Les moutons s'écartaient en silence, leurs flancs laineux effleurant ses bras ballants. Une brebis le renifla, une autre appuya brièvement son mufle contre sa main, en quête de gourmandise. Seul le grelot des sonnailles montait dans l'air. Sébastien tourna légèrement la tête pour observer le chien et le trouva parfaitement serein. Il se comportait en patou, sûrement parce qu'il s'était déjà trouvé au milieu d'un troupeau...

Il exultait. Il dut faire un effort pour refouler ses larmes. Le soulagement était si fort que c'en était presque douloureux et que ça le submergeait. Jamais le chien n'avait égorgé de brebis ! D'abord, s'il avait été enragé, les moutons l'auraient senti ! Il fallait voir comment ils paniquaient à l'approche d'un loup. Il se laissa glisser par terre, les jambes coupées par l'émotion.

— Je le savais, moi, que tu n'étais pas méchant !

L'animal se contenta de le fixer de ses yeux brillants. On aurait dit que lui aussi avait compris l'importance du moment. Il attendit que l'enfant se relève pour à nouveau lui emboîter le pas. Et ne vit pas l'immense sourire qui barrait le visage de l'enfant qui savourait sa double victoire, celle d'avoir apprivoisé le chien, et celle de l'avoir confronté aux moutons.

Ils retournèrent sous le couvert des sapins et longèrent la lisière durant une dizaine de minutes, pour ne pas se faire repérer. L'un des trois pièges de César était caché non loin de là. Sébastien aurait pu retrouver l'endroit les yeux fermés, car il était venu vérifier aussi souvent que possible que la Bête n'était pas tombée dedans. Maintenant qu'il avait eu sa preuve, la colère de son grand-père ne l'inquiétait plus. Il y songerait ensuite, quand le chien serait à l'abri. Pour l'instant, il avait mieux à faire !

Il ralentit, la main levée afin de prévenir. D'ici, on apercevait le toit de lauzes de la bergerie. Un filet de fumée s'échappait de la courte cheminée. Très lentement, pour ne pas surprendre le chien, il se pencha et choisit une pierre, puis la lui montra sur sa paume largement ouverte.

— C'est un caillou. Mais je vais pas te tirer dessus. J'en ai besoin pour te montrer quelque chose.

Ensuite, il se tourna et chercha le piège enfoui sous un amas de feuilles et de branches de pin, entre deux fourrés épais. On distinguait à peine une luisance suspecte. D'un geste vif, il lança le caillou en plein dans le piège. Au claquement des mâchoires, le chien eut un sursaut de recul. Aussitôt, il se mit à gronder, le poil hérissé sur l'échine. Il flairait une odeur d'homme derrière l'effluve de graisse qui ne lui disait rien qui vaille. Le bruit sec, déplaisant, résonnait encore dans ses oreilles. Un bruit dangereux. Il gémit comme pour demander des explications.

— Faut pas venir par là, insista l'enfant, c'est dangereux. Tu comprends ? Tu peux renifler, pour te rappeler l'odeur. Ça sent fort, pas vrai ? César, il en a mis tout autour. Il est pas méchant, sauf qu'il comprend pas, il croit que c'est toi qui égorges ses moutons !

Le ton dut rassurer l'animal, parce que le grondement cessa. Il se mit à haleter puis, sans prévenir, bâilla si largement qu'un gémissement lui échappa, provoquant le rire de l'enfant.

— Maintenant, on se tire d'ici avant que Papé débagoule ! S'il te voit, il ira chercher le fusil ! Mais je ne le laisserai pas faire, jamais !

Il remit le piège en place en s'aidant de ses pieds pour le retendre, et reprit sa marche, en trottant quand il fut certain d'être suivi. La faim s'était réveillée et lui chatouillait le ventre, mais il s'en moquait bien. Ce matin, pour s'assurer qu'il viendrait, César avait refusé que Lina lui donne son casse-croûte et décidé qu'il le préparerait lui-même… Sauf que le chien aussi devait mourir de faim. Sous les poils longs, emmêlés et sales, on distinguait les flancs creusés. Sébastien pouvait toujours prendre le risque de subtiliser un morceau de lard ou du fromage à la bergerie, mais s'il arrivait maintenant, Papé ne le lâcherait pas de sitôt !

« Chien nourri, chien fidèle ! » Le proverbe que son grand-père avait coutume de dire lui donna une idée. Puisqu'il ne pouvait pas rentrer, il rejoindrait la ferme des Dorchet, dans la vallée voisine. La bergerie d'André était plus proche, mais il craignait autant ses commérages que son avarice. Et puis, deux visites de suite, le berger se méfierait forcément... Mais chez les Dorchet on était sûr de trouver de quoi manger. Leur ferme était l'une des plus prospères de la région et raflait toujours les prix agricoles. Avec un peu de chance, Sébastien pourrait se faufiler dans leur réserve et prélever un peu de lard, s'ils en avaient tant que ça... La honte le fit rougir. Et si on le découvrait ? Le vol de nourriture, c'était un crime, à cause de la guerre. Non. Il lui fallait se débrouiller autrement pour nourrir le chien. Par exemple en demandant poliment un morceau de pain et un bout de fromage à la mère Dorchet, ce serait pas du vol, ça ? Et César n'en saurait rien... De toute façon, il fallait trouver à manger pour amadouer le chien avant qu'il redevienne sauvage !

Ils franchirent une large coulée de pierre en montant vers le chemin des crêtes, et l'enfant bifurqua sur un sentier à chèvres très escarpé. Le raccourci leur ferait gagner un bon kilomètre. Quand la pente était trop abrupte, il s'aidait en s'agrippant à des buissons ou des racines affleurantes. Le chien bondissait à ses côtés, apparemment sans effort. Sa présence galvanisait les forces de Sébastien. Ils parvinrent enfin au bout de la montée, là où le sentier s'élargissait pour devenir une piste à mulets. Plus haut, on distinguait déjà le col des Crêtes.

Ils repartirent sans même prendre le temps de souffler, l'enfant devant, le chien à quelques pas derrière.

Un observateur averti aurait vu la distance qui les séparait diminuer sensiblement.

Arrivé sur le chemin des crêtes, Sébastien aspira avec ravissement l'air parfumé de sauge. Sa bouche était sèche, et il prit conscience qu'il mourait de soif. Il scruta les environs, cherchant le gros éboulis de pierres d'où partait la piste qui plongeait vers la vallée voisine. Ils trouveraient de l'eau en descendant. César l'avait amené une fois à la ferme pour une affaire de bélier reproducteur, et il se rappelait très bien le ruisseau qui arrosait la combe.

Aussi loin que le regard portait, ce n'étaient que le vide et les roches. Avec l'automne, les troupeaux étaient presque tous redescendus vers les vallées ou les bergeries de moindre altitude, mais il vérifia quand même qu'aucun muletier ne risquait de les surprendre. Parfois, on tombait sur des colporteurs chargés d'approvisionner les fermes des hauts alpages.

Un glapissement déchira le silence. L'aigle royal planait au-dessus d'eux, dessinant un orbe majestueux. Le chien émit un gémissement d'envie et Sébastien l'encouragea de la voix.

— On est bientôt arrivés, je vais trouver à manger, t'inquiète pas !

Au moment de se remettre en marche, il éprouva un bref étourdissement et s'appuya contre un rocher. Il avait intérêt à se trouver un bâton de marche pour le retour. César lui avait mille fois expliqué les dangers à se croire plus fort que la nature. Curieusement, il n'avait pas peur. La présence du chien avait tout changé, la montagne était devenue son alliée. Il n'aurait pas su l'expliquer, c'était une sensation physique,

mais il se sentait différent, plus fort et téméraire. Bien sûr, avec son grand-père il était protégé, guidé, parfois grondé, mais César était un adulte, il ne pouvait ni entendre ni comprendre ses secrets. Et puis il avait les siens. Des choses qu'il gardait pour lui, quand il serrait les lèvres en bougonnant, le visage fermé comme un poing. Avec le chien, c'était différent. L'un et l'autre se donnaient de la force.
— Allez, on repart !

Dissimulés derrière une butée de terrain, le chien et l'enfant scrutaient la ferme coiffée de lauzes. Même à trois cents mètres de distance, elle paraissait énorme.

La bâtisse se situait à l'écart du hameau. Solide et vaste, le rez-de-chaussée en pierre du pays portait l'étage fait d'un bardage en mélèze flanqué d'un balcon couvert qui courait sur le mur exposé au sud. Adossée au flanc nord, l'étable surplombée d'un grenier faisait corps avec la maison d'habitation. Était-ce à cause de sa position privilégiée ou par jalousie ? Mais dans le pays on chuchotait que les habitants du lieu ne se gênaient pas pour traficoter. Avant la guerre avec les contrebandiers, et maintenant avec qui voulait bien ! En tout cas, ils avaient des vaches, des moutons, mais aussi des poules, des canards, quelques lapins, et certains parlaient de quelques cochons bien gras, planqués à l'abri des regards !

Sébastien chassa les images de viande trempant dans une sauce épaisse. César avait sûrement déjeuné. Peut-être qu'il était même en train de l'appeler, les mains en porte-voix, gueulant son nom à l'écho ! À moins que sa colère le pousse à concevoir une punition terrible ! Mal à l'aise, il murmura, plus pour lui-même que pour l'animal :

— Attends encore un peu. Tu peux me faire confiance, je vais trouver quelque chose à manger. Tu sais, ce sera presque comme échanger son sang. Après, on sera amis. Pour toujours !

Le chien l'écoutait, la tête légèrement inclinée, l'air perplexe, tellement comique que Sébastien craqua et tendit la main. L'animal la renifla, et il sentit avec ravissement le souffle chaud courir sur sa paume.

Un brouhaha de voix rompit le silence. Cela semblait venir du côté de la ferme. Il progressèrent en rampant jusqu'à un fourré épais d'où la vue était parfaite.

Sur la route, garée trois cents mètres en contrebas, une camionnette d'un noir étincelant était stationnée, l'arrière recouvert d'une bâche. Impossible qu'elle appartienne aux gens du coin, elle semblait trop neuve. Ici, les automobiles étaient rares. Le père Dorchet possédait une guimbarde qu'il sortait les grands jours, mais elle était assez vieille pour ressembler à un poulailler ambulant. Le maire, lui, avait un cabriolet, une peugeot 401 de couleur jaune qu'il gardait dans une étable. Il y avait aussi la Delage du fils Combaz, qui était notaire dans la vallée et riche comme Crésus à ce qu'on disait. Non. Cette camionnette-là, Sébastien l'avait déjà vue garée pas loin de la boulangerie, le jour des Boches...

Les voix provenaient de là ; deux hommes en uniforme parlementaient avec une femme aux hanches larges, la tête recouverte d'un fichu de laine rouge vif. Sébastien reconnut Suzanne Dorchet (elle allait au marché de Saint-Martin les jours de fête), une redoutable matrone qui tenait son mâle d'une main de fer.

C'était à elle que Sébastien espérait mendier un repas. Avec un peu de chance, elle serait de bonne humeur après son marchandage. Le tout était de ne pas se faire voir et d'attendre un moment pour qu'elle ne se doute pas qu'on l'avait espionnée. Pourvu que les Boches se dépêchent ! Il chuchota à l'adresse du chien :

— T'inquiète pas, ils s'en fichent de nous, mais on va se cacher quand même, le temps qu'ils règlent leurs affaires ! Suzanne, la fermière, elle vend aux ennemis. Tu vois les hommes en gris, c'est eux, les Boches. C'est un peu long à t'expliquer mais en gros ils ont envahi le pays. Pas juste eux deux, y en a d'autres… En attendant, Suzanne, ça la gêne pas trop. Tu vois les bouteilles dans son panier ? Je te parie que c'est du génépi. C'est pas très ragoûtant, mais les hommes d'ici aiment ça, même mon Papé… Tu crois qu'ils vont lui donner quoi, en échange ? Du saucisson, ce serait bien. Tu aimes ça, toi ? Moi, j'en ai pas mangé depuis au moins… un an ? Ou deux, peut-être bien. Je me rappelle plus trop. Les cochons y sont tous crevés et sinon ils coûtent très très cher. Sauf pour les Boches parce que ce sont les ennemis et qu'ils volent tout ce qui leur plaît… Alors tu t'assois et tu restes tranquille, compris ?

Il avait lancé son ordre un peu au hasard, mais quand il vit le chien se laisser tomber à ses côtés, il faillit applaudir de joie. L'animal comprenait tout ! Non seulement il était pas enragé, mais en plus il était sacrément intelligent. Ragaillardi, l'enfant s'allongea à son tour sur le talus pour épier le groupe à l'aise, sans remarquer le corbeau choucas qui volait vers eux.

Quand le volatile les dépassa, le chien bondit à sa poursuite, sourd aux appels discrets de Sébastien.

Autant empêcher un fleuve de couler ! Inconscient du danger, le corbeau voletait au hasard, à l'affût d'un butin à becqueter. Mal tendue, la bâche du camion frémissait sous une brise légère en laissant échapper une odeur de gras, irrésistible ! L'oiseau incurva son vol pour filer droit sous la bâche. Pendant ce temps, le chien fonçait derrière sans faire aucun bruit. Même affolé, Sébastien ne put s'empêcher de remarquer sa formidable adresse. Le petit groupe n'avait rien remarqué. Devait-il sortir de sa cachette et se dénoncer ? Et si les Allemands prenaient peur et lui tiraient dessus ? Son grand-père avait été formel : « Tu ne parles pas aux hommes en gris, jamais de ton plein gré ! Et si tu y es obligé, dis-en le moins possible ! Ils sont pas comme nous, n'oublie pas ! »

Avant de décider quoi que ce soit, il était déjà trop tard. Le chien avait sauté à l'arrière du camion. La bâche remuait, comme prise de convulsions. Ce gros remue-ménage alerta les soldats qui se mirent à courir en armant leur fusil. Il n'y avait plus rien à faire, sauf prier de toutes ses forces pour que Dieu sauve son ami ! L'enfant se moquait bien de savoir s'il existait ou non en cet instant !

Hans aurait tiré sans sommation, à travers la bâche, mais Erich le retint *in extremis*. Le lieutenant ignorait leurs petites affaires commerciales, ce n'était pas le moment de se faire prendre ! Si le camion revenait troué, il faudrait fournir des explications embarrassantes. Braun ne plaisantait jamais sur les questions de discipline, et encore moins avec le marché noir ! Intimant le silence d'un geste, il fit comprendre à l'autre de se tenir prêt puis, d'un geste sec, il arracha la toile qui fermait l'arrière, l'arme pointée en avant.

Au milieu des paniers renversés, juché sur une miche de pain, un corbeau noir le toisait. Profitant du courant d'air provoqué par l'ouverture de la bâche, l'oiseau s'envola en lui frôlant la joue. Gêné par son compagnon d'armes, croyant à une attaque, Hans tira en direction de l'ombre fugitive.

— *Verdammt, hör auf Dummkopf! Das ist nur ein Vogel*[1] *!*

La Française arrivait en courant, les yeux roulant dans sa face rougeaude, l'air furibond. Il s'avança pour se mettre dans la trajectoire et empêcher Hans de commettre une autre stupidité.

— Ça va pas de tirer comme ça ? Vous voulez attirer tout le pays ?

— Toi, madame, tu es polie. Ce sale oiseau, regarde ce qu'il fait ! Toutes les bonnes provisions !

— Tiens pardine, et pourquoi pas la Sainte Vierge tant qu'on y est ! Un corbeau qui cause des dégâts pareils... Ce serait pas tantôt une façon de me gruger ?

Erich avait beau ne pas comprendre toutes les paroles, il saisit parfaitement le ton suspicieux et prit un air faussement étonné.

— Gruger ? Tu veux dire quoi, madame ?

— Je parle du prix de mes bouteilles. Alors ?

— Tu veux le pain ?

— Le pain ? Contre mon génépi ? Et puis quoi encore, il a été becqueté et on sait pas les maladies que ça traîne ces bestiaux, pour sûr.

D'un coup d'œil, elle évalua vite fait le contenu

---

1. Bon sang, arrête, idiot ! C'est juste un oiseau !

des paniers renversés et pointa du doigt un paquet taché de gras.

— Le quart de fromage... et le bidon. C'est de l'essence ?

— *Unmöglich !* L'essence, non, pas possible, *verboten* !

— Ma gnôle aussi elle est *verboten* ?

— Et si on fouille votre ferme ?

— Quoi ? Vous me cherchez des poux ? Ou peut-être bien des corbeaux en fuite ?

Elle baissa le ton et plissa les yeux d'un air sournois, ajoutant à mi-voix :

— Ça m'étonnerait que votre commandant soit au courant de vos petits trafics.

Erich masqua sa colère et fit mine de réfléchir. La Française était maligne et elle avait apparemment compris qu'ils n'étaient que de simples soldats. Il pouvait tenter de lui faire peur, mais on ne savait jamais à qui on avait affaire dans ce foutu pays ! Si elle venait à se plaindre au lieutenant... Mieux valait la ménager, au moins pour l'instant. Après...

— D'accord. On va s'entendre. Toi, tu nous donnes deux bouteilles, et nous le fromage et le chocolat. C'est bon le chocolat, très cher !

— J'en veux pas de vos douceurs. Je veux l'essence !


Les voix finirent par s'éteindre, alors que Sébastien galopait de toutes ses forces sur la piste, derrière l'animal. Il le perdit de vue au col, mais n'eut pas le temps d'avoir peur. En débouchant près des éboulis de pierres, il crut qu'il rêvait. Le chien venait de laisser tomber trois chapelets de saucisses pour les croquer à son aise ! Voilà pourquoi il avait pris son temps, la gueule pleine de viande ! Malgré le rire qui lui montait du ventre et menaçait de l'étouffer, l'enfant s'efforça de prendre un ton sévère.

— Dis donc, j'ai eu peur ! Tu aurais pu te faire tuer ! Faut plus jamais t'enfuir comme ça, jamais, promis ?

L'animal leva la tête un instant, avant de reprendre son repas. En quelques coups de dents, il avala les colliers de saucisses. Ensuite, repu, il se redressa, la queue fouettant l'air, comme pour signifier qu'ils avaient assez traîné dans le coin.

— Tu manques pas de culot, toi. Bon, on y va mais tu restes à côté !

Ils repartirent d'un pas tranquille. La distance entre eux n'excédait pas la longueur d'un bras.

Ils s'arrêtèrent au col pour admirer le paysage. Le soleil n'allait pas tarder à entamer sa descente et les ombres s'allongeaient déjà. Réprimant un frisson, Sébastien désigna le sommet, en face d'eux.

— Tu vois par là, l'éperon en forme de dent ? Juste derrière, c'est l'Amérique. Ma mère, elle y est. César dit qu'elle reviendra sans doute pour la Noël. Peut-être même qu'elle aura des cadeaux pour moi. Tu sais ce que j'aimerais ?

Le chien l'écoutait, la tête inclinée, la truffe levée en direction du sommet.

— J'aimerais bien une montre avec une boussole dedans, comme celle de Marcel. Marcel Combaz, c'est notre maire mais c'est pas un ami, faudra t'en méfier. Sauf que tu risques pas trop de le croiser vu qu'il traîne rarement dans les montagnes, sauf quand il veut jouer au grand chef des chasseurs. Eux, tu les connais déjà. André, tu lui as bouffé le mollet. C'est pas que je te donne tort, vu qu'il a presque tué un cabri après avoir tiré sa mère, seulement il est pas aussi méchant qu'il en a l'air. Mais il est bête. Enfin pas bête comme toi, toi, tu es intelligent. Tu comprends tout ce que je dis, pas vrai ?

Le chien approuva d'un bref aboiement. Brusquement ému, l'enfant détourna les yeux et répéta à mi-voix, en fixant l'horizon familier :

— L'Amérique, c'est pas si loin que ça. Un jour j'irai, moi aussi. Et si tu veux, je t'emmènerai.

Un souffle chaud caressa sa main, puis le frôlement humide de la truffe. Pétrifié, submergé par l'émotion, Sébastien se mit à pleurer sans bruit. De grosses larmes roulaient sur ses joues, elles coulaient, et lui n'osait bouger, chaviré par une vague d'amour. Quand le chien entreprit de lécher sa paume, il voulut s'accroupir pour l'étreindre. Toute la journée il avait attendu ce moment. Il lui fallut une seconde pour comprendre que quelque chose clochait. Un grondement sourd, pareil à un tonnerre souterrain, s'échappait des flancs de la bête. Le chien grognait ! Avant qu'il ait le temps de réagir, celui-ci recula prestement, grondant toujours, puis d'un bond il disparut. Éperdu, croyant avoir commis une erreur, Sébastien supplia :

— Attends ! Ne pars pas ! Reviens !

Sidéré par la violence de sa réaction, l'enfant demeura immobile, incapable de réfléchir. Le silence le frappa, presque vertigineux, et une bouffée de solitude glacée le fit grelotter. Le vent soufflait par bourrasques, il s'approcha du vide, machinalement. Quelque chose bougeait, loin devant, sur le versant du massif. Des silhouettes minuscules grimpaient, suivant la cicatrice presque imperceptible d'une piste rarement empruntée. Ils semblaient venir dans sa direction, vers le chemin des crêtes, mais sans passer par le col habituel, cent mètres en contrebas. Le raccourci était périlleux, sans doute plus utilisé par les bouquetins que par les hommes.

Soucieux de rester invisible, Sébastien se replia derrière un rocher. Il attendrait que le groupe passe au large avant de repartir.

Voilà pourquoi l'animal avait fui ! Lui n'y était pour rien... Malgré tout, le choc de la déception ne se dissipait pas. Il aurait voulu retourner en arrière, caresser le chien et lui promettre de le retrouver. Maintenant, le moment était passé. Et s'il redevenait sauvage ? Il tenta de se raisonner. De toute façon, ils auraient été obligés de se quitter. À présent, tout seul derrière le rocher, la gravité de sa situation lui apparaissait vraiment. César devait se faire un sang d'encre. L'enfant se demanda pourquoi il disait toujours ça. Papé n'écrivait jamais. C'est Lina qui se chargeait des papiers et des lettres. Le berger prétendait qu'il ne voulait plus avoir affaire à ces gens-là. L'enfant ne savait pas qui étaient ces gens-là. Ni pourquoi le papier à lettres provoquait sa rancune.

Pour se distraire, il tenta de suivre le tracé de la sente minuscule sur laquelle les marcheurs crapahutaient tant bien que mal. Il perdit sa trace sur le versant voisin, parmi les éboulis. Les minutes coulaient, glacées. Dans deux heures le crépuscule tomberait et César serait vraiment inquiet. Pourvu qu'ils se dépêchent ! Il aurait pu se faufiler jusqu'au col et prendre le chemin de la vallée, mais le risque d'être repéré était trop grand. Si son Papé apprenait qu'on l'avait vu traîner sur le chemin des crêtes, ça risquait de chauffer salement !

À mesure que le groupe progressait, on distinguait mieux les silhouettes. Un montagnard ouvrait la marche et désignait les pièges du chemin au couple qui le suivait, visiblement inexpérimenté. C'était étrange. Ces deux-là étaient en habits du dimanche. Un homme traînait une valise et une femme, chargée d'un paquet, était chaussée d'escarpins comme ceux qu'Angelina gardait dans le coffre, pour aller au bal. Du coup, le bonhomme devait la soutenir pour qu'elle ne se torde pas les chevilles. Ils ne parlaient pas, mais on entendait les pierres rouler. Et puis, soudain, le paquet se mit à pleurer. Sébastien étouffa une exclamation.

Un bébé ! Le couple du dimanche était parti escalader la montagne avec un bébé !

Au même moment, le guide stoppa sa progression et fit signe à la femme de calmer l'enfant. Il attendit que les cris cessent, puis désigna le col du Grand Défilé, en direction de l'Amérique. Il fit le geste de surmonter l'obstacle et tourna la tête, sans doute pour vérifier que les autres comprenaient bien. Sébastien étouffa un cri de surprise. La tache blanche du visage lui était familière. En dépit de la lumière rasante et de la distance, il avait parfaitement reconnu le guide.

Guillaume ! C'était le docteur Guillaume !


— Tu as dû te tromper. À cette distance, c'est impossible d'être sûr. Et puis de toute façon les gens ont bien le droit de se promener en montagne. Tu y traînes bien tout le temps, toi !

— Tu comprends pas, Lina ! Moi, je suis grand et j'ai l'habitude. Sauf que la dame elle était de la ville et elle avait un bébé ! On promène pas un bébé sur le chemin des crêtes ! C'est dangereux !

— Grand ! Je rêve ! Et raisonnable, sans doute ? Ne viens pas me parler de danger, surtout pas.

Angelina soupira bruyamment. Son visage était crispé de contrariété. On aurait dit qu'elle retenait quelque chose. De la colère ou un secret. Sébastien voulait comprendre. Il attrapa les assiettes à soupe et disposa le couvert en cherchant une façon de l'amadouer. Sur le feu, la marmite laissait échapper des jets de vapeur odorants qui mettaient son estomac au supplice. La faim était devenue une torture, mais ce n'était pas le moment de réclamer. La jeune femme reprit, excédée :

— Si c'est dangereux, j'aimerais bien savoir ce que tu y faisais au lieu d'aider Papé. Je croyais qu'on avait décidé ça hier au soir. De toute façon, ce sont des histoires de grands et Guillaume fait ce qu'il veut. Ça ne regarde personne, tu comprends ?

— Oui, sauf que…

— Tu es passé par la bergerie au moins ?

L'enfant baissa la tête, honteux.

En le voyant arriver hors d'haleine, au lieu de tempêter, son grand-père l'avait considéré en silence, avec la figure qu'il réservait aux étrangers. Dure, serrée comme un poing. Comme Sébastien s'excusait à moitié en sanglots, il avait fini par lui commander de rentrer au chalet, sans lui. Sa voix était aussi froide qu'un torrent de montagne. Pire même. Ensuite, il avait tourné les talons et l'avait laissé là, sans plus lui accorder d'attention.

Angelina attendait une réponse. Il essaya de s'approcher au maximum de la vérité, sans trahir le chien.

— Pas ce matin. Juste à la fin de l'après-midi. Je crois que Papé est pas content.

— Ce n'est pas très malin après la punition d'hier. Alors comme ça, tu as traîné toute la journée ?

Sans attendre sa réponse, elle alla soulever le couvercle de la marmite. Sébastien l'observa à la dérobée, pour voir si elle était encore fâchée.

— Ça ne peut plus durer... À force, on oublie que tu grandis.

Le front soucieux, elle tournait la soupe sans paraître la voir.

— C'est grave, tu crois ?

— Quoi ? Que tu traînes toute la journée au lieu d'aller à l'école comme les autres enfants ?

— Mais non ! Les histoires de Guillaume !

La jeune femme sursauta et lâcha le couvercle qui heurta la marmite avec un bruit de gong.

— Pas du tout ! Pourquoi ce serait grave ? C'est juste que ça ne nous regarde pas. Ce sont des histoires privées.

— T'énerve pas, j'ai compris.

— Je ne m'énerve pas.

Elle s'accroupit à sa hauteur, pour l'attirer dans ses bras. Ce n'était pas un geste habituel. Brusquement épuisé, Sébastien se blottit contre elle en respirant l'odeur de sa peau. Il luttait de toutes ses forces pour ne pas éclater en sanglots. D'abord, il y avait eu sa course folle avec le chien, les Boches, le bonheur de ne plus être seul, Guillaume, et ensuite la colère silencieuse de César. Et puis il y avait ces secrets, toujours les mêmes, les secrets des adultes qu'on ne voulait jamais lui expliquer. Il se laissa bercer, le cœur gros. Angelina répétait doucement dans son oreille :

— Ne te soucie pas de tout ça. Ce soir, tu pourras prendre une double portion de dessert.

— Mais Papé est fâché.

— Tu penses... Il s'est juste inquiété. Dès qu'il rentre, tu vas l'embrasser. Je te parie qu'il aura oublié.

— Tu le jures ?

— Promis, juré ! Et pas un mot sur ce que tu as vu aux crêtes. Juré ?

— Juré craché !

— Croix de bois...

— Crois de fer, si je mens je vais...

Elle le coupa en riant.

— C'est bon. Je te crois.

4.

Angelina retourna la pancarte « Fermé » et quitta la boulangerie d'un pas vif. Germain était déjà parti faire une sieste, les miches refroidissaient sous les torchons épais. Encore une fournée de faite, assez pour honorer les tickets de rationnement. Il resterait même de quoi servir ceux qui ne pouvaient pas acheter en boutique ou qui n'avaient pas leur suffisance à cause des visites de cousins éloignés !... Certes, la farine était de plus en plus rustique, mais ils parvenaient à fournir tout le monde. Dans les sacs, il y avait de quoi tenir une semaine. En revanche, la provision de bois baissait. Ensuite, il faudrait repartir chez le fournisseur. Et ne pas oublier de comptabiliser les coupons des clients, les renvoyer à la préfecture pour obtenir l'autorisation d'achat du stock. Une organisation à vous donner le tournis ! On lui avait parlé d'un meunier qui vendait aux particuliers, mais sans moyen de locomotion hormis la ligne d'autocar qui l'obligeait à partir un jour entier, tout devenait difficile. Elle avait bien pensé faire le chemin à vélo, mais la remontée avec une remorque chargée de sacs de farine, c'était au-dessus de ses forces.

Plongée dans ses calculs, elle arriva au cabinet de Guillaume. En poussant la porte, le brouhaha des voix la ramena à la réalité. Elle vérifia sa coiffure devant le miroir du corridor avant de pénétrer dans la salle d'attente. Trois femmes et une petite au teint blême attendaient, l'air morose. Elle salua d'un signe de tête et demeura debout, feignant de ne pas remarquer l'invite muette de Jacqueline, la mère de la petite. Elle n'avait ni le temps ni l'envie de discuter. Les autres ne manqueraient pas de jaser, elle n'y pouvait rien. Et puis la prudence l'emportait sur sa réputation. Tant que l'on mettait ses visites sur le compte des sentiments, le reste était préservé.

Célestine s'encadra sur le seuil, précédant André. Le berger boitait bas, à se demander s'il ne jouait pas un peu la comédie. On s'empressa de lui faire une place, mais, avant qu'il ait eu le temps de s'affaler dans le fauteuil, la vieille servante s'interposa, poings sur les hanches.

— Té ! Pas question de te planter là, le docteur va s'embrouiller dans le sens des visites. Il faut se mettre dans l'ordre, là sur le divan.

Il obéit de bonne grâce, en souriant !

— Je croyais que tu étais guéri... Le docteur t'a donné une pommade cicatrisante. L'as-tu seulement utilisée ? Je parie que non !

— Ça va, lâche-moi, Tine !

— Tu boites bas.

— J'ai voulu en faire un peu trop. Mais tout mon bois est rentré à c't'heure.

— Quand tu seras gangrené ça te fera une belle jambe d'avoir rentré ton bois !

L'assistance pouffa, André comprit. Célestine

régnait en maître sur la salle d'attente et mieux valait s'attirer ses bonnes grâces. Fière de son coup, elle interpella Angelina :

— Si tu viens pour une consultation il va falloir prendre ton tour, ma belle !

— Non. J'en ai pour une minute.

Sans lui laisser le temps de protester, la jeune femme l'entraîna dans le couloir et poussa le panneau de bois, certaine que les autres gardaient l'oreille tendue.

— J'ai besoin de le voir de toute urgence.

— Il est débordé. Il ne pourra sûrement pas te recevoir. Tu as vu toi-même le monde qui patiente.

— C'est important, je te dis !

Célestine fit une grimace et tenta de repousser la jeune femme vers la salle d'attente. Si elle jouait les gardes-chiourme, c'était pour protéger le médecin de lui-même ! Gronder et bougonner était sa manière d'aimer Guillaume. Elle en devenait tyrannique sans même s'en rendre compte. Cette fois pourtant, elle dut percevoir que cela ne servirait à rien car elle finit par céder.

— C'est à propos du convoi de la semaine prochaine ?

— Il y en a un de prévu ?

Célestine blêmit en comprenant qu'elle avait parlé trop vite, mais c'était dit, impossible à reprendre. À contrecœur, elle ajouta tout bas :

— Mercredi, je crois. Si c'est pas une folie… Tu devrais lui dire toi, au moins de ralentir !

Sans l'écouter, Angelina poussa la porte du cabinet et s'appuya dessus après l'avoir refermée. Assis derrière son bureau, Guillaume avait les yeux dans le vague. En la reconnaissant, il s'éclaira tout entier.

— Quel plaisir de te voir ! Tu vas bien ?
— Parfaitement, merci. Je veux t'aider mercredi.
— C'est encore cette pipelette de Célestine qui a craché le morceau !
— Oui. Apparemment, il n'y a que moi qui ne suis pas au courant des nouvelles.
— Ne dis pas de bêtises. Je te protège, c'est tout.
— Ah oui ? Tu me prends pour qui ? Une idiote incapable de t'aider ? Une demoiselle fragile ?
— Moins tu en sais, mieux c'est.
— Ah oui ! J'oubliais ! La discrétion, le secret... Évidemment, tu en connais long sur le sujet, toi. Tu joues les invisibles, c'est ça ?

Guillaume l'observait, consterné par son agressivité. Lina ne l'avait pas habitué à cela, mais elle semblait nerveuse ces temps-ci. Prudemment, il interrogea :

— Où veux-tu en venir ?
— Sébastien t'a vu en route pour le Grand Défilé.
— Merde !
— Je ne te le fais pas dire !
— Mais qu'est-ce qu'il faisait là-haut, à cette heure de la journée ?
— Il grandit et il s'aventure de plus en plus loin.
— Alors on fait quoi ?
— Il m'a promis de ne rien dire à personne...
— C'est un enfant. Il finira par gaffer !
— Mais non !
— Tu ne peux pas en être sûre, et il ne devrait pas traîner tout seul comme ça. C'est un enfant, Angelina, pas un petit sauvage.
— Ah oui ? Parlons justement des enfants ! Ceux de Saint-Martin sont sans pitié. Et leurs parents, c'est guère mieux !

— Angelina ! Tu ne peux pas condamner les gens parce qu'ils se montrent un peu fermés. C'est le tempérament d'ici, mais dans le fond…

— Tu diras ce que tu veux, mais les origines, ça compte beaucoup trop par ici, je suis bien placée pour le savoir !

— Et tu crois que le laisser vagabonder ça va arranger la situation, l'aider à s'intégrer ?

— Non. Je sais. Je deviens folle à force de penser à tout ce qu'il faudrait faire ou ne pas faire, dire ou ne pas dire, expliquer ou… C'est tellement plus facile de…

— De quoi ? Se battre ? Mourir ? Tu dois rester prudente, Lina. César et Sébastien ont besoin de toi… et le village aussi. Avec ce Boche qui n'arrête pas de revenir, ça devient compliqué. Chaque semaine… Pourquoi est-ce qu'il se pointe ici ?

— Comment veux-tu que je le sache ! Je me contente de lui donner son pain !

— C'est bien ce qui m'intrigue.

— Quoi ?

— Un lieutenant chargé d'une besogne de soldat ? Il a l'air de tout sauf d'un bleu. Ça ne lui va pas. Il doit bien y avoir une raison.

Au lieu de répondre, Angelina fit mine de s'absorber dans la contemplation du dehors. Une charrette tirée par un bœuf passait cahin-caha, chargée de foin. Elle prit conscience de la température et se frotta les bras, en exagérant son malaise.

— Je suis partie comme une folle sans prendre mon manteau. Bon, j'y retourne. De toute façon, la salle d'attente est pleine…

— Écoute... Tout à l'heure je passerai à la bergerie. Veux-tu qu'on parle à César, toi et moi ?

— Tu ne vas pas dénoncer le petit quand même !

— Arrête de te voiler la face, Lina. Sébastien a besoin de repères. S'il commence à désobéir, c'est qu'il se passe quelque chose. Est-ce que tu veux m'aider à parler à ton grand-père ?

— Pourquoi pas... Si tu veux. Mais ne le trahis pas, j'ai promis...

Elle se tournait pour sortir quand il se leva d'un bond et lui saisit le poignet. Ses doigts glissèrent sur sa peau et s'attardèrent un instant.

— Viens me chercher ici en fermant. On ira ensemble, tu veux bien ?

— D'accord. (Elle réfléchit une minute, les sourcils froncés.) Tu es vraiment certain que ça ne te gêne pas que je t'accompagne ?

— Pourquoi tu dis ça ?

— C'est pas trop risqué pour une jeune fille comme moi ?

Elle éclata de rire et le planta là, pas mécontente de sa sortie. Il était temps que Guillaume se rende compte de ses capacités. Qu'il lui donne d'autres missions. Elle se sentait bouillir à toujours rester en arrière, à l'abri !

Plantée dans le couloir, Célestine attendait, l'air franchement revêche. Avait-elle écouté aux portes ? L'idée n'était pas si déplaisante. Autant qu'ils sachent tous ! Désormais, il faudrait compter avec elle !


Profitant que César s'était endormi devant sa bouteille de génépi, l'enfant avait filé.

La bête l'attendait sur le chemin des Glantières, comme la première fois. Sauf que ce n'était plus une Bête. Juste le chien. Son ami. Sébastien l'approcha sans chercher à le toucher. On n'apprivoise pas un ami en le forçant à vous aimer.

— Je suis content que tu sois revenu, surtout qu'il est tard. Hier, j'ai eu peur de pas te retrouver. Je t'ai apporté de la tomme, mais je te la donnerai après. D'abord, je veux te montrer un endroit.

Il désigna le torrent qu'on voyait serpenter entre les pierres.

— Tu vois ? Je suis venu tous les jours pour t'attendre ici. Mais tu te méfiais, pas vrai ? Ça, c'est ma pierre. C'est là que je m'assois. Ce que j'ai pu t'appeler ! Et là, sur la bande de sable, je mettais un cadeau pour toi. Tu es venu une fois, tu te rappelles ?

L'animal lui rendit son regard, les yeux scintillants.

— Tu viens ?

Sébastien rejoignit les bords du torrent, dépassa la plage du cadeau et celle où il tirait les galets. Éboulis et petites plages alternaient, s'élargissant à certains endroits pour former d'amples méandres. En aval, le torrent devenait rivière et offrait des cavités naturelles assez larges pour qu'on puisse s'y baigner à son aise.

Le chien franchissait les rochers, sautait par-dessus les trous d'eau sans jamais hésiter. À la vue des « piscines », l'enfant poussa un cri de joie. La plus grande d'entre elles reflétait le ciel et les arbres, coulée dans la pierre, pareille à un puits de lumière. Elle était cernée de galets immenses, aussi lisses et luisants que la peau d'une truite. Les anciens racontaient que ces cavités servaient autrefois au banquet des géants, à cause de leur forme de marmite.

— Viens, le chien ! Ici on ne risque rien !

Il avança sur une roche plate et pénétra dans la nappe d'eau. Ce n'était pas très profond, mais glacé. Il avança jusqu'à avoir de l'eau à la limite de ses bottes. Il sentait la froidure du torrent à travers le caoutchouc. On aurait dit deux mains puissantes, serrées autour de ses mollets. Il appela de nouveau :

— Viens donc, tu as peur ?

Sourd à ses appels, le chien avait stoppé net. Il regardait alternativement les flots et l'enfant, piétinant d'un air malheureux, puis il lança un bref aboiement de dépit.

— Houla-la, tu as peur ! T'es une poule mouillée, tu entends, une poule mouillée ! Et en plus tu pues ! Viens, je te dis ! Il faut te décrasser, sinon je pourrai pas te toucher parce que Papé sentira que je pue moi aussi ! Allez, poule mouillée, saute donc !

Joignant le geste à la parole il fit gicler l'eau et arrosa le chien avant de fermer les yeux, ébloui par l'éclat du soleil. Insensible à la morsure du froid, il continuait à brasser l'eau, ivre d'allégresse. Il devina soudain un grand mouvement près de lui et se retrouva propulsé sur les fesses, en plein torrent, baignant jusqu'à la taille dans l'eau glacée. Le chien jappait, triomphant, et Sébastien ne put réfréner un éclat de rire.

— D'accord, c'est ça que tu veux !

Il empoigna le chien par le cou pour se relever et tenta de le faire basculer. À bout de souffle et saisi par le froid, il s'agrippa au pelage, sous une pluie d'éclaboussures, pareilles à des cristaux de lumière liquide. Son rire contaminait l'animal qui, au lieu de se dégager, se laissait bousculer et tremper à son tour. Sébastien se mit à courir sans plus se soucier de ses vêtements, s'excitant pour que le chien le rattrape, et tous deux se poursuivirent en s'éclaboussant tour à tour. Soudain, en voyant une tache blanche poindre sous la boue suintant de la fourrure emmêlée, l'enfant tendit la main et l'animal se figea aussitôt.

— Mais tu n'es pas noir ! Ton poil...

Benoîtement, l'animal attendait la suite, sans comprendre.

— Ton poil est blanc ! Attends !

Il se pencha vers le lit du torrent et saisit une poignée de gravillons. Ses doigts étaient gourds de froid, mais il s'en fichait, tout occupé à frotter le pelage. On aurait dit de la magie, l'apparition d'un magnifique patou aussi blanc que la neige, abandonnant dans le ruisseau sa vieille dépouille de bête sauvage !

— Ce que tu es beau !

Le chien en eut brusquement assez et bondit vers la rive. Il s'ébroua si fort que les gouttelettes composèrent un arc-en-ciel géant, puis il se laissa tomber sur une pierre chauffée par le soleil avec un gros soupir de satisfaction. Débarrassée de la crasse de plusieurs mois d'errance, sa fourrure semblait avoir doublé de volume.

Sébastien se dévêtit en vitesse. Ses dents produisaient maintenant un bruit de castagnettes. Il ôta sa veste puis ses chaussettes, son pantalon, son pull et garda sa chemise. Il étala le tout sur un rocher, puis, tout grelottant, il rejoignit l'animal.

— J'ai pas trop intérêt à rentrer comme ça si je veux pas me prendre l'engueulade du siècle ! Tu t'en fiches bien, toi...

Le chien battit de la queue en guise de réponse, les yeux mi-clos, les pattes largement étalées. Pris d'un doute, l'enfant examina son ventre comme César le lui avait montré et s'exclama si fort qu'il se redressa à moitié :

— T'es pas un chien, en vrai !

Émerveillé par cette nouvelle découverte, il riait et gloussait tout à la fois.

— T'es une femelle ! Une belle chienne ! Tout le monde te prend pour un enragé et toi t'es une gentille chienne !

Comme l'animal ne répondait pas, Sébastien devint brusquement grave et lui prit la tête dans les mains, pour bien lui faire comprendre l'importance du moment.

— Et moi, je t'ai trouvée. Tu sais comment on les appelle ceux qui découvrent des trésors ? Des inventeurs. Alors, c'est comme si je t'avais inventée.

Il réfléchit, les sourcils froncés.

— Faut juste te trouver un nom maintenant, tu veux ? Dis, la belle, tu veux ?

En guise de réponse, l'animal lécha le visage de l'enfant.

— Belle. C'est ça, tu seras Belle !

Il appliqua un baiser sur les poils du front. Ça sentait encore un peu fort, l'humidité, la terre et l'odeur tenace de la fourrure, mais il se blottit contre la chienne et s'endormit, rassuré et heureux, chauffé par les rayons brûlants du soleil.


— Écoute, César, tu sais que j'ai le plus grand respect pour ton savoir. Tu es un homme intègre, un têtu sans doute, mais tu ne te défausses jamais et j'admire les gens fidèles à leurs idées... par les temps qui courent.

— Arrête ton beau discours ! Où veux-tu en venir ?

Le vieux matois avait parfaitement deviné que la suite n'allait pas lui plaire. Tournant le dos à Guillaume et Lina, il s'accroupit devant le chamois rescapé qui abandonna aussitôt sa mère d'adoption, attiré par le morceau de sel à lécher.

— Sébastien ne peut pas continuer à traîner dans la montagne toute la journée, César. C'est trop dangereux, avec cette fichue bête. Et en plus, il y a des Boches partout. Avec la multiplication des maquis, inutile de te dire que c'est nettement plus dangereux encore. Ils se méfient de tout, vérifient tout.

Sans leur accorder d'attention, le berger entreprit de palper les pattes du cabri. Il souleva la queue, passa ses doigts sur la robe, à la recherche de parasites, vérifia les dents et l'état des yeux.

— Dès qu'il sera sevré, il repartira de lui-même. L'appel du sauvage, on peut rien faire contre...

— Sébastien aussi doit rejoindre le troupeau... Guillaume a raison. Il faut le mettre à l'école. De toute façon, sa mère le voudrait aussi.

Angelina connaissait bien ce mutisme qui pouvait annoncer de longues périodes de silence, mais cette fois César n'avait pas le choix, il faudrait bien qu'il écoute.

— Il a huit ans et il ne sait même pas lire ! Tu veux qu'il reste illettré toute sa vie ? insista Guillaume pour le faire réagir.

Cette fois, l'effet de ses paroles ne se fit pas attendre. César se releva si vite que le cabri détala vivement, effrayé. César alla se camper devant les deux accusateurs en les défiant du menton.

— J'étais le meilleur de ma classe et j'ai passé mon certificat d'études que j'avais pas onze ans, avec une dispense ! Mon instituteur a convaincu mes parents de me laisser à l'école jusqu'au mois de juin cette année-là, au lieu de partir en alpage. J'ai bien cru que mon vieux allait s'étouffer, pour le coup. Et puis il m'a laissé. Je suis descendu au chef-lieu passer les épreuves et c'était mon premier voyage. Résultat, j'ai été le plus jeune reçu du canton, et même du département, un petit paysan des montagnes ! Eh bien, tu vois, docteur, ça m'a pas empêché de me retrouver à ramper dans la boue avec un fusil à la main, en 14…

Il avait craché le mot *docteur* avec colère. Guillaume ne se formalisa pas. Il connaissait trop bien la rage des anciens combattants. Son père était pareil. Ce n'était pas le savoir qui était en cause, mais le système qui faisait tomber les hommes bons ou mauvais, incultes ou savants. Une génération entière sacrifiée. César n'avait peut-être aucune idée politique sur le pacifisme, mais il haïssait la guerre de toutes ses fibres. Dans un meeting, son franc-parler aurait emporté les foules, Guillaume n'en doutait pas.

Ils se dévisageaient gravement, quand Angelina revint à la charge :

— Alors, c'est ça ! T'as envie qu'il devienne comme toi ? Un vieil ermite seul et coupé de tout ?

Comme César ne pipait mot, renfrogné, Guillaume adopta un ton mesuré afin d'apaiser les choses. Il ne voulait pas que le vieil homme se sente jugé, simplement lui faire admettre que le gamin avait besoin d'un cadre pour grandir. Toutefois, pour éviter que César lui oppose la montagne tout entière en guise de maître d'école, il fallait y aller en finesse.

— Personne ne sait exactement où il traîne quand il disparaît durant la journée. Tu le sais, toi, ce qu'il fabrique là-haut ?

La priorité était d'éloigner le petit des zones de passage. Il attendit de saisir le regard du berger et conclut gravement :

— École ou pas, César, je te demande simplement de le garder éloigné du Grand Défilé. Il y a trop de monde là-haut. Trop de vert et de gris si tu vois ce que je veux dire. Ça pourrait mal finir.

— Et les Glantières aussi, tant qu'on est à baliser le terrain. La Bête n'a pas encore été tuée, acheva Angelina.

César les toisa l'un après l'autre, toujours silencieux. Le rouge empourprait son front, signe qu'il était troublé ou en colère. D'un geste, il désigna les brebis à sa petite-fille.

— Tu te chargeras de la traite, ce soir. J'ai à faire.

Il s'éloigna d'un pas pesant, les abandonnant au milieu des moutons.

Belle et Sébastien avaient quitté le torrent pour rejoindre un ancien refuge situé à une heure de la bergerie, sur les contreforts rocheux du massif. Comme le soleil avait tourné, ils grimpaient à l'ombre et l'air était frais, presque froid en dépit du beau temps. L'enfant songeait à l'hiver venant. L'an passé, il s'était réjoui à l'idée de voir la neige. Il aimait cuire les châtaignes et s'endormir le soir devant le feu, pendant que Lina et Papé causaient tranquillement. Sauf que maintenant il y avait Belle. Comment ferait-il pour la voir les jours de neige ou de tempête ? Si César l'obligeait à l'accompagner ? Comment la nourrir ?

Son absence devait être connue maintenant, mais ce n'était pas trop grave parce qu'il avait l'intention de repartir assez tôt pour aider à la traite, surtout que Papé n'aille rien soupçonner. C'était pour cela qu'il avait écourté le bain de soleil, même si ses habits étaient encore mouillés. Il marchait d'un bon pas, tout en réfléchissant, et sa main ne cessait de chercher les flancs de l'animal, comme pour se convaincre de sa présence. Belle se laissait cajoler sans montrer la moindre réticence. Elle obéissait même à ses ordres. Il se demanda si elle avait gardé le souvenir des commandements de son ancien maître. La mémoire d'un chien était-elle comme celle des hommes ? Quand il essayait de se rappeler le passé, Sébastien voyait des choses floues, comme si le monde avait commencé à se former tard, bien après le départ de sa mère. Il ignorait exactement quand. Et Belle ? Gardait-elle le souvenir des coups ? Lui obéissait-elle par habitude, à cause du dressage ?

— Tu verras, Belle, moi, je ne te forcerai jamais ! Sauf si c'est pour ton bien, tu comprends ? Et je t'expliquerai tout, parce que tu es mon amie.

Chaque fois qu'il lui adressait la parole, la chienne marquait son attention en levant les yeux vers lui ou en agitant la queue, parfois même elle aboyait comme si elle voulait parler et l'enfant feignait de la comprendre.

Au sortir du dernier vallon parsemé d'épinettes, la piste devenait sente à chèvres. L'enfant connaissait le passage et il aurait pu l'emprunter les yeux fermés. Ils passèrent des blocs de rocher qui avaient dû s'amonceler au tout début du monde, et parvinrent sur une colline aride sur laquelle se tenait le refuge, perché là-haut comme une sentinelle grise.

L'intérieur du gîte était sommairement aménagé. Autrefois, le lieu avait servi à quelques alpinistes et à des randonneurs égarés, mais avec la guerre plus personne n'y venait. Sauf Sébastien. C'était son antre secret, le royaume où cacher ses trésors.
Pour l'aménager, il avait chipé une vieille couverture trouée qui avait servi de litière à un agneau malade. Après l'avoir raccommodée et cousue bord à bord, il l'avait bourrée de foin et installée dans un coin, près d'un âtre sommaire. Il changeait le rembourrage deux fois l'an afin de lui garder son moelleux. Trois coussins, faits de torchons remplis de noyaux, complétaient le décor et donnaient à cette couche sommaire l'aspect d'un canapé. Sur une caisse à patates, il avait disposé sa collection de cailloux, des quartz brillants, ses silex, quelques fossiles en forme de coquillage et une chandelle à demi mangée, disposée sur une soucoupe.
Dans une niche creusée dans le mur, un bocal garni de bruyères séchées offrait au « salon » un air habité et coquet. Enfin, quelques grosses pierres soigneusement entassées figuraient une commode où trônait sa boîte en fer-blanc. Dedans, il avait rangé ses biens les plus précieux : un vieux porte-monnaie en cuir en forme de bourse fermé par un cordon de cuir rouge, qui avait forcément appartenu à une dame, peut-être sa mère ; son lance-pierre avec le caoutchouc usé qu'il ne sortait qu'en des occasions spéciales, de peur de le rompre ; trois billes en fer qu'il avait trouvées près du chêne de la Grand-Place. Il avait hésité à sonder les enfants

du village, car sa trouvaille ne pouvait provenir que d'un oubli, mais finalement il avait préféré garder le silence... et les billes ; un morceau de bois sculpté, qui figurait un bouc et que César lui avait donné le jour où il avait gardé le troupeau tout seul ; un livre d'apprentissage qui avait appartenu à Lina quand elle apprenait à lire. Sous des dessins d'animaux ou d'objets usuels, de grosses lettres noires étaient tracées. Et aussi un alphabet, c'était ainsi que l'on nommait les lettres. Il feuilletait souvent le livre en rêvant de pouvoir lire comme ceux de Saint-Martin ; sept soldats de plomb qu'il avait reçus les Noëls précédents, malgré le désaccord de César qui ne ratait pas une occasion de pester contre les guerres ; un crayon à mine de graphite taillé au couteau, plus grand que son index et qu'il fallait économiser ; un timbre chipé sur une vieille lettre.

Il montra chaque objet à la chienne, expliquant sa provenance et pourquoi c'était précieux, avant de les ranger dans le même ordre, car chaque chose avait sa place et c'était un rituel qu'on ne pouvait rompre.

Belle, qui avait écouté sans bouger, attendit que Sébastien ait reposé la boîte pour renifler le sol du refuge dans les moindres recoins. Finalement, une fois satisfaite, elle s'assit sagement, l'air de dire :

— Et maintenant ?

— Maintenant, je vais te montrer le meilleur. Tu as peut-être du flair mais tu n'as rien remarqué, ma belle !

Sébastien se dirigea vers le fond du salon, dans un recoin plus sombre où le sol se composait d'une large lauze plate, pareille à celles qu'on mettait sur les toits. Non sans peiner un peu, il déplaça la pierre et dévoila une cavité sombre par laquelle filtrait un souffle d'air.

Aussitôt en alerte, la chienne renifla l'entrée du boyau, la mine circonspecte.

— C'est un passage secret ! Suis-moi !

Le trou était assez grand pour qu'il puisse y glisser aisément. Il disparut dedans, arrachant à Belle un bref gémissement.

— Viens je te dis, ça va pas te manger, c'est juste un trou !

L'enfant continua à progresser et sa voix s'étouffa.

— Ça mène tout droit dehors ! Viens, je vais te montrer ! Comme ça, si tu es poursuivie, tu pourras venir te cacher ici. Je laisserai la pierre de côté. Personne ne se doutera que tu es cachée là, tu comprends ?

Le chien écoutait mais ne bougeait toujours pas. La tête de l'enfant réapparut, les cheveux poudrés de terre.

— Belle, cette fois je plaisante pas ! Allez quoi ! C'est important que tu t'entraînes ! Y a plein de chasseurs qui te cherchent. Y veulent ta peau et moi je pourrai pas te protéger tout le temps ! J'ai des trucs à faire avec Papé et je te dis même pas les mensonges que je suis obligé de raconter pour te couvrir. Viens donc !

Il disparut à nouveau et décida de ramper jusqu'à la sortie qui donnait à l'arrière du refuge. Il fallait que Belle comprenne, comme elle l'avait fait avec les pièges. Peut-être que ce n'était pas simple de penser chien. Expliquer des choses comme la prudence... Accroupi, il parcourut la dizaine de mètres qui séparaient l'entrée du tunnel de son extrémité. Le trou de sortie était dissimulé par une terrasse surélevée. Sous les planches de bois, il y avait un demi-mètre de vide et un homme pouvait facilement se glisser par là à condition d'y aller en rampant. La terrasse avait été édifiée par le dernier occupant des lieux, un excentrique qui prétendait admirer la montagne loin de toute civilisation. Sébastien ignorait si l'homme était responsable du passage secret. C'était un mystère lié au refuge lui-même. Les anciens prétendaient que le lieu était maudit parce que deux alpinistes avaient trouvé la mort après y avoir séjourné.

L'enfant émergea à l'air libre et tendit l'oreille. Rien. Pas un grattement. Il s'apprêtait à hurler le nom de Belle, mais resta ainsi, paralysé, la bouche ouverte, devant César qui le dévisageait, les poings sur les hanches.

— Qu'est-ce que tu as encore été fabriquer tantôt, tu vas attraper la mort !

Comme le petit continuait à béer, il désigna sa veste.

— Tes vêtements, nigaud ! Ils sont à tordre !
— C'est que je suis un peu tombé à l'eau !
— Tombé ?
— Non. J'ai glissé au gué.
— Et pourquoi tu n'as pas pris le pont ?
— Justement. Pour m'entraîner à pas glisser.
— Pour sûr. Et ensuite ?
— Ensuite, je suis venu au refuge me réchauffer.
— Parce qu'au refuge il y a de quoi ? Et pourquoi pas à la bergerie ? Tu as promis de m'aider à la traite, tu te souviens ? C'est pas si vieux comme promesse.
— Je sais, Papé, sauf que…
— Sauf que tu t'entraînes à raconter la vérité en testant les bobards. Comme ton histoire de glissade, c'est ça ?
— Oui ! Non ! Enfin non.
— Moué. En attendant tu m'accompagnes.
— Oui !

— Quoi oui ?
— Comme tu veux !

L'acquiescement sonnait trop fort, si bien que le doute envahit César aussi visiblement qu'une vague de nuages assombrit le ciel.

— Tu caches quoi exactement ?
— Rien !
— Eh bien, allons voir ça.

Le berger contourna le refuge et atteignit la porte avant que Sébastien n'ait trouvé une réplique pour l'arrêter. Quoi dire ou faire ? Hurler à la mort ? Il se précipita en bafouillant qu'il allait expliquer, que c'était pas sa faute. César était déjà au milieu de la pièce, les bras ouverts, l'air exaspéré et interrogateur.

La pièce était vide. Pas de chien, rien qu'une odeur vague qui se dissipait déjà.

Sébastien se contorsionna. Il cherchait désespérément une excuse. Il faillit parler de sorcellerie. Ce n'était pas tout à fait faux puisque Belle avait disparu, comme si la terre l'avait avalée... Il pria pour que son grand-père ne regarde pas dans la direction du tunnel. Ils n'en avaient jamais parlé, César venait rarement ici. C'était son repère à lui. Personne ne pouvait y venir, même César, sauf dans des cas extrêmes quand il avait besoin d'un coup de main. Comme aujourd'hui.

— Alors ?
— C'est juste que j'aime bien la montagne. Je peux lui parler quand je suis tout seul.
— À la montagne ?
— À maman...

Le berger rougit violemment, et ce fut son tour de rester sans voix. Sébastien qui avait parlé au hasard comprit que cette fois il échapperait aux questions. Il baissa la tête, de honte mais soulagé parce que Belle était sauve.

— On y va...

Après avoir fermé la porte, César souleva le menton de l'enfant. Son intuition lui disait que le petit l'avait entourloupé, mais il n'avait pas le cœur à l'interroger davantage.

— Écoute-moi bien. À partir de maintenant, tu viendras à la bergerie avec moi, tous les matins. Pas question de traîner au lit. Je vais te mettre au boulot, ça te donnera moins envie de courir.

— Et l'après-midi, Papé ?

Devant le visage suppliant, le vieux eut un brusque élan de remords. Il bougonna :

— On verra, petit, on verra...

Troisième partie

# 1.

C'était la mi-octobre, l'eau était si froide que l'enfant serra les dents pour s'empêcher de gémir. Il ne tiendrait plus longtemps pieds nus dans le torrent. Son pantalon était roulé aux genoux, ainsi que les manches de son pull.
Il observa le chien qui remontait depuis la berge légèrement en surplomb. Soudain, Belle se figea en plein mouvement, le corps tendu en alerte vers un point du torrent, tel un chien d'arrêt à l'approche d'un gibier. Prudemment, pour ne pas glisser ou se cogner à une pierre, Sébastien remonta le courant vers l'endroit qu'elle fixait. À travers le flot mouvant, la truite se tenait tranquille, dissimulée à l'ombre d'un rocher moussu. Sans réfléchir ni peser son geste car le froid était en train de lui faire perdre sa concentration, il plongea sa main dans l'eau glacée et d'un geste vif arracha le poisson au torrent.
Il hurla de joie et rejoignit la berge où il avait lancé le joli poisson qui gigotait vigoureusement. La peau était froide, visqueuse, agitée de soubresauts désespérés. Oubliant la morsure du froid, il saisit la pierre et assomma la truite en deux coups secs, comme César

le lui avait montré. Son grand-père lui avait expliqué qu'on ne laisse jamais souffrir un animal qu'on va manger. Il déposa sa prise dans le panier, avec les deux autres poissons d'une taille plus modeste.

La chienne était déjà repartie à l'affût, la truffe en l'air. Sébastien se laissa tomber par terre et se mit à frotter ses pieds pour faire circuler le sang.

— Reviens, Belle. On en a assez pour le moment !

Le sang affluait dans ses veines en réveillant la douleur. Il laissa échapper un gémissement, et la chienne s'empressa de le rejoindre. Elle entreprit de lui lécher les mains et les pieds, la langue chaude lui arrachant un rire de chatouillis cette fois.

— Tu vois, à nous deux on est les meilleurs pêcheurs de toute la vallée !

Il finissait de nouer ses lacets de chaussure lorsque deux coups de feu claquèrent, répercutés par l'écho. Tandis que Belle démarrait en trombe, des oiseaux affolés jaillirent d'un bouquet d'arbres pour s'égailler à tire-d'aile. Les tirs étaient proches et semblaient provenir de la route asphaltée, distante de quelque cinq cents mètres du torrent, celle qui montait depuis la vallée jusqu'aux villages d'altitude. L'enfant se jeta dans la pente en dérapant à moitié sur les cailloux. La peur lui donnait des ailes. Pourvu que les chasseurs ne soient pas venus traquer la Bête !

Hans et Erich avaient décidé de prendre un peu de bon temps. Envoyés en mission de reconnaissance, ils s'étaient décidés à faire une petite halte sur le chemin du retour plutôt que de rentrer directement au cantonnement. Personne n'irait leur reprocher d'être en retard puisqu'il s'agissait d'inspecter la route des cols...

Ouvriers dans le civil, les deux hommes n'avaient jamais touché un fusil avant la guerre, pas même pour chasser. En revêtant l'uniforme de la Wehrmacht, leur vie s'était radicalement transformée. Ils avaient pris goût aux armes. Partout où ils passaient ils suscitaient la peur, d'abord avec la racaille communiste et juive, et maintenant chez ces arrogants de Français ! Riches ou pauvres, vieux ou gaillards, tous les craignaient ! Quant aux femmes, elles montraient un intérêt qui n'était pas dénué d'admiration et ça les rendait forts.

Le jeu démarra à cause d'un défi stupide lancé par Hans. Pour ce gars de la ville, l'arrivée de l'hiver aggravait encore l'austérité des montagnes, en réveillant une inquiétude qu'il refusait d'admettre. Les rares descentes ordonnées par le lieutenant Braun ne parvenaient plus ni à combler son besoin d'action ni à balayer cette sourde angoisse. Sans compter les airs de supériorité d'Erich, qui commençait à l'horripiler sérieusement. L'autre ne ratait pas une occasion de lui rappeler l'incident chez la paysanne en l'appelant « Rabe » (corbeau) ou en ironisant sur les hallucinations qui touchaient les sujets sensibles à l'altitude.

Il venait de descendre du camion et s'était écarté vers le talus, lorsqu'un mouvement furtif attira son attention. Excité à l'idée de découvrir des clandestins, il se plia en deux et se faufila jusqu'à un rocher qui offrait une vision sur toute la vallée. Là, au milieu de la pente, un groupe de biches évoluait en équilibre, à portée de fusil ! Oubliant son besoin pressant, Hans entreprit d'attirer l'attention de son camarade à grands gestes. Voilà l'occasion rêvée de savoir lequel d'entre eux l'emporterait sur une cible mouvante !

À présent, il fulminait. C'était la faute d'Erich s'il avait tiré trop vite ! Évidemment, ces foutus animaux ne restaient pas en place et la harde s'était dispersée au premier coup de feu. Heureusement, cet abruti aussi avait loupé son coup ! Il s'apprêtait à hurler quand il aperçut un cerf. Désorienté, l'animal remontait vers eux sans se rendre compte qu'au lieu de fuir le danger, il se jetait dans la gueule du loup. Le bruit et la débandade de la harde avaient dû l'affoler.

Après avoir hésité quelques instants, Hans infligea une bourrade à son compagnon pour lui signaler la présence du cerf. Il aurait pu tirer et emporter le pari, mais il tenait à gagner à la loyale. Ou presque. Il avait quand même pris le temps de faire le point sur sa cible avant de prévenir. Ce qui lui laissait une bonne chance de l'emporter sur ce vantard d'Erich… Réprimant un rictus victorieux, il ajusta son tir tandis qu'à ses côtés l'autre tentait de rattraper vainement son retard.

— Va-t'en ! Sauve-toi !

Le hurlement alerta le cerf qui fit un bond de côté, au risque de se précipiter dans le ravin. Surpris par le changement de trajectoire, Hans tira à l'aveuglette en jurant affreusement. Furieux, il tourna la tête en direction du cri et découvrit un enfant planté au-dessus d'eux, sur la route, visiblement à bout de souffle. Cramoisi, les cheveux en bataille, non seulement le mioche n'avait cure de leur uniforme mais, en plus, il les fixait d'un air furibond.

— Faut pas tirer sur les biches ! Si César vous voit ça va chauffer !

— *Saukind*[1] ! Qu'est-ce que toi foutre ?

Au lieu de l'aider, Erich ignora l'intrus pour se remettre en position de tir. Il tenait à emporter le pari sans se soucier de loyauté.

— *Man kann ihn noch erwischen*[2] !

Alors qu'il s'apprêtait à tirer, le gamin se remit à crier, provoquant un nouveau bond du cerf qui disparut dans la pente, hors de portée. Malgré le soulagement de voir le pari différé, sidéré par l'aplomb du gosse, Hans lança d'un ton menaçant :

— Arrête ! *Nicht schreien*[3] !

Au lieu de l'écouter, le gamin ramassa une pierre et la brandit dans un geste dérisoire d'intimidation. Comprenant que la chasse était finie, Erich s'emporta à son tour :

— Essaye un peu, *Rotznase*[4] !

Loin de paraître impressionné, l'enfant cracha de colère. Cette fois, c'en était trop. Hans se releva d'un bond et fut sur lui en trois enjambées. D'une bourrade, il l'envoya rouler à terre. Une rage disproportionnée l'avait envahi. Ce maudit pays avec ses montagnes oppressantes, les regards haineux de ses bouseux aussi têtus que la pierre, les maquis, la peur des attentats, tout remontait d'un coup. Non seulement ce petit merdeux lui avait fait manquer son pari, mais en plus il les menaçait, eux, les fiers soldats du Reich ! Graine de vermine ! Il allait voir ce que ça coûtait d'agresser un soldat allemand, cette rouste qu'il allait lui flanquer et…

---

1. Saleté de gamin !
2. On peut encore le coincer !
3. Pas crier !
4. Morveux !

Le cri horrifié d'Erich précéda de peu un grondement effroyable qui lui glaça le sang dans les veines. Une bête fondait sur lui et nul n'aurait su dire si ce monstre blanc à la gueule béante et luisante de bave surgissait du ciel ou de la terre. Juste avant le choc, il perçut distinctement le claquement des mâchoires. Il leva le bras en geste de défense et s'affala sur le sol. Son fusil lui échappa et fut projeté contre un rocher. Il s'en moquait. Son réflexe pour se protéger le visage lui avait sauvé la vie, car le monstre visait sa gorge. Il sentit les crocs s'enfoncer dans la chair de son bras mais n'éprouva rien, anesthésié par une violente décharge d'adrénaline. Il hurlait sa terreur, cherchant à expulser ce poids sur sa poitrine et faire disparaître l'horrible bête. La douleur ne vint qu'ensuite, un élancement si cruel qu'il crut son os brisé.

Erich s'était agenouillé en position de tir. Incapable d'appuyer sur la détente, il serrait les dents pour ne pas se mettre à hurler à son tour. L'énorme chien maintenait son emprise sur Hans sans cesser de grogner. Le bras qui lui sortait de la gueule était rouge de sang et l'animal le tirait et le secouait rageusement ! Il visa le flanc de l'animal, mais sa main tremblait tellement que la balle pouvait se loger n'importe où. Il releva le fusil et le coup partit à côté. Il avait tiré pour rien, simple réflexe, pourtant l'animal lâcha sa proie et détala, aussi vif qu'un diable jailli de l'enfer.

La scène n'avait pas duré une minute et il leur en fallut autant pour mesurer ce qui s'était produit. Hans fut le premier à sortir de son état de choc. La douleur faisait palpiter son bras, provoquant un élancement jusque dans l'épaule. L'idée de la rage et de sa mort épouvantable s'imposa, les convulsions, la folie... Il tenta de se rappeler si le monstre avait la gueule écumeuse, mais son esprit était trop confus. Pour ne pas sangloter devant son compagnon, il préféra jurer.

— *Scheiß Sauhund*[1] *!*

L'enfant avait lâché la pierre et fixait le soldat prostré à quelques pas de lui. Erich prit conscience que durant l'attaque il n'avait même pas reculé. Une pointe de pitié l'envahit et il s'apprêtait à prononcer quelques mots de réconfort, mais il n'en eut pas le temps. Déjà, le petit s'était mis à courir dans la même direction que le chien enragé.

Le fusil reposait sur le bureau du maire, démonté. En retombant sur l'arête du rocher, il s'était quasiment brisé en deux. Combaz fit mine de l'examiner, le front plissé par la contrariété. Intérieurement, il jubilait. Voilà plus d'un mois qu'à cause de ces satanés Boches plus personne ne pouvait chasser. Pourtant, personne n'avait osé enfreindre la loi, pas à sa connaissance en tout cas... Les rumeurs allaient bon train sur l'occupant. Les maires des vallées plus exposées n'hésitaient pas à parler de justice expéditive : des emprisonnements pour des peccadilles, pour un peu de marché noir, pour quelques simples fanfaronnades avinées, il n'en fallait pas plus pour qu'on vous colle derrière les barreaux ! Ou bien on notait votre nom sur une liste noire... Au village, la colère commençait à faire déparler. Ceux qui comptaient sur les réserves de gibier pour passer l'hiver ne décoléraient plus de se

---

1. Putain de saloperie de chien !

voir spoliés, et quelques anciens, les plus gagas à n'en pas douter, allaient jusqu'à l'accuser de complaisance envers l'ennemi ! Lui, Marcel Combaz, qui se démenait pour maintenir l'ordre et l'équilibre à Saint-Martin !

Il se racla la gorge, histoire de gagner quelques secondes. Le lieutenant Braun attendait une explication. Plantés derrière lui, ses deux chiens de garde avaient piètre allure. Le plus mal en point, dans son uniforme sali et déchiré, portait un bandage maculé de sang. C'était le petit gros qui maltraitait la vieille Malard l'autre jour, et Marcel dissimula son sourire de satisfaction dans une quinte de toux. Il lorgna du côté de César, priant pour qu'il se tienne tranquille. Il regrettait presque de l'avoir reçu. Sans ses confidences, il aurait eu beau jeu de feindre l'étonnement. Braun suivit son regard et scruta Sébastien, que le berger camouflait à moitié. Il l'apostropha sans ménagement.

— Mes hommes disent qu'un enfant était là-haut. Il s'agit de toi, je suppose ?

Au lieu de répondre, Sébastien baissa la tête. Irrité par son mutisme, Braun se tourna vers le maire.

— Une arme brisée, un de mes hommes blessé et sans doute immobilisé. Vous comptez régler le problème de quelle manière, monsieur Combaz ?

— Qu'est-ce que vous voulez que je vous dise ! Le petit vient de me raconter l'incident, pas une seconde avant votre arrivée ! Je ne suis pas responsable des bêtes sauvages qui cavalent dans la montagne, moi ! Ce chien terrorise le pays depuis deux bons mois. Insaisissable, pire qu'un vent coulis ! Et puis je vous rappelle que vous nous avez confisqué nos armes, il va falloir vous en charger...

— Bien sûr... Vous croyez que je n'ai que ça à faire ? M'occuper de traquer un chien ?

Combaz préféra ne rien répondre. Si l'autre avait décidé de faire un exemple, après tout il n'était pour rien dans ce micmac. Conscient qu'il n'en tirerait pas grand-chose de mieux, le lieutenant se tourna de nouveau vers l'enfant sans chercher à cacher son irritation.

— Explique-moi ce que tu faisais là-haut, tout seul... Tu veux te faire dévorer tout cru ?

Sébastien haussa les épaules en signe d'impuissance, puis consulta le vieux berger du regard. Lui, Braun ne l'avait jamais vu. Solide, le visage taciturne assombri par la détermination. Pas étonnant que le petit soit coriace s'ils étaient du même sang ! Le visage de l'enfant lui rappela un souvenir vague, mais il ne put se rappeler où il l'avait croisé. Sans doute dans une maison lors de la fouille.

— Je n'ai pas bien entendu tes explications ?

César parla d'une voix basse, empreinte d'une assurance étonnante vu les circonstances.

— Réponds au lieutenant, Sébastien.

Acculé, l'enfant eut un sursaut. Un éclair de colère fit briller ses yeux, si fugitivement que Braun se demanda s'il ne l'avait pas imaginé.

— Il a tiré, lui ! (De la main, il désignait Hans.) Il l'a ratée. Ensuite la Bête s'est sauvée !

Il s'adressait au berger sans se soucier le moins du monde des autres. Irrité par cette désinvolture, Braun soupira. Il n'avait croisé pareil entêtement que chez ces bougres de Saint-Martin ! On sentait la sauvagerie affleurer derrière les visages faussement indifférents, à croire qu'ils étaient faits de la même roche que leurs montagnes !

— Je répète, puisque tu n'as pas l'air de comprendre mon français : qu'est-ce que tu fichais là-haut ?
— Je pêchais.
— Tiens donc ! Et on peut voir ta canne ? Mes soldats ne m'ont pas parlé de ça, et pourtant ils m'ont fait un compte rendu très précis. Tu veux que je les interroge ?
— J'ai pas besoin de canne.

Le lieutenant fixa César, qui acquiesça avec un léger sourire, empreint d'une certaine fierté. Oui, c'est lui qui lui avait appris à prendre les truites à la main et le petit se débrouillait drôlement bien.

Comme Sébastien se renfrognait, le lieutenant reprit plus calmement :
— Tu as quel âge ?
— Huit ans.
— Huit ans...

Il mima la perplexité en se tournant vers Combaz qui fixait son bureau, visiblement fasciné par le fusil brisé.
— Monsieur le maire, dites-moi, les enfants de votre commune ne sont pas scolarisés ?
— Si... bien sûr... mais pas Sébastien. Il est un peu sauvage, le petit, pas vrai, César ?

La question n'appelait aucune réponse. Dans le silence de plomb qui suivit, l'ironie de l'Allemand parut sonner cruellement.
— La France, patrie des libertés... et des cancres ! Si vous laissez ainsi les écoliers sans éducation et les choses aller... comment dites-vous ? À vau-l'eau ? Pas étonnant que nous ayons gagné la guerre en deux mois, n'est-ce pas, monsieur Combaz ?

La voix du vieil homme l'interrompit, tout aussi mordante que la sienne :

— Vous aviez perdu les deux précédentes.

— César, bon Diou, tais-toi !

Marcel était devenu cramoisi, mais son intervention venait trop tard. En entendant l'insulte, Hans se sentit emporté par une vague de rage brutale. C'en était trop ! Après le petit-fils, voilà que le vieux débris s'y mettait à son tour. Il en avait assez supporté pour la journée ! Malgré son bras en écharpe, il voulut se jeter sur le berger les poings en avant. La voix de Braun le stoppa au moment où il tentait de porter le premier coup.

— *Jetzt reicht's aber, Soldat*[1] *!*

Combaz en profita pour s'avancer, en une tentative désespérée de calmer le jeu. Cette fois, il supplia sans vergogne et peu importait s'il y gagnait une réputation de lèche-bottes !

— Ne faites pas attention, on va chercher cette bête et on l'aura. Je vais organiser une battue !

— Je les connais vos battues ! De vraies passoires !

Pourtant, l'intervention du maire le calma, il se tut un instant avant de reprendre, glacial :

— Je veux cinquante hommes, pas moins, sinon vous n'aurez aucune chance. S'il vous manque des gens, allez chercher ceux des villages alentour.

— Cinquante !

— Pas un de moins. Demain matin, huit heures. Heure allemande, pas française !

— C'est impossible ! Vous ne connaissez pas la montagne, il faut procéder par...

— Monsieur Combaz ! Vous êtes peut-être du coin, mais j'ai l'habitude des stratégies d'encerclement, contrairement à vous.

---

1. Ça suffit, soldat !

Le maire ne protesta plus, vaincu par l'autorité de l'Allemand. Presque timidement, il demanda :

— Il faudrait nous rendre nos carabines... Sinon, on fera quoi si on la trouve ?

— On verra demain. Sur la place, en tenue, tous les hommes valides, c'est entendu ?

— Nous y serons.

— Un de mes soldats a été mordu. Je veux être débarrassé de cette bête une fois pour toutes, c'est bien compris ?

— Parfaitement.

— Tant mieux. Parce que si vous me décevez, monsieur...

Les voix fusaient au-dessus de son crâne, mais il ne parvenait pas à fixer son attention. Un seul mot résonnait, au milieu du charabia. « Battue » et aussi « cinquante hommes ».

Il serra si fort les poings que ses ongles s'enfoncèrent dans sa paume. Cinquante ! Il ignorait ce que cela représentait, parce qu'il ne savait toujours pas compter, mais rien qu'à voir la tête de Marcel, sûr que ça devait être quelque chose !

Un jour, quand il était petit, il y avait eu une battue contre une horde de loups, Sébastien s'en souvenait. Les chasseurs marchaient sur une ligne et, en les voyant avancer dans le vallon depuis les alpages de la bergerie avec Lina, il avait pensé à un immense serpent tout ondulant. Bouche bée d'admiration, pire qu'un idiot ! Pas une seule fois il n'avait pensé à la peur des loups et à l'injustice de cette traque. Cinl'église. Arrivé devant le parvis, il le percha sur une marche avant de s'accroupir à sa hauteur. Son regard était incisif et l'enfant dut se forcer à ne pas fermer les yeux. Il ressentit une vague de honte à cause de ses mensonges, puis songea à Belle et se força à sourire. Sa bouche était aussi sèche qu'un morceau de carton.

— Pourquoi ça t'intéresse ?
— Pour rien. Comme ça. Pour savoir.
— La Bête n'a pas attaqué le Boche sans y être poussée. Tu as vu quelque chose ?
— Non.
— Tu la connais ?
— Ben non !
— Un chien battu, c'est un chien foutu. J'ai connu un gars qui a voulu en sauver, un saint-bernard dont le maître venait de mourir. Le chien avait été rudement maltraité, mais c'était un bel animal dans la force de l'âge, et le gars s'est dit qu'avec de la patience, il pourrait l'éduquer à nouveau. Il l'a pris chez lui, l'a nourri et soigné et peu à peu le saint-bernard s'est laissé approcher. Le gars a cru qu'il pourrait lui faire confiance et l'a mené chaque jour au troupeau pour lui apprendre le métier. Le chien a vite montré des dispositions, il gardait les moutons, ramenait les récalcitrants, tout ça en douceur, sans jamais mordre. Seulement, un été, son nouveau maître est tombé malade, tant et si bien qu'il est resté trois jours à délirer de fièvre dans sa bergerie. Quand il est sorti, c'était trop tard ! Le saint-bernard s'était cru abandonné, de rage ou de peur ou va savoir quoi, il avait tué une douzaine de brebis. Alors tu vois, Sébastien, ça ne marche jamais. Pire, ça peut finir très mal... Crois-moi, elle est foutue cette bête.

quante hommes contre une chienne ? Comment Belle pourrait-elle leur échapper ?

Il avala sa salive et s'étonna de la sentir salée. Le berger l'observait, la mine inquiète, et il lui sourit faiblement pour endormir sa vigilance. Papé ne l'avait même pas grondé pour sa bêtise. En apprenant ce qui s'était passé avec les Boches, il était devenu tout blanc, comme la fois où Angelina était rentrée avec un jour de retard à cause d'une opération de milice qui lui avait fait rater le car. César n'avait rien dit, pas même rouspété, mais il l'avait traîné au village sans prêter attention à ses protestations, directement à la mairie. Une fois devant « Monsieur le Maire » comme il disait pour amadouer Marcel, Papé lui avait commandé de tout répéter : sa promenade, les Allemands qui chassaient, leur colère quand il avait voulu les empêcher de tuer le cerf, et l'attaque de la Bête. Sauf qu'il n'avait même pas eu le temps de finir que les Boches étaient arrivés. Les deux soldats en question et le lieutenant qui bayait d'admiration devant Angelina. Il l'avait reconnu. Et maintenant tout le monde était d'accord pour tuer son amie, les Boches et son grand-père, le maire et demain cinquante hommes de plus !

La grosse main rugueuse lui saisit le poignet et l'entraîna dehors alors que les autres discutaient encore devant une carte de la région...

L'air froid lui fit du bien, chassa son étourdissement. Sauf que, sûr et certain, maintenant Papé allait l'interroger. Il se dépêcha de parler comme si rien de tout cela n'avait d'importance. Il fallait trouver un moyen de protéger Belle.

— Papé, vous allez la faire où cette battue, demain ?

Au lieu de répondre, son grand-père l'entraîna vers

— Je sais bien.
— Tant mieux.

Il se releva, frotta ses genoux, pensivement, et se dirigea vers la sortie du village. Sébastien le suivit en silence, malgré les questions qui tournoyaient dans sa tête. En passant les dernières maisons, César reprit le fil de la conversation :

— Pour la battue, on ira sur le versant des Glantières, là où tu ne dois plus traîner. Il y a de fortes chances pour que la Bête rôde dans le coin. Peut-être même qu'elle s'est trouvé une tanière. Je veux que tu me promettes de te tenir tranquille. Soit tu restes au chalet, soit tu te cantonnes à la Meije. Je ne veux pas te savoir aux Glantières, c'est bien compris ?

— Promis juré, Papé ! À la Meije et j'en bougerai pas !

Le soulagement l'inonda et il dut se retenir de ne pas sauter au cou de l'ancêtre. Pour rire, il cracha par terre et leva le poing comme il l'avait vu faire tant de fois.

— Parole de César !

Le vieux ne répondit pas à sa plaisanterie. Il songeait à cet Allemand et se demandait à quel moment les choses finiraient par déraper. Il fallait absolument protéger les siens… Brusquement, la fatigue le rattrapa et il dut s'appuyer sur l'enfant pour reprendre son souffle. Inconscient du danger, Sébastien avait retrouvé le sourire.

## 2.

La demie de sept heures n'avait pas encore sonné que le village entier et quelques bergers des hameaux voisins se retrouvaient sur la Grand-Place. Comme convenu, les armes confisquées avaient été apportées au village par une estafette et disposées en tas, dans les locaux de la mairie qui avait pris l'allure d'une caserne de fortune. Combaz n'avait voulu personne pour l'aider à faire la distribution, pas même Fabien, son adjoint, cantonné aux écritures. Tous ceux qui s'étaient présentés et enregistrés à la battue avaient récupéré leur arme à condition de signer le papier du Boche. Le lieutenant Braun avait promis de reconsidérer cette histoire de confiscation en cas de succès. Si la battue ne donnait rien, en revanche, les armes risquaient de retourner chez les Frisés. En attendant, c'était mieux que rien, et Combaz éprouvait une légitime fierté d'avoir mené l'affaire aussi rondement.

Il recompta pour la troisième fois la foule des chasseurs chaussés de guêtres. La plupart arboraient des trompes de chasse, quelques-uns des gibecières d'où pointait çà et là un goulot de bouteille. On avait pris de quoi se restaurer car la journée serait longue. Une demi-heure plus tôt, faute d'atteindre son quota, il avait prié les femmes de se porter volontaires car il manquait du monde pour faire le compte. Suzanne Dorchet, Lucile, sa nièce, et la petite Colette, sa meilleure amie, s'étaient jointes au groupe. Guillaume était le seul homme dans la force de l'âge qui coupait à cet enrôlement. En tant que médecin, même si l'excuse semblait maigre, on ne pouvait guère le forcer. Et dans le pays on murmurait pas mal de choses sur ses opinions, c'est pourquoi Marcel préférait ne pas trop se frotter à lui. Dans un sens ou dans l'autre, le docteur Fabre restait un sujet à risque !

L'excitation était palpable. Une fois le brouillard levé, le temps se maintiendrait au beau. L'air était vif, mais personne ne s'en plaignait, les hommes sentaient le besoin d'en découdre. À présent, ils piétinaient, s'interpellaient joyeusement tandis que ceux qui restaient, trop vieux ou trop faibles pour crapahuter, bavardaient dans un coin. Le curé venait de les bénir, même s'il ne savait pas trop quoi penser de cette chasse faite pour complaire aux Allemands.

Quelques-uns, qui avaient été privés de leur moyen de subsistance, comptaient bien tirer du gibier si l'occasion leur était donnée. D'autres envisageaient déjà de gruger l'occupant en remplaçant leur fusil par une vieille pétaudière inutilisable. Les Boches étaient repartis et un sentiment de liberté factice échauffait les esprits.

Angelina se fraya un chemin jusqu'à Guillaume et le salua d'un signe, sans le toucher, car les commères veillaient au grain, surtout depuis la dernière fois qu'on les avait vus ensemble en rentrant des alpages. En lorgnant du côté des « officiels », Combaz et Fabien perchés en haut des marches de la mairie, elle éprouva un sentiment diffus de déception. Celui qui avait ordonné la battue n'était pas venu. Plutôt que de s'attarder sur cette impression, elle se persuada que son souci venait du besoin de connaître l'ennemi. Pour une fois, elle aurait bien aimé observer le lieutenant sans se sentir piégée par une embarrassante promiscuité, à surveiller le moindre mot, ses gestes ou l'expression de son visage. Elle s'efforça de chasser l'image qui lui venait, ces yeux singulièrement bleus fixés sur elle. La chaleur qui en émanait parfois. Elle frissonna et se frotta les bras. Distraitement, elle demanda à mi-voix :

— Tu ne vas pas chasser avec les autres ?
— J'ai mieux à faire. Et puis ce genre de sport, très peu pour moi. Je déteste les battues. Ça m'étonne que César y prenne part.
— Il a un compte à régler.
— Eh bien, moi non. Et je n'aime pas l'idée d'obéir à un Boche !
— Parle moins fort, Guillaume !
— Tu penses, ils sont trop excités pour s'intéresser à nous ! À propos... Sébastien n'est pas avec toi ?
— Il a promis de rester tranquille.
— Décidément...

Il n'eut pas le temps de s'expliquer. Le maire hurlait pour rétablir un peu d'ordre, les mains en porte-voix. La rumeur reflua, puis s'éteignit comme une vague. Une fois le silence rétabli, Marcel, gonflé d'importance, consulta sa montre-boussole. Cela faisait trois fois en un quart d'heure. Le lieutenant avait dit « huit heures, heure allemande ». Même en son absence, il tenait à prouver que les Français aussi savaient être ponctuels. Et puis qui savait, un informateur s'était peut-être glissé parmi eux…

Huit heures moins cinq, le moment de galvaniser ses troupes. L'espace d'un instant, il se sentit comme un général sur le point de commander un assaut. En réalité, Marcel avait servi à l'arrière dans l'administration, pour cause de pieds plats.

— Mes amis et concitoyens. Avant de donner le signal du départ, je vous rappelle qu'on a vu la Bête à trois reprises et chaque fois dans la vallée des Glantières. On peut donc penser que cette saleté y a sa planque et qu'en poussant au bout, de la combe jusqu'au col, on finira par la lever. Pour ceux qui ont des chiens, je le redis une dernière fois, je ne veux pas d'aboyeurs, juste des bêtes qui gueulent à vue, sinon mieux vaut laisser vos patous ici. Si la Bête les entend trop tôt, elle fuira par les sommets et on sera marron ! Pour les chefs de ligne je nomme Paulo, Fabien, Gaspard, Jean et moi-même. Fabien se chargera de couvrir les hauteurs pour ne pas laisser de trou dans le maillage. Jean prendra la ligne basse. Les autres au milieu, avec moi.

Dans la foule, les vieux hochèrent la tête en signe d'approbation. Il n'y avait pas à dire, Combaz en imposait. Pour un chasseur du dimanche il se débrouillait bien, sans doute qu'il avait dû réfléchir à son plan une partie de la nuit.

— Je préviens déjà les petits malins qui comptent se faire un tableau de chasse. On tire uniquement la Bête. Rien d'autre ! Même pas un sanglier si on en lève.

— Oh dis, Marcel ! Tu crois pas que tu exagères un coup, là ? Un lièvre je dis pas, mais un sanglier ? Par les temps qui courent, j'irais pas cracher dessus, moi…

Le boucher protestait d'autant plus vigoureusement que Marcel ne l'avait pas nommé chef de ligne, et il soupçonnait une sombre histoire de revanche. Quinze ans plus tôt, aux élections, il s'était présenté contre lui et il le regrettait encore. Marcel Combaz était un rancunier.

— Par les temps qui courent, Étienne, si tu désobéis à mes ordres, tu risques de le sentir passer ton sanglier. Tu imagines que la Bête va nous attendre sagement si on commence à tirer à tout-va ?

— Pfff...

— Je suis là pour ça. C'est bien entendu ? On part traquer le chien sauvage qui égorge nos moutons et rien d'autre ! Tout le monde est d'accord ?

Les chasseurs acquiescèrent bruyamment et Combaz put reprendre son explication.

— On marche en ligne et on sonne souvent pour se repérer, surtout sur les ailes. Avec le terrain, plus on s'élève, plus on a de risques de défaire la ligne. Toi, André, avec ta patte folle, tu prendras l'aile droite, celle de Jean. C'est la plus facile. N'oublie pas de fouiller les éboulis. Imagine qu'elle se tienne dans les gros cailloux, faut pas passer à côté. Elle est retorse comme pas deux. Jean t'épaulera.

André hocha la tête avec vigueur.

— Si tu crois que j'ai envie de la laisser filer.

— Toi, Fabien, tu prends l'aile gauche jusqu'à la crête. Je garde le milieu avec Paulo et Gaspard, on se répartit en trois groupes, un à ma gauche, l'autre à ma droite. Neuf hommes par chef de ligne. Hommes ou dames, bien sûr !

Il éclata de rire, ravi de sa plaisanterie galante. Aussitôt les chasseurs se regroupèrent par affinités. Ils étaient pressés de partir maintenant qu'ils connaissaient la répartition générale, d'autant qu'un vent froid s'était levé et les faisait frissonner. Les femmes se mirent dans le groupe de Jean et d'André. Seul César n'avait pas bougé. Le maire lui adressa un signe, hésitant.

— Bon... Heu... Restent les tireurs... Tu en es, César ?

— Je vais me poster sur le col de la Meije.

— La Meije !? Bon sang, c'est quoi encore cette affaire ? Pourquoi tu veux te perdre par là-bas alors qu'on va pousser les Glantières !

— C'est à la Meije qu'il faut pousser.

Aussitôt, ce fut un vacarme d'exclamations fusant au milieu des cris de protestation. Certains étaient ravis de soutenir Combaz au détriment de César et rabattre ainsi son caquet au vieux de la montagne. D'autres au contraire, conscients des talents du berger, insistaient pour suivre son avis ou au moins attendre qu'il s'explique. Dédé gueulait à qui voulait l'entendre que la Bête l'avait mordu aux Glantières et que c'était là qu'elle se terrait. Le maire hésitait. Il s'en voulait de ne pas avoir consulté le berger, cela lui aurait évité de voir son plan contesté, mais il en voulait encore plus à César de le coincer devant tout le monde. Le temps pressait. Si l'autre disait la Meije, c'est qu'il avait une bonne raison.

— T'es sûr ? Ça fait une bonne trotte depuis les Glantières...

En le voyant hésiter, André bondit à ses côtés et lui souffla tout bas, pas assez toutefois pour la fine oreille de César.

— Tu vas pas croire cet ivrogne, Marcel ! Ce serait

pas plutôt que la Meije est du côté de ses alpages et qu'il voudrait s'assurer d'être tranquille pour l'hiver ?

Combaz le repoussa d'un mouvement impatient. Même si César buvait un coup de trop, il en avait bien plus dans la caboche que la plupart d'entre eux, surtout Dédé que la suspicion rendait stupide.

— Arrête tes conneries, Dédé. Si César dit qu'elle est là-bas, c'est qu'il a ses raisons, et ça expliquerait pourquoi la bête est introuvable ! Je vais donc m'en remettre à l'expérience, puisque je suis meilleur politique que chasseur. Les amis, on pousse à la Meije et si on la trouve pas, on reviendra par les Glantières. Assez parlé maintenant, en route !

Un brouhaha excité lui répondit, noyant la mauvaise humeur de Dédé. Enfin, ils partaient !


La ligne de battue s'étirait sur plus de deux kilomètres, et la montagne brutalement réveillée paraissait gémir sous les coups répétés des chasseurs. C'était un bruit profond, lancinant, presque barbare, et partout les animaux fuyaient. Des cerfs, des chevreuils, quantité de lièvres et de rongeurs qui n'avaient pas pu trouver refuge sous la terre, une laie et ses marcassins, des renards vifs comme l'éclair. En passant entre les chemins de futaie, ils firent jaillir des colonies de tétras lyre et, plus haut, quelques compagnies de lagopèdes. Au début, et malgré l'avertissement du maire, beaucoup durent réfréner leur envie de tirer sur le gibier défendu. Et puis emportés par cette marche lente et méthodique, ils n'eurent plus qu'une idée en tête : coincer le chien enragé. On colportait des choses terribles sur son compte. On parlait de vingt à trente brebis disparues. Et qui savait si, avec la venue de la neige, le chien n'irait pas s'attaquer aux plus faibles d'entre eux ! Comme l'histoire du petit des Faou qui avait disparu il y a bien des années dans la montagne, sans que personne sache ce qui était arrivé ! À coups de bâton, contre les pierres, les troncs ou le sol, les hommes frappaient, inlassablement.

Ils traversèrent des prairies et des taillis clairsemés, le bois de hêtres et de mélèzes, dévalèrent les pentes gorgées de rosée, passèrent un premier col et arrivèrent au torrent qui annonçait la vallée de la Meije. Les contreforts gigantesques dont les têtes dentelées s'ornaient de neige scintillante semblaient presque accessibles dans la lumière franche du matin. Combaz commanda un arrêt pour s'assurer que chacun tenait sa place. Ils attaqueraient par le versant ouest qui finissait sur le glacier. La forêt disparut pour laisser la place à une végétation rabougrie. Ils longèrent un ravin au fond duquel roulaient les eaux des glaciers, passèrent les premières côtes plus empierrées et ralentirent, car il ne s'agissait pas de se faire une foulure. En dépit de l'effort, personne ne se plaignait. Avertis par le tapage, marmottes et rongeurs se terraient dans leur trou, les aigles avaient fui vers d'autres cieux, les pentes escarpées étaient nues, désertées par les bouquetins. Même le vent s'était tu, chassé par l'implacable avancée des hommes.

On aurait dit la marche d'un géant, cadencée, inexorable. À chaque passage sinueux, chaque éboulis, la ligne se défaisait un peu, car il fallait fouiller les anfractuosités, les replis de la terre formant de petites grottes. Du coup, ceux qui marchaient devant devaient stopper pour ne pas rompre l'alignement et en profitaient pour se reposer. Certains petits malins s'octroyaient alors une gorgée d'alcool pour se donner du courage. Unis dans l'effort, un sentiment de jubilation les prenait, ils n'avaient pas vécu cela depuis le début de la guerre. Ils se sentaient invincibles.

Enfin, après trois heures de marche et de fouilles, la combe principale de la Meije apparut sous leurs yeux. Si la Bête était là, elle ne leur échapperait pas !

César, qui marchait en tête, accéléra le pas tandis que les premiers arrivés se laissaient tomber par terre, épuisés. D'un geste de la main, le berger indiqua qu'il partait se poster plus haut. À bout de souffle, Combaz donna le signal de la halte. Que le vieux se crève à courir, lui n'en pouvait plus. De toute façon il fallait manger avant de reprendre la traque, sinon personne ne finirait la journée debout !

Le vieil homme avait senti son appréhension croître à mesure qu'ils approchaient du but. Curieusement, pas une seule fois il n'avait été tenté de sortir sa flasque pour boire un coup, même quand il s'était retrouvé seul, à l'abri des regards. En arrivant au pied du raidillon qui menait droit au col, il se sentit secoué par une vague de honte si brûlante qu'il faillit faire demi-tour. Le petit ne lui pardonnerait jamais ! Pourtant, la seule idée du danger le décida à continuer. C'était sa faute. Il n'aurait jamais dû laisser filer les choses. L'enfant était tellement avide d'apprendre la montagne, tellement doué d'une intuition quasi animale que lui, César, en avait oublié les limites à donner. À présent, il fallait redresser les choses, même contre son gré.

Ça lui rappela le jour, refoulé depuis longtemps, où il avait croisé la trahison. C'était bien avant la guerre, avant la boue des tranchées et la folie des généraux. Il était presque enfant, mais alors, l'amour l'avait changé en homme. Il aimait cette fille, aujourd'hui il n'aurait su dire comment elle était, blonde ou châtain, grande ou frêle, mais en revanche il se rappelait parfaitement le goût de leur baiser, leurs lèvres tremblantes, le souffle sucré de son haleine. Cet été-là, les jours s'étaient fondus en une seule longue journée merveilleuse qui avait le goût de sa bouche, la clarté de son regard posé sur lui, la douceur de son rire. César avait changé, éperdu d'amour. Et puis, il y avait eu ce fameux soir où il l'avait surprise en train de faire pareil avec un autre. La brutalité de sa peine l'avait foudroyé, au point qu'il avait cru mourir là, sur l'instant. Il était resté vivant, mais meurtri à jamais. Il savait depuis lors que les sentiments les plus violents ne font pas tourner le monde, mais qu'ils peuvent vous briser le cœur.

Avant même d'entendre la vallée résonner comme un tambour, ils les sentirent approcher. D'abord, une infime palpitation sembla monter des entrailles de la montagne, puis une rumeur approcha. Belle s'était tournée vers les alpages en gémissant.

Ils avaient vu les animaux, imperceptibles silhouettes fuyant l'écho qui sourdait de la terre. Des chamois s'élançaient droit vers les crêtes où ils disparaissaient. Plusieurs lièvres avaient suivi, puis une biche, puis une famille de chevreuils galopant en tous sens, affolés de se retrouver si haut à découvert. Ensuite, la rumeur était devenue martèlement, telles les pulsations rythmées d'un cœur battant, et Sébastien avait dû se rendre à l'évidence. Pourtant, tout son être refusait de l'admettre.

Il plongea son regard dans les yeux de Belle pour y chercher un démenti, mais la chienne ne cessait de se tourner vers la vallée. Quand le bruit se calma, brutalement, il sut que c'était leur dernière chance d'échapper aux chasseurs et il s'accrocha à son cou en l'obligeant à lui prêter attention.

— Je comprends pas. Ils devraient pas être là. Ils avaient dit qu'ils allaient aux Glantières, je te jure ! Bon, faut plus s'arrêter, Belle. Surtout pas. On va passer le col et on redescendra par la combe voisine, après on essaiera de rejoindre le refuge, tu sais, celui que je t'ai montré ! C'est chez moi, là-haut. Si on passe la zone des crêtes, on est sauvés. Viens, je te dis !

La chienne obtempéra et ils se remirent à fuir en choisissant les passages rocailleux, moins faciles à gravir mais qui avaient l'avantage de ne pas révéler leur progression. En se dépêchant, ils pourraient atteindre la cheminée en une demi-heure. Sébastien était à bout de forces. Ses mollets l'élançaient, la tête lui tournait à force de crapahuter. Ou bien c'était l'altitude et l'air raréfié… Une fois en sécurité, il essaierait de manger un bout de pain pour que sa tête s'apaise. Belle n'aurait pas de poisson aujourd'hui. Il lui donnerait son fromage, heureusement qu'il avait pensé à prendre son déjeuner. Le poisson, c'était meilleur, bien sûr, mais de toute façon il faudrait bien que le chien se débrouille autrement une fois l'hiver venu.

Sébastien entendait encore les paroles de César

résonner dans sa tête ! *Va à la Meije, tu y seras en sécurité.* Alors pourquoi ce bruit de tambour ? Sébastien refusait d'y penser. Pas plus qu'il ne voulait penser à ce que ces hommes cherchaient par ici. Ni pourquoi la battue ne se faisait pas aux Glantières. Il s'était passé quelque chose que son grand-père n'avait pas prévu.

César, lui, l'attendait au bas du pierrier qui montait vers la cheminée formée par des éboulis de rochers accumulés au fil des siècles. Après quelques lacets, on accédait au col et on passait dans la vallée voisine. Il se tenait adossé à mi-pente, contre la pierre, peut-être pour reprendre son souffle, ou parce qu'il aurait voulu s'y fondre. Son visage n'affichait aucune expression, si bien que l'espace d'une seconde l'enfant ne le reconnut pas, et crut à un gardien de pierre barrant le chemin des crêtes. À force de penser à Papé, il l'avait fait apparaître, voilà tout ! Pourtant, le gardien levait son arme pour la pointer dans sa direction. Son grand-père n'aurait jamais fait ça ! Le fusil se déplaça sur la droite, là où se tenait Belle. La chienne stoppa net pour se ramasser, prête à bondir. L'arme la tenait à sa merci. Sébastien voulut parler, mais sa gorge était si serrée qu'il ne put produire qu'un grognement étouffé. Il n'avait plus ni souffle ni cœur, juste une douleur qui lui déchirait la poitrine.

— C'est pour ton bien, Sébastien.

L'homme avait la voix de son Papé. On aurait dit qu'elle le suppliait, mais ce n'était pas vrai. Personne ne supplie avec une arme. Personne ne met son œil dans le viseur pour supplier.

Sans savoir comment, le cri sortit de sa gorge.

— Non ! Tire pas ! C'est mon amie !

Le désespoir lui donna la force de saisir la première chose qui se trouvait à sa portée. Un bout de bois. Il se tourna vers la chienne, brandit son arme improvisée et lui hurla :

— Va-t'en, Belle ! Va-t'en ! Vite !

La chienne parut oublier le fusil et démarra sans demander son reste, dans le dévers empierré qu'ils venaient d'escalader. Elle disparut en quelques bonds comme avalée par l'abîme. Le fusil avait suivi sa trajectoire, mais il ne tonna pas.

L'enfant criait toujours. César regarda l'énorme bête en fuite sans trouver le courage d'appuyer sur la détente. De toute façon, le chien était foutu, les autres l'attendaient en bas. Il ne pouvait pas faire ça, pas devant son petit-fils ! Il sentit le choc contre son flanc et dut se retenir au rocher pour ne pas tomber. Sébastien venait de lui foncer dessus, les poings en avant, et il lui portait des coups épuisés qui firent pourtant trembler le vieux berger. Plus que les bourrades, c'étaient les gémissements de l'enfant qui l'ébranlaient. Il tenta de chasser le désespoir de ne pas trouver les mots pour convaincre le petit, qui déversait déjà une hargne sauvage. Et il sut qu'il n'y avait rien d'autre à faire, sinon continuer ce qu'il avait commencé.

Il lui empoigna le bras et l'entraîna en s'efforçant de ne pas entendre ses hurlements.

— Pourquoi t'as menti ! Pourquoi tu m'as tendu un piège ! C'est mon amie, elle est pas méchante ! T'es jaloux d'elle, tu veux la crever parce que t'es jaloux ! Elle est pas méchante et c'est toi le méchant, c'est ta faute ! C'est toi le menteur ! Tu m'as menti !

Comme César ne répondait pas, Sébastien parut

comprendre que ses cris ne servaient à rien, et il se tut brusquement. Ne pleura pas, ne posa aucune question quand il se rendit compte qu'on l'entraînait sur le chemin qu'il avait prévu de suivre avec Belle. Le berger marchait devant, le visage mauvais, figé comme la pierre, sans se rendre compte du mal qu'il faisait.

Écrasé par le sentiment de trahison, l'enfant perdit le sens du temps et de l'espace, si bien que lorsqu'ils arrivèrent devant la bergerie, il crut à un mirage. Ils avaient dû emprunter un raccourci, leur marche n'avait guère duré plus d'une heure. Le regret n'en fut que plus cruel, et il dut se mordre les lèvres pour ne pas sangloter. Ses jambes lui faisaient mal, mais il s'en fichait complètement. En se dépêchant, peut-être qu'il pourrait encore aider Belle. César devait l'écouter.

Ils pénétrèrent dans la bergerie qui lui parut aussi gelée qu'un caveau. Le feu de la veille était éteint depuis longtemps, les cendres complètement froides. Il attendit pour parler que César se serve au broc et pousse un verre plein d'eau vers lui.

— S'il te plaît, Papé, je veux y retourner...
— Pas question. Je repars seul.
— Tu comprends pas. Elle est pas méchante... elle me fait confiance !

Le berger ne laissa rien paraître, pourtant ces mots lui firent davantage honte que tout le reste. Sébastien le suppliait au nom d'un sentiment qu'il n'avait pas su préserver ! La confiance ! Plutôt que de s'excuser, il expliqua d'un ton rogue :

— Cette bête sera jamais l'amie de personne. On doit l'abattre.

— Non ! Tu peux pas la tuer ! C'est pas possible ! On a fait un pacte elle et moi, s'il te plaît, Papé.

Au lieu de répondre, le berger se dirigea vers la porte, sortit, et referma le battant derrière lui. Sébastien fixait les planches de bois avec ahurissement. Le bruit du loquet malmené acheva de le paniquer. César était en train de le dévisser pour qu'il ne fonctionne plus de l'intérieur ! Il pouvait pas faire ça ! Il préférait encore être battu ou privé de dessert toute sa vie, obligé de travailler au pétrin ou même inscrit à l'école, même si les autres le détestaient et se moquaient de lui. N'importe quoi, sauf être enfermé ici alors que la battue avançait vers Belle qu'il devait sauver !

Il se mit à pleurer à gros sanglots devant la porte close, mais rien ne se passa. Alors, la colère prit le dessus et il hurla pour que César entende, puis il s'écroula par terre en frissonnant de froid et d'épuisement. L'affolement le remit debout aussitôt. Belle n'était pas en train de pleurnicher, elle ! Elle était en danger de mort ! Il chouinerait plus tard, quand tout serait fini ! Mais tant qu'il restait une chance, il se battrait !

Galvanisé, il entreprit de fouiller la bergerie de fond en comble, à la recherche d'un outil quelconque. César avait dû déplacer le loquet pour qu'il ne joue plus dans le système d'ouverture. Il faisait ça parfois quand il voulait être tranquille ou qu'il fabriquait son alcool. Sébastien n'avait jamais rien répété à Lina, lui ! La porte ne possédait pas de clef. Les bergers disaient qu'en montagne, verrouiller une maison, c'était comme naviguer sur un navire en ignorant des naufragés. Il fallait porter assistance aux égarés, c'était une loi sacrée, celle de l'hospitalité... Tu parles ! La loi des menteurs, oui !

Dans les tiroirs, il trouva des couteaux, mais les lames étaient tantôt trop courtes, tantôt trop épaisses pour passer entre les interstices des planches. Il alla dans la pièce du fond, celle que César lui interdisait d'ouvrir et où il savait trouver l'alambic. Une envie violente de tout casser le traversa, qu'il repoussa. Il fouilla parmi les bouteilles en retenant sa respiration parce que l'odeur âcre du génépi l'écœurait, et ne trouva rien, sauf un fil de fer enroulé sur le pied du réservoir. Il le détacha prestement, et courut vers la porte. Le fil passait sans problème dans l'étroite fissure. En façonnant un crochet, il n'aurait plus qu'à soulever le loquet pour le remettre en place dans son encoche !

Il batailla ferme, oubliant le froid et la fatigue. Plus de dix fois il crut réussir, poussant la clenche millimètre après millimètre, mais le morceau de ferraille finissait toujours par retomber et son espoir s'évanouissait. Il envisagea d'autres issues possibles, vainement. Le temps pressait. De désespoir, il voulut arracher le fil de fer et tira si fort que la clenche se souleva. La porte céda.

Il était libre !

Il se mit à courir vers le chemin des crêtes en refoulant les sanglots qui l'étouffaient. Maintenant que plus rien ne le retenait prisonnier, la panique l'assaillait à nouveau. Où était Belle ? Comment la retrouver avant les chasseurs ? Il voulut l'appeler, mais sa voix était si faible qu'elle ressemblait à un murmure. Il éclata en sanglots. À travers le rideau de larmes, la montagne s'était mise à onduler, immense et vide.

Après avoir cassé la croûte et piqué un roupillon, les chasseurs discutèrent pour savoir s'ils devaient envoyer d'autres hommes se poster sur les crêtes, en plus de César. Maintenant qu'ils étaient au-dessus de la forêt, ils n'avaient plus besoin d'être aussi nombreux. Ils décidèrent de ne pas perdre de temps et de repartir. Personne n'avait encore vu la Bête et les chances de la voir s'amenuisaient. Combaz ne décolérait pas. Certes, l'idée d'aller pousser à la Meije venait du vieux berger, pourtant, c'est lui qui porterait la responsabilité de leur échec ! Il en allait de sa réputation, sans parler des conséquences avec les vert-de-gris ! Les hommes en avaient plein les bottes, et pour les femmes c'était pire, les deux plus jeunes refusèrent de reprendre la traque sous prétexte qu'elles avaient à faire avec les bêtes. Suzanne Dorchet s'accrochait encore, par entêtement, elle tenait à récupérer l'arme confisquée à son père.

À bout de patience, ils repartirent, le premier groupe vers le petit bois de pins, les deux autres sur la combe, le quatrième le long du torrent et les derniers sur le versant pierreux qui menait au sommet. La fatigue aggravait le découragement et on commençait à fulminer tout bas contre César. Le bougre devenait impossible avec sa fierté d'ermite, toujours à vous asséner ses vérités, de plus en plus ivrogne et misanthrope ! Quant au maire, c'était un mou qui s'en laissait conter, incapable de résister à l'autorité du vieux fou ! À force de fréquenter les notables d'en bas, Marcel en perdait le bon sens !

Quand le soleil entama sa descente, l'énervement était à son comble. Voilà deux heures qu'ils ratissaient l'endroit et ils n'avaient toujours rien levé ! Si ça continuait, ils ne seraient chez eux qu'à la nuit noire, tout ça pour rien, sans parler de toutes ces bêtes qu'ils avaient laissé fuir, et voilà qu'en plus il faudrait rendre les fusils aux Allemands ! Combaz était trop bon ou trop con, va savoir !

César réapparut sur la crête, nimbé des feux crépusculaires. Jean le désigna aux autres en suscitant un bref espoir. Le berger descendait d'un pas tranquille vers la ligne qui progressait lentement à travers la vallée haute, creusée comme une entaille sur le versant du massif. Combaz ordonna une pause et vit Étienne approcher à fond de train. Le boucher rongeait son frein depuis le matin et tout débordait d'un coup !

— Pourquoi il a quitté son poste ? Ça fait deux heures qu'on attend ! Je croyais qu'il partait se poster là-haut et le voilà qui revient les mains dans les poches ! À croire qu'il a que ça à foutre, admirer la montagne ! M'est avis qu'il est allé cuver son vin !

— Ne dis pas n'importe quoi, Étienne, un homme ivre ne descend pas les crêtes à cette allure.

— Tu le défends, maintenant ?

— Ivrogne ou pas, César, c'est le meilleur chasseur de la région et vous le savez tous ! S'il est parti là-haut, c'est qu'il avait ses raisons. Rejoins ton poste maintenant.

Pourtant, au lieu de venir s'expliquer, César se contenta de pointer du doigt la zone qui n'avait pas été couverte, puis il se dérouta légèrement afin de rester en surplomb, entre les crêtes et la ligne de battue. Combaz cracha par terre, irrité de ses manières, et redonna le signal. Les hommes se remirent en marche.

Fabien s'était engagé dans une zone de buissons quand il entendit un frôlement suspect. Une flèche de fourrure détala sous ses yeux et il n'eut que le temps d'épauler et de tirer au jugé, trop surpris pour viser. La flèche était un chien, un chien énorme et blanc, pas noir, peu importe, on ne pouvait guère se tromper sur un pareil molosse ! Il tira à trois reprises, crut entendre un jappement de douleur et sut qu'il avait fait mouche. Il beugla pour signaler sa position, même si les coups de feu étaient largement suffisants. À cet instant, dans l'odeur de poudre et la chaleur du canon qui irradiait dans ses doigts, la fierté l'inonda. Il avait réussi, lui Fabien Murgiez, l'éternel second corvéable à merci ! Combaz qui arrivait en courant ne put s'empêcher de lui trouver la tête d'un benêt avec ce sourire qui lui fendait le visage d'une oreille à l'autre. Les autres rappliquaient derrière aussi vite que possible, partagés entre la curiosité, l'espoir et une sourde déception. Beaucoup pensaient que Combaz avait favorisé Fabien parce qu'il était son adjoint. Forcément !

— Tu l'as eu ?
— Et comment ! Té César, tu avais raison !

Le vieux arrivait bon dernier, et la joie du chasseur vacilla un court instant devant sa mine assombrie, presque furibonde.

— C'était la bête, pas vrai ? Tu l'as vue de là-haut ?
— Je l'ai vue. Elle a fui dans la ravine.

Il désigna un éboulis et Fabien s'agita nerveusement. Il aurait dû courir derrière au lieu d'attendre en plastronnant !

— Tu crois qu'elle a pu atteindre la brèche ?
— Sans doute. Sauf si elle agonise. Allons voir.

Ils repartirent en courant à moitié, sous le regard de ceux qui connaissaient les dangers de vouloir oublier la fatigue, le meilleur moyen de se fouler une cheville. L'excitation qui les avait abandonnés au cours de la longue journée leur rendait un second souffle. Dédé, plus enragé que les autres à l'idée de voir sa vengeance lui échapper, distingua le premier les traces de sang.

— Saleté, tu l'as vraiment butée !

César s'empressa de le rejoindre, le cœur au bord des lèvres, persuadé de découvrir la carcasse du chien. Il était à bout d'épuisement. Cela faisait trois heures qu'il luttait contre le remords, trois heures qu'il contenait son envie de vomir. Chaque fois qu'il tentait de se raisonner, le visage de l'enfant déformé par le chagrin lui apparaissait : « Je te pardonnerai jamais si elle meurt, Papé ! » C'étaient les dernières paroles de Sébastien, il les avait parfaitement entendues tandis qu'il détalait comme un lièvre. Trois heures qu'il tentait de les oublier alors que ça lui lacérait les tripes ! Sa colère éclata subitement et lui-même parut surpris par la brutalité de sa voix.

— Où c'est qu'il est ton cadavre, andouille ? Sous ce caillou ?

— J'ai pas dit ça. Mais le sang, tu crois qu'il vient du Saint-Esprit ?

— Des taches de sang, ça veut pas dire que la bête est morte. Elle a pu se traîner dans la brèche. Il faut la rattraper. Je sais qu'elle se terrait ici. Vous avez dû passer à côté dix fois et elle a pas bronché. Elle est maligne. Si jamais elle s'en tire après la battue...

Il renonça à s'expliquer et descendit prudemment

entre les blocs de schiste. Tout le monde avait compris. S'il n'était pas étendu raide mort, le chien enragé, déjà fort méfiant, serait plus difficile à traquer que jamais. Sans doute plus dangereux aussi...

Ils inspectèrent chaque repli sombre et les éboulis qui flanquaient la large brèche. Cette saignée rocheuse plongeait dans un ravin court mais abrupt qui finissait sur une zone de replat, puis repartait en pente douce sur une forêt d'arolles peuplée d'ombres mouvantes. Certes, pour atteindre cette zone abritée, la bête aurait dû traverser l'alpage, mais les chasseurs avaient perdu des minutes précieuses à rejoindre Fabien. César était le seul à l'avoir vraiment vue fuir, alors pourquoi n'avait-il pas gueulé de la poursuivre ?

Comme l'ombre commençait à noyer les pièges du terrain, les hommes furent gagnés par l'épuisement et la colère. Combaz le sentit, il décida de donner le signal du retrait. Après tout, ce n'était qu'un semi-échec, ou une demi-réussite, selon le point de vue ! Avec un peu de chance, on trouverait le squelette du chien au printemps prochain.

— Basta ! Ça va comme ça ! La nuit tombe et nous avec ! Si ça continue, il y aura un accident. On rentre !

Fabien approuva joyeusement.

— De toute façon, je l'ai eue, et avec tout le sang qu'elle perd elle passera pas la nuit !

Les chasseurs approuvèrent.

— Et on dit quoi au Boche ? s'insurgea André.

Malgré sa jambe douloureuse, ou peut-être à cause de cette douleur qui ne passait pas, il était partisan de continuer. Combaz répliqua vertement :

— C'est mon affaire, André. Toi, occupe-toi plutôt

de tenir debout ! Ho, César, ça te dérange si on fait halte par chez toi ?

— Une halte ? À la bergerie ?

Il ne pouvait refuser et acquiesça à contrecœur en songeant à la réaction de Sébastien enfermé depuis des heures là-haut. Regonflé par la perspective de cette veillée entre hommes, Marcel donna son plan. Ils se reposeraient quelques heures chez César et repartiraient à l'aube. La plupart avaient gardé de quoi dîner dans leur besace, et le berger aurait sûrement une belle tomme en réserve.

— Si les jeunes veulent rentrer direct, c'est leur affaire, mais je n'ai pas envie de me retrouver avec des éclopés sur les bras. Qui vient avec nous ?

Une douzaine de bras se levèrent. Les autres s'éloignaient déjà, échauffés par l'idée de raconter leurs exploits. Suzanne préférait se joindre à son beau-frère et à son neveu qui s'était muni d'une torche. Les plus malins avaient d'ailleurs prévu le coup et sortaient des flambeaux de leur barda. Ils enflammèrent l'étoupe et prirent la tête de la procession. Personne ne remarqua César qui traînait à l'arrière, misérable. Il aurait presque souhaité avoir un accident, ou au moins une foulure pour ne pas affronter l'enfant. Mais la lune éclairait le chemin, et il ne trébucha pas une seule fois.

Quand ils parvinrent à la bergerie, la porte restée entrouverte grinçait dans le courant d'air. Combaz découvrit le fil de fer encore accroché à la clenche et lança sans réfléchir :

— Tu aurais pas enfermé un diable par ici, César ? Parce que ton prisonnier s'est fait la malle !

— Bon Diou ! Le petit !

— Quoi ? C'est lui que tu tenais là-dedans ? Décidément, c'est sa spécialité de cavaler partout ! Tu devrais le dresser un peu, ma foi !

— Y en a qui savent pas faire la différence entre un bouc et une femelle. Alors imagine qu'ils se gourent entre un gamin et une bête... J'avais pas envie que Sébastien en fasse les frais !

— Si c'est pour moi que tu dis ça...

André était trop fatigué pour fulminer, mais il se jura de prendre sa revanche un jour ou l'autre. Un bref instant, le souvenir des questions que le môme avait posées l'interpella, mais il était trop exténué pour s'y attarder. Il se contenta de grogner.

— Bon, tu nous offres un coup de gnôle ou il faut te supplier ?

— C'est vrai ça, il fait plutôt soif.

Combaz, qui avait perdu l'habitude de marcher en montagne, se sentait au bord de l'apoplexie. Il supplia le berger des yeux. César haussa les épaules.

— Entrez. Y a une bouteille sur l'évier et du pain dans la huche. Le fromage est avec. Servez-vous, moi je vais voir du côté de l'enclos. Il est peut-être avec les brebis.

— C'est ça. Il leur chante une berceuse. Fais pas ta tête dure, César. La petite l'aura sans doute amené avec elle. Elle a fait la traite à ta place, non ?

Dans ce cas, pourquoi cette foutue porte battait-elle au vent ? Incapable d'entamer une polémique, César se laissa submerger par une vague d'épuisement. Il secoua la tête et pénétra dans la pièce d'un pas chancelant. Les chasseurs s'empressèrent derrière lui avec de gros soupirs d'aise, sans paraître gênés le moins du monde par le froid glacial. Il faut dire que dehors le vent s'était levé et, par contraste, la température intérieure semblait presque douce.

— Bouge pas, l'ancêtre, on s'occupe de tout !

Fabien s'accroupit devant l'âtre pour préparer une flambée, tandis que les autres sortaient du lard, un fromage de tomme, une bouteille qui avait échappé au déjeuner, une autre de génépi. Avec celle de César, on ne passerait guère que trois ou quatre tournées, juste de quoi se rincer le gosier ! Sans se préoccuper d'être vu, le berger se glissa dans la pièce de l'alambic et en rapporta trois flacons, suscitant des hourras enthousiastes, et Combaz fit mine de ne rien remarquer en rigolant. César était un dur mais, il y avait pas à dire, c'était un sacré chasseur ! À la Meije il avait dit, à la Meije on l'avait débusquée !

Plus tard, alors qu'ils portaient un toast de plus à Fabien pour avoir crevé la Bête, personne ne vit le petit visage s'encadrer derrière la fenêtre.

L'enfant s'éloigna de la bergerie et plongea dans l'ombre de la nuit. Il ne sentait plus ni le froid ni la crainte des ténèbres. Pas une seule fois il ne leva le nez pour chercher un repère. Il pleurait en silence, et le froid de ses larmes était presque une caresse comparé au sentiment de vide qui l'oppressait. Il parcourut les kilomètres jusqu'au chalet dans un état second, sans jamais hésiter ni flancher, pas même dans la forêt de mélèzes bruissante du souffle des fantômes.

C'est le cri d'Angelina qui le sortit de son abattement. La jeune femme attendait depuis le début de la nuit. Au fil des heures, elle avait imaginé le pire, mais devant ce visage ravagé par les larmes, elle sut qu'il était arrivé un autre genre de malheur.

Cette nuit-là, Angelina ne put fermer l'œil. Aussi, quand César finit par apparaître au petit jour, elle était à bout de nerfs. Il titubait, puant l'odeur écœurante du génépi. Il fit semblant de ne pas la remarquer et chuta lourdement dans son fauteuil habituel, près de l'âtre où se consumaient les braises.

Pour garder un semblant de calme, elle alla d'abord à la cuisinière et emplit un bol d'ersatz de café, un mélange de chicorée et d'orge grillée. Devant le pain, elle hésita, puis renonça afin de le punir. Avec ce qu'il cuvait, son estomac avait de quoi digérer, il se passerait de manger ! Elle lui tendit son bol trop brusquement. Il se réveilla de sa torpeur et tenta de sourire, les yeux papillonnants, ce qui raviva son indignation.

— Merci, Lina, tu es bien gentille.
— C'est tout ? Tu ne me demandes pas des nouvelles de Sébastien ?
— Il est ici, pas vrai ?
— Si on veut.
— Il... il va bien ?

César voulut se redresser mais, dans le mouvement mal calculé, le café se renversa et trempa son poignet. Malgré la brûlure, il se contenta de grogner.

— Ça dépend de quoi tu parles. Physiquement il est entier, tout va bien. Juste épuisé et perclus de courbatures. Pour le moral, en revanche, c'est autre chose ! Il a déboulé en plein milieu de la nuit, les yeux aussi gonflés que ceux d'un lapin malade. Et totalement muet. J'ai eu beau le supplier, il n'a rien dit. Tu lui as fait quoi ?

— Qu'est-ce que j'en sais moi ? Rien ! Ton café sent bien bon...

— Laisse mon café tranquille ! C'est le même que chaque matin tu trouves répugnant. Sébastien ne ferait pas cette tête si tu n'y étais pour rien. C'est cette histoire de battue ? Il est venu avec vous ? Qu'est-ce qui s'est passé ?

César la toisa bizarrement, puis s'esclaffa avec violence, presque à s'étouffer.

— On l'a eue la Bête de malheur qui bouffe les moutons et bouffe les Boches... Remarque pour ça je lui donnerais pas tort !

Le café déborda une nouvelle fois et il parut revenir à la réalité. La main tremblante, il approcha le bol de sa bouche et siffla le liquide en trois lampées, ce qui eut pour effet de le dégriser un peu.

— T'as raison, c'est une vraie purge ton café ! Eh bien, ce chien... figure-toi que le gamin et lui ils ont fait copain-copain... Du moins ils faisaient ! L'a fallu que je l'enferme, du coup.

— Qui donc ?

— Ben le gamin ! Parce que la Bête, on l'a... poum... dégommée ! C'est Fabien, pas moi, moi je pouvais pas. Sauf que je les ai conduits à elle. Et Sébastien m'a aidé, tu vois, c'est lui qui m'a donné l'idée. Faut dire que je le surveillais depuis un moment. Ah, j'ai pas l'air. On se dit, ce pauvre César il voit rien, il gobe tous les bobards. Ben César il a quand même eu le dernier mot... Où j'en étais... Ouais, c'est le petit qui nous a conduits à la Bête. C'est pour ça qu'il m'en veut. Comme quoi je l'aurais trahi, c'est ce qu'il croit. Moi, j'ai fait ça pour son bien. Et une trahison, c'est quand on aime pas, tu comprends ça, toi au moins ?

— Mais qu'est-ce que c'est que ce charabia ? Qui est copain-copain ? Au nom du ciel, explique-toi mieux ou va te plonger la figure dans un baquet d'eau froide !

— Bon Diou, c'est pourtant simple ! Sébastien et le chien enragé, eh ben, je les ai vus ensemble, comme cul et chemise !

— Mais je croyais que tu l'avais enfermé ?

— C'était après ! Avant, ils étaient ensemble, après je l'enferme et ensuite boum ! Fabien la tire, la Bête est crevée, fin de l'histoire !

Il tenta de se relever. Subitement, s'expliquer devenait la chose la plus importante, mais son ivresse lui coupait les jambes et il retomba lourdement. Pour combattre le vertige, il ferma les yeux. La voix d'Angelina lui parut aussi dure qu'un poinçon qui lui aurait percé les tempes.

— Tu n'as pas honte de te mettre dans un état pareil ? Et les autres ? Je suppose que tu as passé la nuit à boire avec les chasseurs ? Tu sais pourtant qu'ils parlent sur ton compte ? Ça ne te gêne pas ? Et Sébastien ? Tu crois qu'il est heureux de savoir que son grand-père s'enivre parce qu'il n'est pas capable de passer par-dessus ses malheurs ? Parce qu'il ne sait pas comment dire les choses ? Parce qu'il ne se décide pas à le mettre à l'école sous prétexte que ça ne servirait qu'à le gâcher et que la montagne est meilleure maîtresse ? C'est ça ?!

— Mais qu'est-ce que tu dis ? Tu me fais quoi, là ?

— Rien, César. Je ne fais rien d'autre que dire les vérités que tu ne veux pas entendre. Alors, je vais remonter traire les brebis avant d'aller ouvrir la boutique parce que dans ton état je suppose que tu n'as rien pu faire ! Encore heureux que tu n'aies pas culbuté dans le ravin ! Seulement je te préviens, si ça doit continuer comme ça, il faudra embaucher, parce que moi j'ai pas le don de me poser en deux endroits à la fois ! Maintenant, je te laisse cuver !

Elle sortit en claquant la porte avec violence. Le bruit se répercuta douloureusement dans le crâne de César. Il n'avait pas tout saisi, sauf peut-être qu'il avait fait encore pire qu'il croyait. Au moment où il voulut glisser dans une bienfaisante somnolence, une voix glacée s'éleva.

— Je te pardonnerai jamais. Ce que t'as fait, c'est bien pire que de tuer une maman chamois. Pire que jurer et puis reprendre sa parole. Pire que tout !

Campé au pied de l'escalier, Sébastien le dévisageait d'un air féroce. Son visage était aussi blanc qu'un cierge de messe. Ses yeux brillaient d'un éclat sauvage. César, accablé de fatigue et de honte, ne sut rien répondre d'autre qu'une sorte de plainte incompréhensible.

3.


Il avait à peine dormi, d'un sommeil trop léger, haché par les cauchemars, et son corps n'était plus qu'une immense courbature, pourtant il galopa d'une traite jusqu'au refuge de pierres sèches. Dans les pentes les plus raides, pour ne pas rompre le rythme, il s'accrochait aux pierres ou aux racines et progressait à quatre pattes. Comme un chien. Ou une bête enragée. L'effort lui arrachait des gémissements. Il essayait de chasser les images du sang tachant la fourrure de Belle. C'était lui qui l'avait lavée, apprivoisée. Lui qui était responsable de sa mort, en menant les chasseurs tout droit à son amie. Papé l'avait dit. Qu'il l'ait su ou pas ne changeait rien ! Il pensa à l'histoire du Petit Poucet, la piste semée de petits cailloux, et se mit à rire; amer, et à cracher tout à la fois. Occupé à courir, il ne vit pas l'ombre accroupie qui suivait sa progression, les yeux luisants. Et bien sûr il n'entendit pas le grondement de la bête féroce.

Le refuge était encore plongé dans la pénombre. Le ciel laissait sourdre de sinistres traînées, des coulées de lumière sale qui auguraient le mauvais temps. L'enfant referma machinalement la porte. Il était venu, poussé par l'urgence de se retrouver dans un endroit bien à lui. Il avait tout perdu, son amie, ses repères, la protection de César. De nouveau il repoussa l'image du traître. Sa colère était si forte, elle ressemblait tant à la haine, que ça l'effrayait lui-même.

La lauze déplacée et le trou béant lui rappelèrent la semaine précédente, quand ils étaient venus ensemble avec Belle. La douleur montait, elle finirait par l'étouffer. Peut-être même qu'il tomberait raide mort, et ce serait bien fait pour eux ! Il s'accroupit et plaqua le visage contre ses genoux, assez fort pour voir des explosions de lumière rouge derrière ses paupières. Il essaya de se rappeler les paroles du chant de Noël, mais sa mémoire demeurait vide.

Dehors, quelque chose approchait. Ça au moins il pouvait le percevoir. Il tendit l'oreille et distingua un grondement, suivi d'un frottement du côté de l'entrée. On grattait là-dehors ! La peur lui glaça le sang en chassant d'un coup son chagrin. Un loup. Seul un loup pouvait gronder de cette manière ! Les yeux rivés sur la porte, il tenta de réfléchir. Avait-il bien fermé ? Si le loup grattait, sûrement que oui. Et le tunnel ? La lauze était à portée de main, il voulut bouger pour la remettre en place, mais il était tétanisé. La peur et l'épuisement le tenaient là, prostré, incapable du moindre mouvement. Il ferma les yeux et attendit. Il y eut un premier coup, puis un second, comme si l'animal chargeait, et la porte s'ouvrit à grand fracas.

Une silhouette menaçante s'encadra sur le seuil. Le grondement ne cessait pas. Le loup avança d'un pas, et quelque chose se déchira dans la poitrine de l'enfant, un soulagement si aigu que son cœur tressauta.

— Belle, c'est toi ?

Il se précipita vers elle pour s'assurer qu'il ne rêvait pas, pressé de la toucher, de s'enfouir tout entier dans le pelage de son poitrail. Après l'affreuse certitude de l'avoir perdue, il lui fallait sentir sa chaleur...

— Belle ?

Il s'arrêta net, alors que l'animal apparaissait dans la lumière chiche du jour. Son poil était maculé de sang depuis le cou jusqu'à la patte antérieure, couvrant une partie du flanc gauche de traînées maronnasses, encroûtées d'herbe et de boue. La plaie elle-même, d'où encore un peu de sang suintait, s'étalait juste sous l'omoplate. En déviant de quelques centimètres, la balle l'aurait atteinte en plein cœur.

Aussi doucement que possible, l'enfant prit la truffe dans ses mains et l'effleura d'un baiser. Le grondement cessa aussitôt, remplacé par une faible plainte. Un souffle brûlant lui caressa le visage, alors il se mit à pleurer, tout à la fois soulagé de l'avoir retrouvée et terrorisé de la perdre quand même. La chienne se laissa faire un moment puis se laissa choir au sol en poussant un gémissement, le flanc parcouru de frissons brefs et violents. Luttant contre l'affolement, Sébastien lança d'un ton assuré, afin de la convaincre :

— Belle, ma toute Belle, on va te sauver, d'accord ? Tu ne vas pas mourir, jamais ! Je vais te soigner, mais pour ça il faut que je reparte. Tu auras pas peur, parce que je vais revenir vite. Tu bouges pas, tu restes là, et personne viendra te déranger. D'accord ?

Le chien émit un faible jappement qui s'acheva en râle, et l'enfant faillit éclater en sanglots. Il songea à allumer un feu pour réchauffer la chienne. Le refuge était glacial, et l'humidité des murs en pierre rendait la pièce inhospitalière. Mais la peur de perdre du temps fut la plus forte. Il fallait s'occuper des choses par ordre d'importance. Garder son calme. Chaque fois qu'il tentait de réfléchir, c'était la voix tranquille de César qu'il entendait : *Quand une bête est blessée, nettoie d'abord la plaie.*

Il saisit la couverture qui faisait office de tapis. La laine puait un peu, n'empêche, ce serait toujours mieux que rien. Il couvrit la chienne en prenant garde de ne pas frotter le tissu contre la blessure. Ensuite, il prit ses vieux coussins rapiécés et les disposa autour d'elle, à la fois pour édifier un rempart contre le froid et pour qu'elle se sente à l'abri. Il imagina sa fuite dans la nuit glacée, sa peur et la douleur de mourir seule, abandonnée.

Belle était calme, derrière ses paupières closes les globes tressaillaient, comme si elle était la proie d'un cauchemar. Son souffle lui parut trop chaud, trop rapide aussi, et il sut que c'était mauvais signe. Encore une chose que son grand-père lui avait enseignée. Après un dernier coup d'œil pour s'assurer de ne rien oublier, il se glissa dehors et referma soigneusement la porte afin de calfeutrer la pièce.

Sur le seuil du refuge, il découvrit que le temps avait changé et songea au loup, mais c'était une peur idiote. Il avait déjà bien assez à faire pour s'encombrer de vieilles légendes !

Les premiers flocons de neige tombaient en tourbillons légers, saupoudrant les reliefs d'une fine couche ouatée. De loin, la montagne semblait sale et transie, écrasée par un ciel bas, gorgé de nuages lourds. Brièvement, il ne put s'empêcher de lever le visage pour sentir les flocons se déposer dessus, aussi doux qu'une caresse. Angelina affirmait que les premières neiges étaient des promesses d'anges. Il fit un vœu, en fermant les yeux pour lui donner plus de force. Ensuite, affolé d'avoir perdu quelques secondes, il s'empressa de dévaler la piste. L'épuisement l'avait quitté, son cœur battait d'un espoir fou, sauf qu'il devait réfléchir, dresser une liste pour ne rien oublier. Trouver de quoi la soigner. Et la nourrir. Ne pas se faire remarquer. Garder le secret, tant que Belle serait malade, fragile. Après, ils se débrouilleraient...

César était sûrement reparti à la bergerie, quant à Angelina, elle ne rentrerait pas avant la fin de la journée.

Il parvint au chalet très vite et entra sans se méfier, persuadé de le trouver vide, sauf que son grand-père était toujours là, avachi dans son fauteuil, devant le feu éteint. En entendant le vacarme, il sursauta et se racla la gorge, gêné de s'être fait surprendre.

— Tu étais où ?

Sans daigner répondre, l'enfant grimpa l'escalier vers sa chambre. César insistait, vexé, comme s'il avait tout oublié, et Sébastien dut se mordre les lèvres pour ne pas lui hurler une injure. Traître ! Sale traître !

— Sébastien, réponds !

Puisqu'il la voulait, sa réponse, il l'aurait ! Il prit son élan et claqua la porte aussi fort que possible. Le bois vibra sous le choc, puis un silence de plomb s'abattit sur le chalet. Il guettait, l'oreille tendue, immobile. César aurait trop honte pour l'attendre. En plus, il était en retard pour la traite. Il avait eu le temps de dessoûler, pas vrai ? Si par sa faute Belle mourait, Sébastien quitterait la maison. Il irait... en Amérique ! Et tout le monde le croirait mort ! Et ce serait sa faute, à lui !

La porte se referma en bas. Vite, il se précipita à

la fenêtre en prenant garde de ne pas se laisser voir. Son grand-père marchait dehors d'un pas mal assuré, ses cheveux grisonnants tout ébouriffés. En se déposant dessus, les flocons le faisaient paraître blanc et vieux. Il avait oublié son chapeau. L'espace d'un instant, l'enfant dut réfréner l'envie de lui courir après pour lui donner son béret. Puis il se renfrogna et, soulagé, descendit à la cuisine et entreprit de fouiller l'armoire où César rangeait ses réserves d'alcool. Il n'y avait rien, pas une seule bouteille, alors il chercha dans les plus petits recoins, là où il planquait son génépi quand il jurait de cesser de boire et qu'il mentait dans le dos d'Angelina. Le coffre où on serrait une couette de rechange. Non. La huche vétuste qui servait désormais de rangement pour la graisse à cuir, les brosses et les clous, les pinces et le marteau. Non. Derrière la patère, dans le renfoncement en pierre. Non plus.

Désespéré, Sébastien s'efforça de réfléchir posément. César ne pouvait pas avoir vidé toutes les bouteilles. Même s'il préférait boire là-haut, à la bergerie, il restait forcément une cachette au chalet pour les urgences. Il se rendit alors dans sa chambre. C'était une pièce un peu mystérieuse où il n'entrait jamais. Papé n'aimait pas. Le mobilier se résumait à un lit étroit, une armoire et une table de chevet en pin surmontée d'une tablette en marbre vert. Dans le tiroir, il ne trouva qu'un vieux livre corné qui semblait avoir été lu et relu. Bizarre, Papé prétendait que le goût des livres lui était passé depuis longtemps. Il fouilla vainement dans l'armoire, sous les piles de draps, de chemises et les caleçons de laine. Il regarda sous le lit et ne vit rien d'autre que des boules de poussière que César appelait des « moutons ». Ça les faisait toujours rire, avant... De plus en plus perplexe, il tâta la couette épaisse, puis, sans vraiment réfléchir, sa main glissa sous le matelas. Le flacon était là, coincé entre les lattes du sommier.

Il ressortit en vitesse de la chambre et rangea l'alcool dans son sac à dos, ajouta un morceau de fromage. Ensuite, il alla prendre un couteau et découpa un morceau de lard, ni trop petit ni trop gros, en priant pour que Angelina ne s'aperçoive de rien. Le jambon était le trésor le plus précieux de la cuisine, sa sœur l'avait assez répété. Elle seule pouvait prélever des tranches ou des cubes qu'elle plongeait dans la soupe à mijoter. De cette façon on mangeait deux fois, d'abord par le nez et ensuite par la bouche et l'estomac ! Tant pis, c'était un cas d'urgence !

Il remplit sa gourde d'une eau pure, bien fraîche, attrapa les ciseaux de couture dans la boîte pleine de fils et de bouts de laine. Il faudrait les rapporter vite.

En sortant, il fit un détour par l'auvent où l'on tendait le linge et attrapa un des draps qui séchaient. Si Lina s'apercevait de sa disparition, il raconterait qu'il en avait eu besoin pour refaire son lit. Il dirait qu'il l'avait mouillé à cause d'un cauchemar et ça la ferait taire !

Il fourra le drap dans son sac et repartit en direction du refuge.

Le silence était total, la chienne dormait toujours. Terrifié à l'idée qu'elle soit morte pendant son absence, il fit assez de bruit pour la tirer de sa léthargie. À son approche, elle cligna les yeux et, faiblement, bougea la queue comme pour lui dire « Je t'attendais ». Elle reposa sa tête, trop lourde à porter, mais garda les yeux ouverts, attentive aux gestes du garçon.

Il remplit un bol avec l'eau de sa gourde, disposa le flacon de génépi et les ciseaux, pour avoir tout à portée de main, et découpa des bandelettes dans le drap propre. Il avait vu faire César quand il soignait une bête.

Il inspira très fort et entreprit d'examiner la blessure. La plaie avait séché et une croûte de poils et de sang coagulé s'était formée. Même en nettoyant avec le drap mouillé, ça ne marcherait pas. Il saisit les ciseaux et parla à voix haute, plus pour se rassurer lui que Belle qui semblait paisible, confiante.

— Je vais te couper un peu les poils, sinon j'y arriverai jamais. À la guerre, celle d'avant je parle, celle de Papé, ils faisaient pareil avec les habits des soldats. Tu vois, s'il fallait soigner une jambe, les médecins, ben ils coupaient le pantalon. Et parfois la jambe aussi. Mais toi non. C'est juste des poils. Tu vois ? Ça fait pas mal… il faut nettoyer. C'est pour pas que le moisi s'y mette, tu comprends ? Et contre le moisi y a pas meilleur que le génépi, c'est Papé qui le dit.

Tandis qu'il expliquait, ses mains prenaient de l'assurance. En quelques coups de ciseaux, il ôta le plus gros de la bourre sanglante et dégagea la plaie. Sans les poils, ça ressemblait à un nœud dans l'écorce d'un tronc, grumeleux sur les bords, de couleur sombre, presque noir. Au milieu du cratère, un peu de sang rouge suintait, et cette vision le rassura au lieu de l'inquiéter. Le trou était petit, sûrement que ce n'était pas trop grave. La patte n'avait pas l'air cassée. Il se demanda où avait disparu la balle car il ne voyait rien.

Il hésita à la chercher du bout des doigts. Il ferait quoi après ? C'était pas un noyau de prune !

L'odeur âcre du génépi picota ses narines quand il fit sauter le bouchon. Il reprit ses explications car la chienne semblait brusquement inquiète. Sans doute à cause de l'affreuse odeur.

— Ça va piquer mais pas trop... C'est du génépi. Tu sens ?

Il fit mine d'être ravi et se força à en avaler une minuscule gorgée. C'était dégoûtant et horriblement piquant, mais il déglutit et sa gorge prit feu aussitôt.

— Tu vois ? C'est très bon. Mmmm !

Belle battit faiblement de la queue. D'un geste décidé, il versa l'alcool sur la plaie en tamponnant doucement à l'aide d'une bandelette propre. La chienne frémit, gronda un peu, mais se laissa faire. Lui parlait sans s'interrompre, à la fois pour la bercer et pour se donner du courage.

— Tu sais, je lui pardonnerai jamais ce qu'il t'a fait, César. C'est mon Papé, tu te souviens, sauf que je sais pas ce qui va pas avec toi. Il a peur, alors il veut te tuer. Il m'a pas écouté quand je lui ai dit qu'on était amis. De toute façon, je lui parle plus. Plus jamais ! Ça va, ça pique pas trop ?

Quand il jugea la blessure suffisamment nettoyée, il confectionna tant bien que mal un pansement en passant sous la patte intacte et en attachant les bandes de drap autour du cou. Belle se laissait faire, épuisée. Dans un dernier effort, elle lui lécha la main et laissa sa tête retomber en soufflant bruyamment.

Il put enfin s'occuper du feu. Il faudrait prévoir beaucoup de bûches tout le temps qu'elle resterait couchée ici. Il y en avait, de quoi lancer quelques belles flambées, mais ça ne suffirait pas. Demain, il irait dans le bois et ramasserait des branches. Et puis il en piquerait aussi dans l'appentis. Il faudrait prévoir un sac pour les emporter. Celui en toile de jute où César mettait les pommes de terre ferait très bien l'affaire.

Épuisé par les émotions et tous ces calculs, Sébastien se blottit contre la chienne, ramena la vieille couverture sur eux, et s'endormit là, persuadé qu'elle était sauvée.

4.


Il neigeait depuis deux jours, par intermittence, des flocons de plus en plus tenaces qui avaient fini par recouvrir monts et vallées d'un manteau dont l'éclat tranchait avec le ciel morne.

La jeune femme avançait d'un pas pesant, le froid lui gelait les pieds malgré ses godillots solides. Elle força l'allure, avant de ralentir à nouveau, car le panier lui pesait trop. Il restait au moins trois gros kilomètres. D'habitude, elle prenait son vélo pour aller à la ferme d'en bas mais, avec la couche de neige, cela devenait périlleux. Déjà, quand elle devait pédaler avec dix kilos, elle craignait de déraper sur le vieil asphalte fissuré et plein de chausse-trapes. Depuis le temps que le maire promettait de faire quelque chose !

La veille, la mère Tissot était venue la prévenir. Son gendre avait apporté une livraison de farine presque blanche. L'homme était minotier du côté de Grenoble, et deux ou trois fois l'an, quand il passait chez ses beaux-parents, il en profitait pour les fournir en farine, ce qui leur permettait de faire un peu de marché noir. Seules les connaissances sûres en achetaient et ainsi tout le monde était content... Avec les tickets allemands, Angelina avait largement de quoi fournir la boulangerie, mais elle préférait garder une source d'approvisionnement intraçable pour sa petite production personnelle. En cas d'inspection, le surplus ne devait apparaître nulle part, ni l'usage qu'elle en faisait. Et comme il était impossible de prévoir les passages ou les besoins des clandestins, elle préférait avoir toujours un sac ou deux d'avance, qu'elle cachait derrière du vieux matériel dans l'arrière-boutique. Même Bastien ignorait ses manigances. Soit il était naïf, soit il s'en fichait, en tout cas il ne posait pas de questions. Angelina préparait et cuisait les miches supplémentaires sans les faire apparaître sur le relevé des comptes.

En entendant la voiture approcher, elle s'obligea à rester tranquille, la tête tournée vers la vallée. Le bruit puissant du moteur était caractéristique entre tous ! Son cœur battait si fort qu'elle se sentit asphyxiée et dut reprendre son souffle, la bouche ouverte. Elle devait se calmer, recouvrer ses esprits. Quel risque courait-elle, après tout ? Était-ce le danger ou l'excitation qui la faisait réagir ainsi ? Brusquement, elle n'eut plus froid du tout.

Derrière elle, la voiture ralentit. Il avait dû la reconnaître. Angelina en profita pour accélérer ostensiblement le pas, côté talus, histoire qu'il comprenne qu'elle le laissait passer et qu'il gênait. Le moteur ronfla et la traction luisante la dépassa. Elle crut alors qu'il partait, frémit, mais le véhicule stoppa légèrement en travers de la route. La portière s'ouvrit et il passa la tête, impeccablement coiffé, comme toujours. Ses yeux bleus lui parurent plus brillants que de coutume, ou alors il riait sous cape.

— Je vous emmène ?

— Non merci.

— Je vais au village, ce serait trop bête de ne pas vous prendre !

Elle bifurqua pour dépasser la voiture, cherchant une réponse imparable pour le remettre à sa place. Un phrase fine et cruelle pour le blesser et voir son assurance vaciller, qu'il comprenne qu'on ne prenait pas ce ton avec elle sous prétexte qu'on possédait un véhicule, qu'on était le maître du pays et que tous les autres cédaient par peur et par lâcheté !

Le panier ne pesait plus rien au bout de son bras. Cela l'enchanta et elle se sentit forte, assez pour défier le monde entier. Elle le dépassa. Derrière elle, le moteur ronfla encore mais, au lieu de la croiser, le lieutenant Braun continua à rouler au pas, en l'obligeant à garder une expression neutre. Elle pouvait presque sentir son regard sur elle.

— Il fait froid aujourd'hui. Ne soyez pas entêtée...

— On est habitués par chez nous.

— Oui, je sais, vous êtes très « résistants » dans le coin. Je viens de recevoir carte blanche du quartier général SS pour démanteler le réseau de passeurs de clandestins. Vous savez ce que ça signifie, carte blanche ?

Sous le choc, et parce qu'elle ne s'attendait pas à une attaque aussi directe, la jeune femme perdit contenance et se mit à rougir. Braun en profita pour se mettre de nouveau en travers de sa route. En ouvrant largement la portière, il la bloqua.

Elle n'avait pas le choix, elle se laissa tomber sur le siège en cuir, mortifiée mais sans céder à la panique. Voilà donc comment il était, quand on ne se soumettait pas assez vite ! Brutal, cynique, usant des pires arguments ! Elle sentit la colère l'envahir, mêlée au besoin d'en découdre, de lui faire mal. Il allait voir de quoi était capable une petite Française, cet... arrogant !

D'un coup d'œil, elle vérifia l'aspect de son panier. La farine était dissimulée sous une couche de patates, par prudence... Encore heureux qu'elle y ait pensé.

Il roulait lentement, presque au pas, et visiblement ne savait pas comment reprendre la conversation. Elle devina qu'il regrettait son emportement et cela la rassura. Finalement, il rompit le silence. Sa voix avait perdu ce ton moqueur dont il usait toujours quand ils étaient seuls à la boulangerie.

— Je n'allais pas vous abandonner dans le froid alors qu'il y a une belle place, ici, à côté de moi.

Il patienta un instant pour lui laisser l'occasion de répondre, mais elle demeura muette. Il reprit doucement, sans montrer la moindre contrariété, comme s'il cherchait une façon de l'apprivoiser.

— À Hambourg aussi, il fait très froid l'hiver. Mes parents habitent là-bas. Vous connaissez Hambourg ?

Hambourg ! Et pourquoi pas Tombouctou ! Elle feignit l'indifférence, le visage impassible. Lui s'animait peu à peu, comme si son absence de réponse n'avait aucune importance et que seule son écoute importait. Il avait raison bien sûr, Angelina était attentive, horriblement curieuse de savoir la suite. Cette brusque intimité repoussait un instant la guerre au loin. Et aussi la nécessité d'être ennemis en jouant le jeu du plus fort.

— C'est horrible. Gris. Triste. Mais il y a la mer tout près. Vous avez déjà vu la mer ? En été, les enfants font des concours de ricochets sur la plage. Et l'hiver aussi d'ailleurs. Sur la glace. Il n'y a pas grand-chose à faire, là-bas, pourtant j'y repense avec nostalgie. Vous avez déjà tiré des cailloux quand vous étiez gamine ?

Il rit, et elle dut s'obliger à conserver sa gravité. Les premières maisons de Saint-Martin se profilaient déjà. Il demanda, soudain grave, d'une voix mal assurée qui ne lui ressemblait guère :

— Vous viendrez me voir quand cette saloperie de guerre sera terminée ?

Elle sursauta, autant surprise par l'invitation que par le mot qu'il avait employé pour qualifier cette guerre qu'il avouait ne pas aimer.

— Vous ne parlez jamais ?
— Jamais à un Allemand.

Les mots claquèrent, et Angelina elle-même fut étonnée de la violence de sa réponse. Elle voulut tout rattraper, s'excuser, mais il était trop tard.

— Bien sûr…

L'amertume du ton la fit rougir. Peter Braun semblait soudain exténué, et elle le vit tel qu'il était : coincé dans un pays qui n'était pas le sien, détesté autant que redouté, contraint de tenir son rôle de vainqueur. Sans faiblir et sans relâche.

Comme ils entraient dans le village, deux enfants qui étaient en train de jouer aux billes durent s'écarter pour laisser passer la traction. Ils les dévisagèrent, les yeux écarquillés. Angelina se rendit compte qu'on risquait de parler sur son compte, mais il était trop tard pour lui demander de s'arrêter, surtout maintenant. Comment lui dire : « Arrêtez, j'ai honte qu'on me voie en votre compagnie. » Elle venait de le blesser alors qu'elle voulait simplement… Simplement quoi ? Lui faire sentir qu'elle ne se laissait pas faire, d'autant que le trouble qu'il suscitait la mettait en colère.

Il roula jusqu'à la place et stoppa à sa place habituelle, non loin du magasin.

— Vous pouvez descendre, maintenant.

Angelina empoigna son panier qui lui parut avoir doublé de poids et sortit, les jambes molles. Sans un mot ni un regard, car elle se sentait sur le point de fondre en larmes, elle se précipita vers la boulangerie, grimpa les quelques marches et, enfin, put entrer se mettre à l'abri, lâcher le panier et plonger son visage brûlant entre ses mains.

Le lieutenant Peter Braun avait redémarré un peu trop vivement, et il pila pour ne pas écraser un piéton. L'homme le foudroya du regard. Il reconnut le médecin chez qui ils avaient effectué la fouille à la fin de l'été. Le type restait au milieu de la route sans se soucier de gêner, le regard fixé vers la boulangerie. Braun hésita à baisser sa fenêtre pour le saluer. Trop de méfiance partout. D'ailleurs, l'autre repartait déjà, la mine mauvaise. Voilà quelqu'un qui ne devait pas tellement aimer l'idée de collaborer. Un homme qui devait mentir assez mal. Pour l'approcher, il faudrait user de prudence, ne pas l'effaroucher.

Un peu ragaillardi à cette perspective, le lieutenant s'efforça d'oublier les yeux bleus qui le hantaient beaucoup trop.

Belle dépérissait. Sébastien était peut-être un enfant, mais il savait reconnaître l'approche de la fin. Il avait déjà vu une brebis mourir empoisonnée, et le moment où ses forces l'avaient abandonnée.

La chienne passait désormais tout son temps à

dormir, le flanc parcouru de frissons ininterrompus. Sa respiration haletante l'inquiétait, mais le pire, c'était qu'elle ne voulait plus manger. Le morceau de lard restait devant son nez, intact. Soit elle avait perdu l'odorat, soit l'envie lui était passée. Pour l'empêcher de mourir de faim, Sébastien lui faisait avaler du lait, trois ou quatre bols par jour, sauf que ce matin elle avait refusé de bouger la tête pour laper son bol. Elle gardait les yeux mi-clos et geignait par intermittence.

Il essaya de calculer combien de jours s'étaient écoulés depuis la battue. C'était avant-hier qu'elle était arrivée. Ou un jour avant, encore ? Il s'embrouillait, recommençait, rageait de ne pas savoir compter pour de vrai.

Il n'avait plus le choix. Il irait chercher des remèdes à la bergerie, malgré la présence de César. De toute façon, il avait encore besoin de génépi et il n'osait plus fouiller la chambre. Ils étaient toujours fâchés, sauf que son grand-père n'était pas devenu idiot pour autant. S'il apprenait que la chienne était encore vivante, il viendrait l'achever comme une sale vermine. Sébastien serra les poings, envahi par une colère familière. Il n'arrivait toujours pas à comprendre comment son Papé qu'il admirait plus que tout au monde avait pu commettre une chose aussi moche que trahir sa confiance.

Il attendit à la lisière des pins, non loin des pièges à ressort, frileusement recroquevillé dans son manteau, assis sur une souche. Il avait calculé son moment, juste pendant la sieste, quand il était à peu près sûr que César cuvait son digestif. Même s'ils s'évitaient, l'enfant avait remarqué que le berger buvait plus que de coutume depuis l'autre nuit. Le matin, en partant, il avait le visage livide et la démarche mal assurée. Lina ne disait rien et l'ambiance au chalet était presque aussi gaie que dans le cimetière du père Moisan !

Quand il fut certain d'être tranquille, il se glissa à l'arrière de la bergerie et pénétra dans la remise où César mettait son matériel de fauche, les seaux de traite et tous les outils dont il avait besoin pour son exploitation. Les bêtes seraient bientôt parquées sous le large auvent couvert, non loin des balles de foin. À cette occasion, Sébastien serait obligé de donner un coup de main. Il voulait d'abord que Belle guérisse, sinon... La boîte en fer-blanc qui contenait les remèdes était rangée sur une planche en bois, et il dut escalader une caisse pour l'atteindre. Il restait vigilant, mais un silence épais régnait. D'une main fébrile, il souleva le couvercle. La boîte contenait des pommades, plusieurs bandages et un flacon de pilules. Sauf qu'il ne savait pas lire et ça lui servait à quoi de voir toutes ces lettres ? Il hésita à choisir un tube. L'un portait une étiquette rose, l'autre, jaune. Est-ce que ce serait dangereux de choisir au hasard ? Finalement, il opta pour le jaune parce qu'il avait l'air plus neuf et la pâte du rose semblait avoir durci. Il rafla aussi un bandage soigneusement roulé qui serait mieux adapté que les morceaux de drap tout rigides à cause du sang séché. Il faudrait faire une lessive, d'ailleurs, voler un bout de savon à Lina... Il soupira, écrasé par cet afflux de responsabilités, de choses à penser. Si seulement il n'avait pas été un enfant ! Il aurait voulu demander conseil, sauf que maintenant que César avait menti, c'était fichu ! Le monde des adultes lui paraissait impossible à comprendre. Les grands vous souriaient, ils vous parlaient de règle, de courage, ils vous demandaient de jamais mentir, ils voulaient toujours qu'on réponde, et eux ils gardaient leurs secrets, ils racontaient toutes sortes de bobards, et quand la vérité les gênait, alors ils se mettaient à inventer tout un tas de belles excuses pour vous expliquer que là, c'était une exception. Un mensonge pour votre bien...

Il remit la boîte sur l'étagère, avisa la pierre de sel rangée plus bas et s'en empara. César prétendait que c'était bon pour plein de choses. Il la fourra dans sa poche et s'apprêtait à sortir quand la porte s'ouvrit d'elle-même sur la silhouette du berger. L'espace d'une seconde, peut-être parce qu'il avait oublié, l'espoir éclaira son visage tanné.

— Ah ! T'es là...

L'enfant grogna un oui et bouscula son grand-père pour s'échapper de la remise. Le cabri l'accueillit dehors en bêlant joyeusement. Sébastien faillit sourire tant le spectacle lui parut comique et tendit la main pour le caresser. Le petit s'était attaché à César tant et si bien que quand il n'était pas fourré dans les pattes de la brebis adoptive, il cherchait sa compagnie et le suivait comme son ombre. Le berger prétendait qu'il avait dû s'habituer à son odeur, le jour où il avait fallu le porter tout le chemin jusqu'à la bergerie parce qu'il était trop craintif pour trotter au bout d'une corde.

Cette fois, le cabri ignora le berger pour venir flairer les mains de l'enfant. Il reniflait les traces de sel avec avidité. Pour ne pas se trahir, Sébastien dut le repousser fermement du pied, puis il fourra les mains dans ses poches. La pierre faisait une bosse dans sa poche et il referma les doigts dessus, aussi fort que possible. César s'accroupit devant le jeune chamois et le gratta sous le menton avec son bon sourire d'avant, quand toutes les choses étaient simples et qu'on pouvait encore croire à sa bonne foi.

— T'as vu, il est resté. Pourtant, il est grand maintenant. Mais il veut pas rejoindre les autres chamois. Ça serait mieux pour lui, mais il veut rien entendre. Demain, on pourrait l'emmener là où on l'a récupéré. Il retrouvera ses amis, sa famille... J'aimerais tenter le coup. Il sera heureux là-haut.

Sébastien dut serrer les dents pour ne pas répondre vertement. César ajouta pensivement :

— On peut pas le garder ici. Ce serait comme l'enfermer. C'est pas sa condition. Et puis la neige est pas bien épaisse, il aura le temps de s'habituer avant que l'hiver cogne vraiment.

Cette fois, c'en était trop. L'enfant le foudroya du regard.

— Ben, t'as qu'à le tuer lui aussi. Ça sera plus vite fait !

Il avait crié au lieu de demander des comptes, parce que ça ne servait à rien et qu'il en avait marre de se sentir tellement seul et démuni. César n'avait rien expliqué. Il ne s'était même pas excusé. Rien de rien ! Et Belle était en train de mourir par sa faute !

Alors qu'il s'éloignait, la voix de son grand-père lui parvint, à demi suppliante :

— Petit, tu peux pas continuer à me parler comme ça. Reviens !

Il fulminait en revenant au refuge. À cause de César, il n'avait pas eu le temps de voler du génépi. La blessure devait être nettoyée parce qu'elle puait de plus en plus. Tant pis. Il ferait chauffer de l'eau. Peut-être qu'avec un linge mouillé, ce serait suffisant.

Chaque fois qu'il poussait la porte de l'abri de pierre, il redoutait de la trouver morte. L'odeur l'accueillit en premier, si oppressante qu'on aurait dit un sirop. Il parla aussitôt d'une voix claire dans l'espoir de la sortir de son sommeil.

— Regarde ce que je t'apporte ! C'est bon ! C'est du sel et ça donne de l'énergie aux brebis. Je sais que tu vas me dire que t'es pas un mouton. C'est vrai. Sauf que je sais pas quoi te donner comme remède. J'ai que ça. Et si c'est bon pour les moutons… Tiens, tu vois, moi aussi je peux lécher.

Il approcha la pierre de sel de sa bouche et glissa furtivement sa langue dessus. C'était salé, sec, et ça n'avait pas du tout le goût d'un médicament. D'ailleurs, quand il chercha à la lui présenter, la chienne gémit et eut un soubresaut. Elle n'en voulait pas.

— Je sais. C'est pas bon. N'empêche que j'ai rien d'autre. Demain, j'essaierai de trouver où Lina range l'huile de foie de morue. Sauf que je crois pas qu'il en reste. Depuis longtemps, j'en ai plus avalé. Et je peux te le dire à toi, c'est le seul avantage d'être envahi ! C'est pire que dégoûtant. Comme… de l'urine de bouc ! Encore plus dégoûtant même !

Il voulut rire, mais la chienne haletait plus fort, les yeux vitreux. Il lui caressa le museau, doucement, pour ne pas lui faire mal. Les larmes coulaient sur ses joues sans qu'il en ait conscience.

— Si tu guéris vite, on pourra aller pêcher avant les glaces… Tout seul, j'arrive pas bien à repérer les truites. Avec toi, j'attrape les grosses qui savent se cacher ! Tu vois, c'est parce qu'on forme une équipe. On est amis pour de vrai. Moi je t'ai soignée et toi tu m'as sauvé du Boche. On a échangé nos vies. C'est encore mieux que le sang…

L'eau se mit à bruire dans la marmite, il se dépêcha de la retirer du feu et trempa un bout de drap propre. Doucement, avec des gestes prudents, il humecta le museau, les babines. Depuis la veille, Belle n'avait même plus la force de battre de la queue pour montrer sa gratitude.

— T'es brûlante. Tu as trop chaud ? Si j'éteins le feu, tu crois que tu vas guérir ?

Elle restait là, amorphe, alors il fit semblant d'avoir reçu sa réponse et continua :

— T'as raison. Vaut mieux pas. T'as vu le tas de bûches ? On est tranquilles pour une semaine ! Ça va aller, d'accord ? César, tu sais, c'est peut-être un traître, mais il a fait la Grande Guerre et il est même pas mort. Alors, toi non plus.

Il chercha encore ce qu'il pourrait ajouter pour retarder le moment qu'il redoutait plus que tout. Mais il n'y avait plus rien dans sa tête, que le vide et la peur.

Il approcha la main du pansement qui couvrait la plaie et tenta d'écarter le tissu, mais il dut tirer tant ça collait. Dès que le bandage céda, une odeur pestilentielle le prit à la gorge et la chienne se mit à geindre. Les bords déchiquetés autour du trou s'étaient encore boursouflés. C'était insoutenable, une couleur qui allait avec l'odeur nauséabonde, ni noire, ni rouge, ni verte, mais un mélange de tout ça. Horrifié, Sébastien prit conscience qu'il n'avait plus le choix. S'il ne faisait rien ou juste des essais au hasard, Belle mourrait. Elle était à bout, il l'admettait enfin et, en état de choc, il dut s'appuyer contre le mur pour ne pas s'écrouler. Même en se dépêchant, il n'était pas sûr de la sauver. Il avait trop tardé, persuadé de pouvoir se débrouiller tout seul. C'était sa faute. Tout ça parce qu'il avait eu peur. Peur de César, peur qu'on trouve sa cachette et qu'on découvre ses mensonges. Soudain, il eut une idée et se demanda pourquoi il n'y avait pas pensé plus tôt. La solution de la dernière chance.

Il bondit sur ses pieds, enfila sa veste et sortit du refuge précipitamment.

## 5.

— Qu'est-ce que tu fiches là, pouilleux ? Pourquoi tu retournes pas dans ta grotte ?

Totalement plongé dans ses réflexions, Sébastien n'avait rien vu venir. Le fils Coignard grimaçait, les lèvres pincées sur une moue de mépris. Il avait de bonnes grosses joues qui n'étaient pas sans rappeler celles des brebis quand elles ruminent, des sourcils touffus qui rejoignaient presque la ligne des cheveux plantés très bas sur le front, ce qui accentuait sa ressemblance avec un ovin. Qu'importe, beau ou pas, c'était lui le chef, Jean-Jean Coignard. Ses ennemis le surnommaient Coin-Coin dans son dos.

Il était flanqué de Gaspard Chapuis, l'éternel second. Maigre, noiraud, et aussi aimable qu'une armée de cafards, disait parfois Lina en pouffant. Son père, c'était le boucher, Étienne. Derrière, les jumeaux Tissot rigolaient déjà à moitié. Il leur manquait une dent et curieusement la même incisive, mais l'un à droite, l'autre à gauche.

— Alors ? Y sait pas causer le pouilleux ?
— Laissez-moi passer.
— Laissez-moi passer ; s'il vous plaîîît !

Gaspard contrefaisait sa voix, geignard, les mains jointes en signe de supplication.

— Ça sent le bouc par ici, vous trouvez pas, les gars ? interrogea Coignard en humant l'air.

— Le bouc ? Moi je dirais la vache...

— Non ! Pas la vache, la bouse de vache !

Aussitôt, les jumeaux s'esclaffèrent à la blague du chef. C'était lui le meilleur, capable de vous river votre clou aussi promptement qu'un coup de marteau ! Gaspard s'empressa de renchérir.

— T'es tombé dedans ? Ou t'as mangé des crottes de mouton ?

— Au moins, moi, je sens pas l'andouille !

Un silence stupéfait accueillit la réponse. C'était de la provocation pure ! Voire de la rébellion ! Du mépris ! Un crachat de petit merdeux ! D'habitude, le pouilleux s'écrasait. Parfois même il leur lançait des sourires comme une fille, une mauviette de pétochard qui rêvait de faire copain-copain. Il était peut-être devenu fou dans ses montagnes, va savoir. Mais pas assez dingo pour éviter une raclée ! Coignard ne pouvait pas laisser passer l'insulte, même si elle ne lui était pas directement adressée. Gaspard était son adjoint, après tout ! Il marcha d'un pas lourd, en exagérant son déhanchement. Il se sentait aussi puissant qu'un chêne. Son front avait quasiment disparu sous l'épaisseur des poils.

— Andouille que t'as dit ? Tu peux répéter ?

— T'as très bien entendu. Sauf si t'es sourd comme un pot ou con comme un âne.

Sébastien dut se forcer à ne pas reculer. Cette fois, la guerre était déclarée ! La stupéfaction qui figeait la bande se mua en rage et ils avancèrent ensemble, poings serrés, pareils à un mur. Il se contenta de fermer brièvement les yeux. Qu'ils cognent, tant pis ! Il ne fuirait pas ! Il fallait que quelque chose finisse. Ou explose.

La voix de Guillaume le sauva de justesse en éclatant au-dessus de leur tête.

— Hé là ! Vous voulez que je vous aide ? Vous faites quoi ?

Coignard stoppa aussitôt et siffla assez bas pour n'être entendu que de Sébastien.

— On se retrouvera, bouse de vache, et là tu vas le sentir passer ton quart d'heure. On verra bien si tu as encore la force de répliquer, gitan !

La bande détala, tandis que Guillaume réfléchissait, inquiet. Ce qu'il avait surpris n'avait rien d'une plaisanterie de gosses, il était bien placé pour savoir combien certains cabochards pouvaient être mauvais. Homme ou enfant…

— Tu as des problèmes avec eux ?
— Non.
— C'est pas ce que j'ai vu ?
— Ça va aller, merci.
— Bon. Alors, je te laisse, je dois avoir quelques patients qui m'attendent cet après-midi.
— Non !
— Quoi non ? Ils te posent un problème, finalement ? Si tu veux, je t'accompagne à la boulangerie.
— Non. C'est toi que je voulais voir. Pour une consultation. Sauf que j'ai pas d'argent pour te payer. C'est embêtant ?

Le visage sérieux mais curieusement pincé, Guillaume parut réfléchir, soupeser sa réponse. Enfin, il lâcha, d'une voix faussement solennelle :

— Non. Je ne crois pas. Tu viens au cabinet ?
— Ben non, pourquoi ?
— Si tu veux que je t'ausculte...
— Je veux juste que tu répondes à une question. Si un malade a de la fièvre, on fait comment pour le soigner ?
— Eh bien, on va à l'école, on passe tout un tas de certificats et on devient toubib.
— Guillaume ! Je rigole pas !
— D'accord. Ça dépend de la maladie. Et puis souvent la fièvre c'est bon signe, ça veut dire que le corps a vu la maladie venir et qu'il lutte contre elle.
— Mais si c'est une énorme fièvre ? Une fièvre comme... comme si tu brûlais !
— Ça, c'est moins bon. Parfois, c'est une maladie, parfois, c'est une infection. Par exemple tu fais une mauvaise chute, tu as une plaie ouverte que tu soignes mal et l'infection s'installe.
— Et alors on fait quoi, par exemple, s'il y a une infectation ?
— En cas d'infection, il faut faire une piqûre d'antibiotiques. Mais pourquoi tu me demandes ça, Sébastien ?
— Euuuh... pour rien. Et après ?
— Tu désinfectes et tu sutures si c'est profond.
— César, y soigne ses bêtes avec du génépi.
— Ton grand-père fait tout avec ! Moi, je pourrais pas te dire comment tondre un mouton, mais pour soigner une blessure infectée, fais-moi confiance, il vaut mieux des antibiotiques qu'un coup de gnôle !
— Et sinon ? Si on en a pas ?
— C'est embêtant. On peut en mourir.

Sébastien marqua le coup, soudain livide, l'œil brillant et refoulant ses larmes.

— Y m' faut une piqûre.

Le ton désespéré alerta Guillaume. Subitement, les choses se mirent en place, et il comprit que l'enfant cachait un secret beaucoup trop lourd pour lui. Dans un éclair de panique, il envisagea la possibilité qu'il soit tombé sur un clandestin. Mais c'était impossible. La grotte était vide en ce moment ! Bien sûr, pour éviter toute possibilité de trahison, le réseau était rigoureusement cloisonné et les précautions de plus en plus sévères et codifiées, mais on l'aurait forcément prévenu en cas de nouveau passage ! Il insista en masquant son inquiétude derrière un sourire.

— Qui est malade, Sébastien ?

— Je peux pas te dire ! Tu vas la tuer sinon !

— Je ne vais tuer personne, bonhomme, c'est ridicule. On tue pas les gens parce qu'ils sont malades ! On les soigne.

— C'est pas un gens.

— C'est quoi alors ?

Sébastien, désespéré, le regarda bravement dans les yeux et dit d'une petite voix timide mais assurée :

— C'est Belle...

— Belle ! Mais de qui parles-tu ?

— Ils l'ont presque tuée mais elle est pas méchante...

— Tu parles... tu parles de la Bête ? C'est ça ?! Mais enfin Sébastien, c'est un animal sauvage, personne ne sait comment elle va réagir surtout si elle est blessée ! Tu ne l'as pas approchée au moins ?

— Tu ne la connais pas ! C'est mon amie ! Et toi t'es un menteur ! Tu dis toujours que tu soignes tout le monde, même un Boche tu le ferais, je t'ai entendu le dire l'autre jour quand tu te chicanais avec Fabien, sauf que maintenant Belle tu veux pas !

— Calme-toi, bonhomme. La première chose à faire, c'est de prévenir ton Papé. On avisera ensuite. Où est-ce qu'elle se cache ?

Sébastien réalisa que le médecin ne l'écoutait plus. Il voulait juste tuer Belle, comme tous les autres. La colère le consumait tout entier et, les poings serrés, il se redressa pour le défier en le menaçant ouvertement :

— Si tu causes d'elle, je dirai à tout le monde que tu emmènes des gens dans la montagne, voilà !

— Sébastien !

Surpris par la violence du ton, Guillaume voulut apaiser l'enfant en lui ébouriffant les cheveux, mais le petit recula trop vite, hors de portée, en le toisant d'un regard furibond. Dans une autre situation, Guillaume aurait ri, mais là c'était trop grave. Sébastien ignorait la gravité de ses paroles. S'il balançait la moindre allusion, il était perdu et toute la chaîne sauterait, d'abord les gens directement impliqués, ceux de Saint-Martin, et, de fil en aiguille, tous les autres. Le réseau avait beau être cloisonné, les conséquences seraient terribles.

— Écoute bien, petit. Tu vas m'emmener là où se trouve le chien et... on décidera quoi faire.

— Super ! Tu vas la soigner, hein ?

— Ne t'imagine pas que je cède parce que tu m'impressionnes avec tes menaces. On pare au plus pressé et ensuite on aura une conversation tous les deux. D'accord ?

— D'accord.

— Je file prendre ma trousse d'urgence et prévenir Célestine de remettre les visites. Toi, tu m'attends ici et tu évites de te faire tabasser.

Sébastien hocha la tête vigoureusement. Il aurait voulu tout à la fois presser le mouvement et demander pardon d'avoir utilisé la menace alors que le docteur l'avait sauvé de Coin-Coin et sa bande. Sauf que Guillaume l'avait dit lui-même. On verrait ça plus tard, entre « hommes ».

Il sourit, rasséréné.

Derrière l'étroite fenêtre du refuge de pierres sèches, on devinait la lueur d'un feu. Le médecin poussa le battant, avide de chaleur, mais n'eut guère le temps de se réjouir tellement l'odeur méphitique l'assaillit. Il s'immobilisa un instant, fasciné par le spectacle de l'énorme bête qui gisait au milieu de la pièce, à demi recouverte d'un vieux tapis rapiécé. Le temps qu'il bouge, Sébastien était à genoux au-dessus d'elle, sans aucune appréhension.

— N'aie pas peur, Belle, c'est le docteur, il va t'aider, il sait tout soigner. Tu as peut-être une infection mais on va te guérir avec des médicaments exprès. Il faut juste te faire une piqûre, c'est pas drôle, mais tu es courageuse, pas vrai, ma Belle ?

L'animal souleva la tête dans un effort visible et se mit à lécher la main qui l'effleurait avec tendresse. La queue battit deux fois, faiblement, puis le chien retomba dans son apathie. Son souffle précipité révélait une forte fièvre. Sébastien dévisagea Guillaume, quêtant un encouragement.

— Tu vas la soigner, dis ?
— Laisse-moi voir.

Prudemment, il s'accroupit et souleva un pan de

la couverture en se gardant de tout geste brusque. Il se méfiait de cet état de semi-conscience. La fièvre dévorait l'animal. Devant le corps pantelant, comme foudroyé, il eut brusquement honte. Certes, la chienne était costaude, et en temps normal elle devait être impressionnante, mais à présent, affaiblie et presque agonisante, elle n'avait plus grand-chose de commun avec la bête enragée que Dédé décrivait !

Son poil était relativement propre, sans doute grâce aux soins du petit. Il remarqua alors un tas de bandelettes pliées à côté d'une boîte en métal et un flacon de génépi renversé, probablement vide. Tout était disposé en ordre, prêt à servir, et témoignait d'une volonté touchante de bien faire. Par quel miracle Sébastien avait-il pu saisir l'importance d'une hygiène méthodique ? Cela acheva de l'émouvoir. Lui qui avait déjà assisté des agonisants comprenait mieux que quiconque le sentiment d'impuissance que le petit avait dû ressentir, sa solitude et son angoisse quand l'état de la chienne s'était détérioré. Sébastien interrompit ses réflexions d'une voix impatiente :

— Tu crois que c'est très empoisonné ?

Au lieu de répondre, il avança la main pour décoller le pansement et brusquement la chienne se redressa d'un sursaut, grogna en montrant les crocs. Même affaiblie, elle était encore capable de mordre.

— Elle supporte pas qu'on la touche parce qu'on lui a fait du mal ! Y a que moi qui peux...

— Alors, tu vas devoir soulever le pansement pour que j'examine sa blessure.

Sans manifester la moindre hésitation, l'enfant dénoua la bandelette et, avec une grande douceur, il écarta le tissu souillé. La fourrure inégalement taillée permettait de voir assez nettement la plaie. Vilain spectacle. L'odeur épouvantable ne paraissait même pas importuner le gamin, trop absorbé par la survie de l'animal.

— Alors ?
— La blessure, ma foi, ç'aurait pu être pire. La balle ne semble pas avoir touché un organe et elle est ressortie, à première vue. Le vrai problème serait plutôt cette « infection » comme tu dis, elle m'inquiète un peu. Ça pue trop.
— D'habitude, elle sent pas mauvais !
— Je sais, bonhomme.

Guillaume s'affairait déjà à ouvrir sa trousse d'urgence pour disposer son matériel. Désinfectant, bandages, pansement, ciseaux, antiseptique, seringue et une ampoule d'antibiotique qu'il réservait à ses patients les plus atteints. Il réalisa soudain que le dernier qui en avait bénéficié, c'était Dédé. Le berger aurait juré tous les diables en apprenant que son traitement servait aujourd'hui à soulager la bête enragée qui lui avait bouffé le mollet !

— Elle voudra jamais que tu la piques !
— C'est pour ça que tu vas t'en charger.
— Moi ? !
— Tu vois quelqu'un d'autre ici ? Tu viens de le dire toi-même. Ta chienne ne se laissera pas faire et il n'est pas question qu'elle me morde. Il ne s'agit pas seulement de moi, Sébastien. On s'apprête à faire une chose pas vraiment permise et en ce moment, les secrets, ça peut coûter très cher. Alors chacun doit prendre ses responsabilités. Moi, je dois rester en forme pour promener des gens dans la montagne. C'est bien ce que tu as vu, non ?

Sébastien baissa la tête puis acquiesça, gêné.

— Eh bien, crois-le si tu veux, mais eux aussi ils sont en danger de mort et ils ont besoin que je m'occupe d'eux.

— Et si j'y arrive pas ?

— Tu vois une autre solution ?

Guillaume leva la seringue et poussa légèrement sur le piston afin d'expulser la moindre bulle d'air. Un peu de liquide jaillit. Satisfait, il présenta l'instrument à l'enfant qui le saisit entre deux doigts, déglutit et interrogea :

— Comment je fais ?

— Tu la piques dans la cuisse, là où c'est bien gras. Pince la peau entre tes doigts et enfonce l'aiguille sans hésiter, d'un coup, tranquillement, bien droit.

— Ça va lui faire mal ?

— Vu son état, pas trop. Et puis qu'est-ce que tu préfères ?

Sébastien approuva gravement. Il aurait voulu que tout soit fini, sauf que c'était impossible. Il fallait le faire. Le gras de la cuisse. Il tâtonna pour trouver l'endroit le plus charnu. La peau semblait aussi dure que le cuir tanné. C'était bizarre de toucher Belle pour la soigner, pas pour la câliner. Il murmura à mi-voix, adoptant sans le savoir un rythme hypnotique :

— C'est un médicament, ça fait pas mal… bon. En vrai, moi, j'ai été un peu douillet pour le vaccin mais y a que les bébés qui chouinent. C'est Guillaume qui a fait la piqûre. Tu veux pas qu'il essaie, non ? T'as raison. C'est rien du tout. Là, je pince la peau entre deux doigts. Là, je pique.

La chienne eut un sursaut de protestation et couina plaintivement. Tout en appuyant sur le piston, Sébastien continuait à parler entre ses dents, à mi-voix. Près de l'âtre, Guillaume repéra un bâton de la taille d'un gros tisonnier. Au cas où ça dégénérerait, il n'aurait qu'à bondir et s'en emparer.

— C'est presque fini. Tiens bon, voilà, fini ! Tu vois ! On a réussi.

D'un geste mesuré, il dégagea la seringue et la donna à Guillaume, puis posa sa tête contre l'animal qui avait repris ses halètements de locomotive.

— Tu vas guérir, maintenant. Tu entends, ma Belle, tu vas guérir...

Guillaume avait préparé tout un discours pour le mettre en garde contre l'animal, mais à quoi bon ! Le chien paraissait effectivement apprivoisé. Il ramassa la seringue, vérifia que le verre était intact et désinfecta l'aiguille.

— Maintenant, tu vas faire le pansement en suivant mes consignes.

— Je sais déjà comment on fait !

— Ah oui ? Eh bien, toubib, sans vouloir vous vexer, votre malade empeste autant qu'un putois crevé. Tu te serviras du désinfectant pour nettoyer. Ensuite, tu mettras un peu de pommade sur la compresse et tu l'appliqueras sur la plaie. J'aurais bien raclé davantage, mais ton chien a déjà été assez charcuté comme ça.

— C'est pas un mâle, c'est Belle !

— Oui, je sais, mais c'est un chien en général.

— Et Lina, c'est un homme en général, alors ?

Guillaume éclata de rire, amusé par l'idée d'une Angelina virile, portant un costume et une paire de moustaches...

— Tu as raison. Elle. Et ta grande sœur ferait un très mauvais gars !

Il s'occupa de faire bouillir de l'eau sur le feu puis observa Sébastien occupé à nettoyer la plaie sans se presser ni s'énerver. À la fin seulement, il vérifia le pansement et hocha la tête, impressionné par son habileté. Il n'aurait guère à intervenir. En réalité, il se sentait infiniment soulagé que les choses tournent ainsi. La maturité du gamin ne faisait plus aucun doute dans son esprit.

— Tu devras veiller à garder les pansements propres et secs. Tous les deux jours, il faudra le changer et surveiller l'état de la plaie, et son odeur. Ça devrait moins puer. Je reviendrai vérifier, car il faudra peut-être la repiquer, mais tu as fait le plus dur. Maintenant, le principal, c'est de la nourrir correctement parce qu'elle est très faible et surtout la faire boire beaucoup.

— Mais si elle veut pas ? Elle a rien mangé depuis avant-hier… Ou avant, je sais plus trop bien !

— Elle voudra en guérissant. Le plus important pour l'instant, c'est qu'elle boive.

— Du lait, ça va ?

— Tu lui en as donné ? C'est très malin ! Du lait oui ! Comme ça, en plus d'être hydratée, elle reprend des forces.

— C'est quoi hydratée ?

— C'est quand on boit. On peut se passer de manger plusieurs jours, mais on a besoin de boire. Tu vois, notre planète se compose de bien plus d'eau que de terre. Eh bien, le corps humain, c'est pareil. Donc pour vivre on doit toujours garder suffisamment d'eau dans le corps, tu comprends ?

— Un peu.

Pendant que Guillaume bouclait ses affaires, Sébastien questionna avec un soupçon d'inquiétude :

— Dis, tu parleras pas de Belle. À personne ?
— Non.
— Moi non plus, je dirai rien.
— J'y compte bien, bonhomme. C'est un secret très grave. Si jamais tu parlais de ce que tu as vu là-haut, sur la route des crêtes, des gens pourraient en mourir, tu comprends ?
— Je crois, oui. En tout cas mieux que ton histoire d'eau dans le corps. Je dirai rien. Je te donne ma parole.

Pour sceller leur accord, il lui présenta sa paume ouverte.

Ils se serrèrent la main, cérémonieusement. Il était temps de partir. Guillaume vérifia une dernière fois l'état de la chienne. Elle semblait apaisée et dormait profondément. Le médicament faisait déjà effet. Il poussa la porte, mais une voix fluette l'arrêta encore.

— Tout de même... C'est qui ces gens qui montaient avec toi ?

Au lieu de répondre, il haussa les épaules, puis s'empressa de refermer le battant derrière lui. Le vent s'était levé et il faisait un froid de gueux. Tout se passerait bien. Il ne pouvait guère faire mieux et, finalement, cette chienne blessée représentait sans doute une chance. Vu comment Sébastien se démenait pour elle, il y avait fort à parier qu'il saurait garder sa langue. Maintenant, il fallait trouver une excuse valable à servir à Célestine. Le vieux dragon allait encore le harceler pour savoir pourquoi il avait filé en laissant tomber les patients. En partant, tout à l'heure, il avait prétexté une visite urgente, mais sa gouvernante était maligne. Et elle serait bien capable d'interroger le diable lui-même si d'aventure sa curiosité n'était pas satisfaite. Il allait se servir de Lina.

Il n'aurait qu'à rougir sans répondre aux questions. La vieille servante s'obstinait à croire qu'il faisait le joli cœur, tout plutôt que de l'imaginer encore à l'une de ces « réunions ». Pour une fois, sa clandestinité lui servirait à cacher une autre vérité. Et puis sa pensée le ramena au chien. Si les bergers avaient pu se douter un instant que la Bête enragée qu'ils poursuivaient répondait au doux nom de Belle ! Et Dédé ! Dédé qui jurait que le diable n'avait pas autant de malice ni de mauvaiseté !

Son rire explosa dans le silence ouaté. Un renard, dérangé dans son affût, fila prestement en direction de la forêt toute proche et disparut dans un fourré coiffé de neige.

# 6.

Il se tenait immobile dans la pénombre, soupesant sa décision, ou peut-être rêvant à tout ce qui s'était accompli ici, dans ce réduit aveugle. Il éprouvait un mélange de fierté en admirant l'ouvrage bien fait, mais aussi une honte brûlante pour ses égarements. À force de boire, il en avait perdu le sens commun. Ça le consumait presque autant que le feu ardent de la gnôle coulant dans son gosier. Il déglutit avec peine.

L'alambic qui se dressait dans la réserve avait l'allure d'une bête endormie. César en connaissait chaque courbe, chaque aspérité, chaque tuyau, et le chant des vapeurs portées à ébullition puis égouttées une à une dans le siphon. Il soupira pour se décider. Il n'avait plus le choix. Il fallait en terminer maintenant.

Dehors, Étienne s'impatientait. Le vieux avait dit « J'arrive » et ça commençait à faire long, surtout dans le froid pinçant de cette fin d'après-midi. Il vérifia encore le lit de paille et les rondins disposés de façon à protéger l'alambic, consulta l'état du ciel, et finit par appeler en tonitruant :

— Ohé, l'ancêtre, tu piques un roupillon ou quoi ! Tu veux un coup de main ?

— C'est bon. Y a pas le feu au lac...

La porte bougea et le boucher le vit apparaître, chancelant sous la charge d'une caisse en bois.

— Vindiou ! Donne-moi ça !

— Laisse je te dis !

Mais Étienne était déjà à ses côtés et le déchargeait de son fardeau. Accoutumé à transporter des carcasses de bœufs, il savait d'emblée comment porter l'alambic. Il le déposa d'un coup d'épaule sur le lit de paille, cala quelques rondins autour afin qu'il n'aille pas se décoincer au premier nid-de-poule. César contemplait la scène, les bras ballants. Loin du soulagement espéré, il se sentait vide, dépossédé d'une part de lui-même. Subitement, il prit la mesure de son renoncement. Il avait dû penser un peu fort parce que ce balourd de Chapuis s'enquérait, mi-inquiet, mi-goguenard :

— T'es bien sûr ? Tu vas pas regretter tantôt ?

— Donne.

— C'est dans la sacoche.

Le boucher alla au cheval et fouilla dans le sac de selle, pour en tirer cinq paquets neufs de cartouches pour fusil Lebel.

— Voilà. T'as le compte. Y a tout de même quelque chose qui m'intrigue... La battue, tu l'as faite avec nous, pas vrai ? Et ton fusil, tu l'as rendu comme les autres ? Alors quoi ? T'en as gardé combien, des armes ?

— Ça, c'est mon problème.

— Ce que je dis, c'est histoire de causer. Avec le gibier qu'est tranquille depuis un mois tu devrais vite rentrer dans tes frais. Tu pourras même acheter mon génépi !

Ravi de sa plaisanterie, il éclata d'un rire sonore, mais le bougre de vieux demeura aussi renfrogné que le cul d'une poule, à croire qu'il regrettait déjà.

— Bon, j'y vais avant de tomber sur du monde. Salut !


César rejoignit le troupeau qui s'était regroupé sur le flanc sud de l'alpage. En grattant la couche de neige pas encore trop épaisse à cette altitude, les bêtes arrachaient les derniers brins d'herbe. Le berger observa leurs paisibles déambulations, l'esprit aussi vide que son estomac. Le manque lui torturait déjà la gorge... ou bien son imagination. Il frissonna au contact d'un mufle humide et chaud qui venait se nicher dans sa paume. Veinard réclamait une caresse.

— Toi, au moins, t'es toujours là.

Le cabri avait pris du muscle et de la chair. Son corps replet cachait une agilité hors du commun comparée aux brebis ou aux agneaux encore maladroits. Pourtant, malgré sa robustesse, il aurait fort à faire pour rester en vie une fois rendu à l'état sauvage.

Il se rappela la joie de Sébastien lors du sauvetage de la pauvre bestiole. C'était ce jour-là que tout avait commencé. Ce soir, forcément, il serait déçu d'apprendre le départ du chamois. Tant pis. Et puis non. Tant mieux. La nouvelle lui tirerait peut-être une réaction. Depuis le temps que le gosse ne mouftait plus, et ne lui accordait rien, même pas un regard, César avait le sentiment d'être pire qu'un de ces traîtres de collabos. Cette bouderie qui le maintenait en quarantaine lui rongeait le cœur. À force, il avait parlé à Étienne et décidé de leur troc. Ce n'était pas une mauvaise affaire, il manquait de munitions et, de toute façon, regrets ou pas, c'était trop tard pour changer d'avis.

Il se baissa pour palper le corps du cabri, cherchant un parasite ou une anomalie, mais l'animal semblait en pleine forme. Aucune raison de reculer. Il le souleva juste pour éprouver son poids et sa chaleur et chuchota :

— Allez, c'est le moment, Veinard. On rentre à la maison.

Il le libéra et se mit en marche. Aussitôt, la bestiole le suivit à petits bonds joyeux. Si Sébastien s'était trouvé là, César aurait expliqué la nécessité de rendre le chamois aux siens. Pourquoi la Nature réclame-t-elle le sauvage ? Le berger aimait parler à l'enfant. En exprimant ces choses, il avait l'impression que sa vie prenait un sens plus profond. Même sa solitude, il la comprenait mieux en l'expliquant, il en voyait toute la beauté. Transmettre, c'était une façon de ne pas être vraiment seul. La parole permettait de garder le lien, un lien bien vivant. Et voilà qu'il avait tout gâché...

Ils allèrent ainsi, un long moment, longeant le ravin, en direction du plateau. La neige s'épaississait à mesure qu'ils montaient, et l'animal gambadait allègrement sans paraître le moins du monde gêné par le relief ou le manteau neigeux. Par instants, il s'arrêtait et tournait la tête vers le berger, comme pour l'inciter à marcher plus vite. César comprit qu'il allait se sentir encore plus seul sans lui.

Le crépuscule ne tarderait pas à tomber. Il hésita à

rebrousser chemin, mais le courage lui manquait, ou le cœur de recommencer.

Par chance, ils rencontrèrent les premiers chamois sur les contreforts, pas très loin des alpages. Avant d'affronter le long hiver, la harde ratissait les hauteurs herbues le plus tard possible à l'automne avant de plonger, pendant la période hivernale, dans les forêts où elle se nourrissait de ce que les broussailles pouvaient lui offrir. En attendant, elle cherchait les versants où la neige était balayée par les vents. On y trouvait les derniers brins de serpolet, des myrtilles flétries mais savoureuses et les bruyères à grappes fleuries.

Le groupe comptait douze bêtes à l'apogée de leur forme, dodues, le poil luisant. Il y avait trois éterles et deux éterlous, le mâle, cinq femelles et trois jeunes cabris sensiblement du même âge que Veinard, et enfin un mâle plus âgé, à la robe ternie virant au gris. C'est lui qui alerta les autres d'un chevrotement aigu.

Le groupe se figea, sur le point de détaler. César s'était accroupi très lentement pour ne pas précipiter leur fuite. Aussitôt, le chevreau vint fourrer son museau contre son flanc à la recherche d'une caresse. Vivement, il sortit sa pierre de sel et entreprit de frotter son poil avec la pierre en insistant sur le cou, les flancs, et derrière ses pousses de cornes. Il espérait atténuer son odeur et surtout susciter l'intérêt de la harde sauvage qui, en léchant le sel, accepterait plus volontiers la présence du nouveau venu. Quand il fut satisfait, il poussa l'animal en direction des autres.

— C'est là-bas chez toi désormais. Allez ouste ! Va rejoindre les tiens. Va, petit...

Le cabri esquissa quelques pas hésitants vers l'éboulis escarpé. Lui aussi avait flairé une odeur étrangement familière qui n'était ni celle du vieil homme aux mains rassurantes ni celle de la brebis d'adoption. Irrésistiblement attiré par les effluves, il gambada plus haut et distingua enfin les silhouettes qui se tenaient au-dessus de lui, accrochées à la pente. Le groupe paraissait attendre son arrivée. Ils avaient humé le sel.

L'espace d'un instant, tout se figea, l'homme tapi en contrebas, le cabri orphelin brusquement effrayé de se trouver devant des bêtes inconnues, et la harde en alerte. Et puis le vent souffla une rafale glacée et le petit, désorienté, lança un bêlement à fendre le cœur. Une femelle s'enhardit et s'approcha jusqu'à pouvoir le renifler, d'abord avec prudence puis avec gourmandise. César étouffa un gloussement. Son plan fonctionnait à merveille ! Rassurés, les chamois, curieux, entouraient Veinard, humant et léchant le poil frotté de sel. Bientôt, de gambades en courses, ils disparurent dans le ravin, hors de la vue du berger.

En redescendant vers son refuge, César se sentit gagné par une tristesse si pesante qu'elle effaça le plaisir de cet instant.

Sébastien aurait dû l'accompagner. Contempler les chamois avec ses yeux émerveillés et se réjouir de sa ruse ! Avant, il n'aurait jamais voulu rater un spectacle pareil ! Le berger calcula que deux semaines étaient passées depuis la battue, et pourtant la bouderie continuait. Certains soirs, il devait se retenir de ne pas secouer le gamin jusqu'à lui faire cracher ses dernières aigreurs. Sans doute qu'il avait eu tort de mentir, à tel point que ça le rongeait et pour ça il renonçait à boire. Comment lui faire comprendre que ce n'était pas une trahison, mais juste un mensonge pour le mettre à l'abri !

Ce soir, il s'arrangerait pour lui apprendre le départ de son protégé. Peut-être même qu'il exagérerait les dangers et l'indécision de Veinard. Sébastien aimait bien le cabri, même s'il ne s'occupait plus de lui. Tout ça à cause d'une satanée bête enragée…

Et puis, cette histoire de cabri avait réveillé en César cette sourde tristesse qu'il avait au fond de lui à imaginer le petit s'en allant lui aussi vers son destin. Pour l'instant, il était jeune, un peu à lui, même si le moment n'était pas à la complicité, mais qu'en serait-il lorsqu'il aurait atteint, comme le cabri, l'âge de voler de ses propres ailes ? Avec le cabri, César avait soudainement pris conscience de l'inexorable marche du temps. Il lui fallait renouer au plus vite avec son Sébastien, ne pas gâcher le temps précieux qu'il pouvait encore vivre avec lui et auprès de lui.


Belle se remettait lentement de sa blessure. La plaie ne suintait plus et, grâce aux pommades de Guillaume, ça commençait à cicatriser. Comme il lui fallait beaucoup de repos, Sébastien ne la laissait sortir que sous sa surveillance. Il n'aimait pas se trouver à découvert en sa compagnie, il redoutait qu'on les aperçoive avant son rétablissement complet. Les chasseurs la tueraient sans pitié… Par prudence, il avait bouché le tunnel de terre. Au début, il craignait sa réaction, à cause de sa demi-sauvagerie, pourtant la chienne ne semblait pas souffrir de se trouver enfermée dans le refuge.

Elle attendait l'enfant et l'accueillait toujours avec des marques de joie.

Chaque jour, il apportait de l'eau, du lait, du fromage, ou plus rarement un bout de lard. Du pain aussi qu'il faisait tremper dans le lait, et parfois un rare morceau de viande. Belle mangeait de tout sans rechigner. Attendri par sa docilité, l'enfant répétait une phrase entendue chez les anciens :

— À la guerre comme à la guerre.

Ça sonnait bien et c'était de circonstance en plus ! La chienne approuvait en battant de la queue.

Un matin, il rapporta une truite qu'il avait attrapée en passant par le torrent. Il faut dire que le poisson nageait à l'ombre d'une pierre, légèrement engourdi par le froid. Il n'avait eu qu'à plonger la main pour l'attraper, presque sans se mouiller ! Une autre fois, il réussit à subtiliser deux œufs dans le garde-manger, mais Lina en fit toute une histoire, sans jamais comprendre comment deux œufs avaient pu s'envoler. Au début, Sébastien trouva très drôle d'imaginer des œufs pourvus d'ailes, avant de se rendre compte que c'était lui le voleur !

Chaque jour, il s'arrangeait pour passer quelques heures au refuge de pierres sèches. Sa brouille avec César rendait les choses plus faciles, car il n'avait plus trop besoin de mentir. Il n'allait même pas aux alpages. Sauf que sa colère devenait difficile à entretenir, à force. Quelquefois, il pensait au feu qu'on nourrit de bûches. Sa colère, c'était un peu pareil. Quand il sentait sa résolution fléchir, il repensait au moment où César s'était tenu devant lui avec son arme brandie. Comment il l'avait traîné sans l'écouter à la bergerie et enfermé, pareil à un animal sauvage. Et tous ses mensonges, sa trahison.

Malgré tout, Sébastien avait beau faire, il commençait à avoir honte. Son grand-père ne riait plus jamais. Le pire, ce qui le faisait rougir, c'était quand son Papé s'efforçait de regagner ses faveurs en lui parlant de la neige, d'une brebis malade ou d'un projet de randonnée. Le silence lourd qui s'ensuivait. César n'osait presque plus le commander. Il ne demandait plus son aide. L'autre jour, il avait parlé d'aller voir le sapin de la Noël pour le choisir bien beau, et lui avait fait mine de ne pas entendre. Sauf que maintenant il ne savait plus trop comment continuer à maintenir ses distances. Après lui avoir donné raison, Lina aussi commençait à lui faire les gros yeux, parce qu'elle ne comprenait pas cette résistance. Une fois leur grand-père en route pour la bergerie, il avait droit à des leçons de morale ou à un tas de questions ennuyeuses. Elle le traitait de tête de mule. Sauf que ce n'était pas de l'entêtement, mais ça il ne pouvait pas l'expliquer à sa sœur sans trahir la promesse de Guillaume. Et puis il fallait protéger Belle et la tenir éloignée de son grand-père aussi longtemps que possible. Si César approchait de trop près, il devinerait tout. Son instinct de chasseur était le meilleur du monde ! Alors, il voudrait tuer Belle, sauf que lui, c'était pas Dédé ou ce grand serin de Fabien, il la raterait pas !

#  Quatrième partie

# 1.

— Vous pouvez m'expliquer comment ces types passent à travers les mailles ?

De colère, le lieutenant Peter Braun frappa violemment une congère et la marque de sa botte s'imprima dans la glace. Les deux soldats le contemplaient, les yeux écarquillés, ahuris, partagés entre l'effroi et l'incompréhension.

— Les mailles du filet… Non ? Vous ne pigez toujours pas ? Vous êtes censés surveiller ce défilé, visiter les fermes et interroger les gens du coin, mais je me demande ce que vous fabriquez en fait.

— Herr lieutenant… on a toujours suivi les ordres !

— Et ça, c'est quoi ?

Il désignait une piste, une succession d'empreintes qui s'éloignaient bien droites en direction du col. On aurait dit une cicatrice de pointillés sur la blancheur immaculée de la neige. En examinant le sol, parmi les marques de semelles épaisses (à l'évidence de solides brodequins), les soldats distinguèrent celles de semelles plus fines, provenant de chaussures peu adaptées à la marche en altitude. Et s'il fallait une preuve, elle était là, inscrite sur la glace plus clairement qu'un ordre tapé à l'en-tête de la Kommandantur !

Pourtant, les deux abrutis continuaient à fixer tantôt l'officier, tantôt les empreintes avec un air hébété qui acheva de faire fulminer Braun.

— Ces traces, vous les voyez ?

Hans acquiesça avec vigueur.

— Vous lisez quoi ?

— Je vous demande pardon, Herr lieutenant ?

— Les traces, elles disent quoi ?

— Eh bien... des gens sont passés par ici. Je peux pas vous dire quand, mais je pense que c'était juste après la dernière petite chute de neige.

— Bravo, Schultz ! Belle déduction. Effectivement, on peut penser que si ces braves promeneurs avaient emprunté le défilé samedi, les vents de la nuit d'hier auraient tout recouvert. Après ?

— Après, Herr lieutenant ? Je ne comprends pas...

— C'est bien ce qui me fout en rogne. Ensuite, vous voyez quoi ?

— Heu... je vois...

— Rien ! Vous ne voyez rien ! Pas plus sur cette neige que dans le cul d'un éléphant ! Et je vous donnerais mes jumelles que ce serait pareil ! Pourtant, je vais quand même tenter de vous montrer. Je lis qu'au moins six personnes sont passées et que certaines ont dû avoir quelques soucis avec leurs chaussures pour marcher ici ! Donc vous en déduisez quoi ?... Soldat Krauss, vous serez peut-être plus inspiré que votre camarade Schultz ?

— Des clandestins, je pense.

— Des clandestins ! Bravo ! Et pourquoi sont-ils passés ?

— Parce que... on ne les a pas arrêtés ?
— Encore gagné. Effectivement. Et on ne les a pas arrêtés parce que vous êtes des incapables !

Erich fit une tentative désespérée pour expliquer les choses. Le lieutenant Braun se mettait rarement en rogne, mais quand ça le prenait personne ne trouvait grâce ! Il plaida leur cause en adoptant un ton raisonnable dans l'espoir d'apaiser les choses.

— On a fait des rondes, Herr lieutenant, trois rondes par semaine de jour et de nuit, comme vous avez dit, pour être là quand personne ne s'y attend !
— Eh bien, c'est réussi ! Personne ne vous attend parce que personne n'est jamais surpris. Vos rondes, je m'en fous, leur fréquence ou leur parcours, ce que je veux, c'est coincer ces clandestins et qu'on les fusille sur-le-champ si on ne peut pas les arrêter ! Vous avez pigé, soldat Krauss ? Et vous aussi, soldat Schultz ?

Les deux hommes avaient baissé la tête aussi bas que leur garde-à-vous le permettait, les yeux dans le vague, à demi fermés. On aurait cru deux tortues sur le point de disparaître sous leur carapace. Braun comprit qu'il était en train de perdre la maîtrise de ses nerfs et reprit, un ton plus bas :

— Écoutez... ce n'est pas la première fois qu'après une inspection je tombe sur des signes de fuite. Autrement dit, ces gens attendent le bon moment entre deux rondes pour traverser le Grand Défilé. Vous connaissez les probabilités ? Ces passages ne sont plus le fruit du hasard, mais celui de votre incompétence.

Erich hésita. S'il acquiesçait, Braun risquait de les punir, mais s'il essayait de se justifier encore, l'autre le tiendrait pour un incapable doublé d'un orgueilleux. Il s'enfonça donc dans le mutisme faute de pouvoir choisir, cependant que le lieutenant se tournait vers la montagne, pensif. Il paraissait avoir oublié leur présence.

Le froid donnait au silence des lieux une densité nouvelle. En y réfléchissant, l'idée d'un danger mortel s'insinuait peu à peu dans l'esprit de Hans. Il avait tremblé sous les cris de ce satané Braun, mais le bruit du vent était mille fois pire ! Il souffrait d'une sorte de migraine et, avec le froid et la douleur, l'angoisse empirait. Il suffisait de se trouver là, sans essence ni fusil, perdu dans ces immensités, pour mourir en quelques heures. Lui qui ne s'habituait toujours pas à ces maudites montagnes françaises songea que les fuyards qui traversaient la frontière devaient être à bout. Aucun cinglé ne se risquerait dans de telles conditions sur un massif, à plus de trois mille mètres d'altitude. Déjà, à l'automne, c'était limite...

Pour ne pas devenir fou, il observa à son tour la piste et, au-delà, le passage supposé vers la Suisse en espérant détourner ses pensées. Le vent redoubla de violence, aussi mordant qu'un fouet, giflant ses joues et emperlant ses yeux de larmes. Son nez avait doublé de volume et commençait à goutter, mais il n'osa pas bouger pour l'essuyer. Il ne sentait déjà plus ses oreilles. Quel imbécile d'avoir refusé de mettre le bonnet à rabats ! Il détestait son allure là-dessous, mais mieux valait ressembler à une chèvre que de perdre ses oreilles ! D'ailleurs, le gel pouvait-il rendre sourd ?... On était lundi pourtant ! Le lundi, Braun était généralement de bonne humeur. Il sortait après le déjeuner pour se rendre à Saint-Martin chercher les pains et, en général, il permettait à son chauffeur d'aller boire un coup au bistrot. Peut-être bien que la jolie boulangère n'était pas pour rien dans cet accès de charité ! D'habitude, il prenait un soldat avec lui. Ce matin, quand il leur avait ordonné de se tenir prêts, Erich et lui, il aurait dû se méfier. Noël approchait, il avait cru bêtement qu'il y aurait des commandes en plus ! Peut-être des brioches, une surprise du lieutenant à sa section. Tu parles ! Foutue inspection !

Quand Braun se décida à bouger, il faillit rompre la position, mais l'autre avançait sur les traces laissées par les fuyards. S'il se mettait en tête de rejoindre le col, ils en avaient pour des heures ! L'angoisse monta encore et il se sentit sur le point de vomir. Peut-être que s'il prétextait sa blessure... D'une torsion discrète, il risqua un coup d'œil vers Erich qui observait lui aussi les sommets, apparemment imperturbable.

— Qu'est-ce qu'il fout ?
— J'en sais rien. Il a repéré un truc, non ?

Le lieutenant venait de s'accroupir à une vingtaine de pas et semblait plongé dans un rêve.

— Tu as un plan ?
— Pour quoi ?
— Un plan pour les coincer. Tu as entendu Braun, si ça continue il va nous rétrograder au diable ! Je veux pas aller à l'Est, déjà qu'ici c'est intenable ! Il faut coincer ces enfoirés !
— Tu imagines quoi, Hans ? Qu'en tournant dans la montagne on va les dépister ? Nous, des gars de la ville, contre des montagnards ?
— Les clandestins aussi viennent de la ville. Des juifs pleins de fric qui ont jamais bossé en usine !
— Je ne parle pas des fuyards, mais des passeurs.
— Pourquoi tu lui as pas expliqué dans ce cas ?

Erich n'eut pas le temps de répondre. Le lieutenant

revenait vers eux et, grâce à Dieu, il avait nettement l'air de meilleure humeur, presque détendu. Dans la main, il broyait une boule de neige qu'il lança vers la vallée.

— On repart à Saint-Martin. J'ai bien envie de revoir monsieur le maire... Lâcher du lest. Après tout, on n'attrape pas les mouches avec du vinaigre. Il vaudrait mieux s'attirer les bonnes grâces de ce monsieur.

Il parut soudain remarquer Schultz, et ajouta simplement :

— Mouchez-vous, Schultz ! Vous avez passé l'âge d'avoir la goutte au nez.

## 2.

Après une autre injection d'antibiotique, Belle guérit de sa mauvaise fièvre. Guillaume lui rendit visite à trois reprises, avant de décréter qu'elle était tirée d'affaire. La dernière fois, il avait apporté quelques os et un reste de ragoût de patates et de topinambours que la chienne consentit à recevoir de ses mains. Elle s'était habituée à lui et ne grondait plus s'il approchait. Elle se laissa même palper le flanc sans broncher.

Depuis qu'elle avait frôlé la mort, une part de sa sauvagerie semblait avoir disparu. Même sans la compagnie de l'enfant, elle restait dans le refuge et ne cherchait plus à s'échapper dans la montagne. Depuis quelques jours, pourtant, Sébastien avait rouvert le tunnel en déplaçant la lourde lauze de schiste et l'avait obligée à le suivre dedans pour qu'elle se souvienne par où s'échapper en cas de danger. Bien sûr, son instinct était toujours aussi vif et elle avait déjà emprunté le boyau de terre le jour où César avait surpris Sébastien mouillé, pourtant l'enfant restait inquiet, terrifié à l'idée qu'un berger égaré vienne toquer contre la porte. Il lui fit faire le chemin dans les deux sens et répéta ses explications, désignant le ravin où il faudrait courir.

— Si tu es poursuivie par un chasseur, tu peux passer par le tunnel. S'il arrive au refuge, tu seras plus rapide, et s'il te poursuit depuis la montagne et que tu veux rentrer, attends qu'il neige pour pas laisser de traces et personne ne pourra se douter que tu es ici, à l'abri. Compris ?

Elle lui lécha le visage d'un seul coup de langue et retourna s'installer devant le feu. Guillaume avait expliqué que pour guérir de sa boiterie, la chienne devait recommencer à courir sans trop forcer au début. Ils s'enhardissaient chaque jour un peu plus loin, mais la chienne semblait goûter cette existence tranquille, presque douillette...

L'enfant venait le matin et déjeunait au refuge. Ensuite, selon l'aide à fournir à la boulangerie et plus rarement à la bergerie, il repartait soit en début d'après-midi, soit juste avant la tombée de la nuit.

En arrivant, il inspectait la patte de Belle, puis il lui offrait la nourriture qu'il avait réussi à glaner. Souvent, il se privait d'une part de son dîner, mais c'était difficile d'échapper à la vigilance de Lina. Même César l'épiait bizarrement depuis quelques jours. Son Papé avait quelque chose de changé. Sébastien ignorait quoi exactement, sauf qu'on aurait dit qu'il guettait quelque chose. Au lieu de s'endormir à moitié dans son fauteuil, il restait à table à discuter avec Lina, et parfois il posait des questions, mine de rien. Ou il expliquait qu'il avait l'intention de poser une ligne de collets, puis il se taisait, mais c'était comme s'il attendait une réponse. Sébastien serrait les dents pour s'obliger au silence. Il s'en fichait des collets ! Et du cabri qui était reparti dans la montagne ! Et du fromage qui se faisait sans lui ! Et des brebis qu'il avait fallu rentrer sans l'aide de personne... Sauf qu'avec tous ces bavardages et ces regards en douce, il fallait redoubler de prudence. Évidemment, Papé se doutait bien qu'il passait son temps libre au refuge. Mais il ne réclamait jamais directement son aide. Il restait là, tout raide d'orgueil, et n'interdisait rien non plus parce qu'il avait honte. Du coup, Sébastien était relativement tranquille. Parfois, bien sûr, il regrettait de ne plus pouvoir poser des questions sur la meilleure façon de tuer une bête sans la faire souffrir. Ou de poser un lacet en ayant la meilleure chance de prendre un lièvre. Toutes ces interrogations, ça lui brûlait la langue, surtout quand ça lui venait d'un coup, un élan, et il devait s'obliger à ravaler les mots en se rappelant que César l'avait trahi... Mais à mesure que le temps passait, que Noël approchait, le silence devenait de plus en plus difficile à tenir.

Un matin, il bondit de son lit et se précipita vers la lucarne pour consulter le ciel. Sans raison, la veille, il avait décidé que ce serait aujourd'hui le grand jour. Celui de la guérison complète de Belle. Ils iraient sur les pentes de la montagne à l'écart des hommes et ils feraient comme à leur première vraie rencontre !
Balayés par un vent tenace, des nuages moutonneux couraient au fond du ciel. Sous la lumière du soleil, à peine voilée par la vapeur matinale, il aperçut les toits de Saint-Martin, étincelants comme du quartz. Sur la côte, là où commençaient les premiers sapins vert-brun encapuchonnés de neige, des gouttes scintillaient, et à cette distance on aurait dit de la poussière d'or.
Excité à la perspective de leur fête, Sébastien s'ha-

billa n'importe comment et dévala l'escalier. Lina était en train de débarrasser les bols. Le sien trônait à côté d'une grosse tranche de pain recouverte d'une pellicule de confiture.

— J'ai faim ! Je peux en avoir une autre ?
— Si tu veux. Je la coupe et je te laisse faire. Il faut que je descende à la préfecture. Ils se moquent du monde ! Justifier, justifier… et quand on sera bloqués par la neige, ils viendront tamponner mes cahiers ?
— Ben, t'as qu'à pas leur obéir.

Angelina eut un petit rire et rinça vivement la vaisselle.

— Tiens, je n'y avais pas songé ! Mais tant qu'à désobéir, autant que ce soit pour autre chose. Une chose qui en vaudrait vraiment la peine…
— Comme quoi ?
— Comme rien, galopin, je dis des bêtises. Et toi ? Puisque je te laisse tranquille, pourquoi tu n'irais pas donner un coup de main à Papé ?
— Non.
— Pourquoi donc ?
— Parce que non.
— Tu es aussi buté qu'un mulet.
— Un caillou.
— Un bouc.
— Une autruche ! C'est comment les autruches, Lina ?
— Comme un grand plumeau à poussière.

Elle lui caressa la tête distraitement, puis alla enfiler son manteau, ses mitaines, saisit son sac et une besace qu'elle vérifia deux fois. Enfin, elle se décida.

— J'y vais. Sois sage. Et ne rentre pas trop tard, il y aura une surprise.

— C'est vrai ? Quoi ?

— Si je te le dis, ce ne sera plus une surprise.

— C'est une surprise à manger ou une surprise à jouer ?

— C'est une surprise pour les yeux et le nez !

Elle éclata de rire cette fois, et ajouta, ravie :

— C'est ça, pour les yeux et le nez, mais pas pour la bouche ni les oreilles.

— Ça veut dire quoi ?

— Que ça ne se mangera pas et ne s'écoutera pas non plus. Je file, je suis en retard !

— Lina !

La porte avait claqué et Sébastien resta planté là, cherchant la solution de ce mystère. Une chose qui ne se mange pas et ne s'écoute pas. Lina exagérait avec ses devinettes ! Et puis Belle l'attendait. Il rafla le pain, ajouta du fromage, le casse-croûte du déjeuner que sa sœur préparait toujours à l'avance. Il puisa du lait de la veille et remplit une vieille flasque oubliée par César. Il en restait à peine un quart de seau. Les brebis ne donnaient presque plus parce qu'on arrivait à la période de tarissement. Mais Belle était guérie, alors ça n'avait plus trop d'importance. Il ajouta une tasse d'eau dans le seau. De cette façon personne ne verrait la différence...


Sébastien parvint au chalet juste au crépuscule, après avoir couru durant tout le chemin du retour pour ne pas se laisser surprendre. La nuit ressemblait à un loup lancé à sa poursuite chaque jour plus rapide, dévorant la lumière du monde. L'enfant ne craignait pas l'obscurité, mais il n'avait pas pris de torche et surtout il préférait éviter la colère de Lina. Pas après une journée pareille !

Belle était guérie. Ils étaient montés jusqu'au chemin des crêtes avant de redescendre du côté de la ferme des Dorchet. Pas pour piquer un chapelet de saucisses cette fois, mais parce que le coin était tranquille. Ils avaient couru et joué dans la neige, mangé du pain à la confiture et au fromage. Ensuite, ils avaient cherché des truites au torrent sans rien trouver. Ils s'étaient poursuivis entre les pins, tantôt fouettés, tantôt caressés par les rames des grands arbres qui ployaient jusqu'à terre. L'enfant avait façonné un bonhomme de neige et planté des pommes de pin en guise de nez et d'yeux, alors que Belle observait sans vraiment comprendre. Il lui suffisait de sentir l'enthousiasme du garçon pour se tranquilliser. Sébastien avait trouvé une pente juste assez abrupte pour faire une piste parfaite et glisser sur le sac à dos vide en guise de propulseur, poursuivi par Belle qui aboyait, et il avait hurlé de plaisir, tant et tant qu'ils avaient sursauté de peur en entendant le glapissement d'un aigle. Enfin, ils étaient rentrés épuisés et transis au refuge de pierres sèches. L'enfant avait allumé un feu et s'était endormi contre Belle, heureux. Il s'était réveillé juste à temps pour rentrer.

À travers la vitre, la lumière vivante des flammes rougeoyait et Sébastien repensa à ce que sa sœur lui avait promis le matin même. Une surprise ! Qu'est-ce qu'elle avait dit déjà ? Un truc pour les yeux et le nez. Il se précipita, ouvrit la porte à la volée. L'odeur le cueillit en premier, âcre et sucrée.

— Un sapin ! C'est un sapin !

L'arbre se dressait au milieu de la pièce, la pointe effleurant le plafond de planches. À son pied, il vit le coffre des décorations où l'on serrait les santons, une guirlande en paille tressée et une autre en papier rouge brillant, des figurines en terre et en carton colorié, des boules en verre soigneusement enroulées dans les chutes d'un vieux fichu, des anges aux ailes de coton, des pommes de pin surmontées de rubans satinés et une étoile dorée que Lina avait confectionnée dans un emballage de chocolat. Sur la table, il y avait des pommes rouges, luisantes d'avoir été frottées, et dont la queue se prolongeait d'une boucle en laine. C'étaient les pommes de Noël, celles qu'on gardait dans le cellier en attendant décembre.

— Tu m'aides à le décorer ?

— Pour sûr ! Je peux accrocher les guirlandes et les boules et puis aussi les anges ?

— Bien sûr ! Alors, elle te plaît ma devinette ? Une surprise qui se regarde avec les yeux, et qui parfume l'air. Je n'avais pas raison ?

— Si ! Je connais pas de fille plus maligne que toi !

Il n'éprouvait plus ni fatigue ni courbatures. Sans même déboutonner son manteau, il traîna le tabouret et grimpa dessus, impatient.

— Je mets un bout de la guirlande et toi tu finis de l'autre côté. Mais c'est moi qui commande.

— D'accord, Majesté.

— Il faut en mettre partout ! Et l'étoile en dernier. Dis, Lina, comment elle va savoir, ma mère ?

— Savoir quoi, bout de chou ?

— Quel cadeau je veux ?

Il sentit un courant d'air glacé lui chatouiller la joue et comprit aussitôt que César venait de rentrer. Sa sœur avait pâli et elle désigna le berger d'un mouvement du menton.

— Demande à Papé...

— Demander quoi ? interrogea César d'une voix altérée.

Il s'approcha du feu en se frottant les mains, feignant l'insouciance.

— Rien.

Gêné, Sébastien suspendit la boule en verre soufflé, trop près d'une figurine de cerf. César l'avait sculptée l'hiver précédent, avec des bois en forme d'étoile.

— Tu es sûr ? Tu veux pas savoir ?

Le berger insistait sans conviction et, comme on ne lui répondait pas, il se laissa tomber dans le fauteuil en bois avec un gros soupir. Sébastien se rendit compte à cet instant qu'il ne l'avait pas vu ivre ou embrouillé depuis longtemps. Souvent, quand il buvait, il s'obstinait, mais ce soir son insistance venait d'autre chose. Ostensiblement, il se tourna vers sa sœur et tendit la main pour recevoir d'autres décorations.

— Lina, comment elle va savoir que je veux une montre, ma mère ?

César reprit la parole, mine de rien.

— Tu sais, une montre, c'est moins important qu'une pensée. L'essentiel, c'est qu'elle pense à toi de l'endroit où elle est. Tu comprends ?

Sébastien secoua la tête, perplexe. S'il avait pu parler sans trahir sa promesse, il aurait répliqué que puisque sa mère devait venir à Noël, elle n'aurait pas besoin de penser à lui. Et pour le cadeau, en Amérique, ils fabriquaient sûrement un tas de montres ! C'est là-bas qu'on trouvait les mines d'or, César l'avait raconté un jour ! Sauf si elle venait pas. Alors, ce serait comme une promesse rompue. Encore une autre... Sauf que cette fois ce serait différent parce que Papé n'avait pas cherché à éviter le sujet, et ça, c'était bon signe ! Au lieu de ressentir la tristesse habituelle, il éprouva un élan d'optimisme et sauta du tabouret.

Il contempla son œuvre quelques secondes, les yeux écarquillés. Le sapin était surchargé d'un côté, on aurait dit un vieux général au plastron couvert de médailles.

— Il faut tout recommencer ! Pourquoi tu m'as pas prévenu, Lina ?
— Pour faire durer le plaisir, Tinou.
— M'appelle pas Tinou. Ça fait bébé.
— D'accord, bout de chou. Faut dire que tu es très grand.
— Pas bout de chou ! Ça fait penser à la soupe...
— Eh bien, justement, elle est servie ! On finira après !

Le dîner fut joyeux ce soir-là. Après la course avec Belle, le sapin, la promesse de César, Sébastien aurait voulu que ça dure toujours. Ou bien recommencer à vivre chaque heure de cette journée parfaite, encore et encore jusqu'à la veillée. Il ignorait exactement quand sa mère viendrait. Peut-être à minuit, juste pour la naissance de l'enfant Jésus, ou bien le matin de Noël.

3.

Le docteur progressait doucement, pour ne pas essouffler les clandestins. Cette fois encore il y avait un enfant. Cela devenait de plus en plus fréquent et il n'aimait pas ça. Les hommes, il comprenait. Des politiques. Des soldats vaincus ou des jeunes fuyant le STO. Mais les femmes et les enfants, parfois des vieux, des familles entières ! Cela confirmait un pressentiment sinistre. Il avait beau essayer de ne pas l'analyser, la situation s'aggravait. À l'évidence, personne, et surtout pas un père ou une mère, n'aurait risqué la traversée du Grand Défilé en plein hiver avec un gosse, sauf pour fuir un danger plus terrible encore. Et les demandes ne cessaient d'affluer à mesure que les lois antijuives se durcissaient.

Il les avait récupérés à quelques kilomètres de Saint-Martin, cachés dans une grange. Guillaume était l'avant-dernier maillon vers la liberté, mais cela, les fuyards l'ignoraient. Lui-même ne savait rien sur eux, hormis qu'ils arrivaient de Paris. En revanche, il connaissait le type qui les avait cachés dans la grange. S'il était pris, l'autre avait pour consigne de fuir dans la montagne. Et vice versa. On avait beau jurer ne rien lâcher, personne ne pouvait être absolument certain de se taire pendant un interrogatoire, et ceux qui prétendaient le contraire devenaient les premiers à se confesser.

Ils étaient partis en début d'après-midi, à la faveur du mauvais temps, et avançaient en file indienne, Guillaume ouvrant la marche devant le père qui tenait fermement la petite par la main. La mère venait en dernier. La pluie qui tombait sans discontinuer, fine et glacée, avait l'avantage de noyer le paysage et de les rendre presque invisibles. Il fallait espérer que la brume tienne. Personne ne parlait, mais on entendait le souffle des marcheurs, parfois, un cri étouffé de surprise, parce qu'une pierre cédait, qu'une cheville se tordait un peu.

Depuis le précédent voyage qui avait failli mal tourner, Guillaume avait récupéré aussi discrètement que possible une dizaine de paires de crampons parmi sa clientèle, chaque fois en prétextant qu'il avait perdu les siens. Il les proposait aux clandestins, faute de pouvoir leur prêter des brodequins de marche. Il suffisait de fixer les pointes sous la semelle avec des liens de cuir. La progression s'en trouvait facilitée, surtout aux alentours du col. Une fois la frontière franchie, même s'il restait encore quelques kilomètres de marche pour les fugitifs, Guillaume récupérait les crampons en refoulant ses scrupules. Avec le nombre de passages en constante augmentation, c'est une fabrique qu'il lui aurait fallu !

À l'approche du gouffre, il leva la main.

— Faites attention de ne pas glisser. Après ce défilé, on arrive à la combe et ce ne sera plus très loin.

Ce n'était pas tout à fait vrai, mais mieux valait

les soutenir dans l'effort. Le père se contenta de soupirer, et la femme approuva d'un franc mouvement de tête. Elle avait peur. Cela se voyait à ses grands yeux inquiets. Guillaume fut tenté de la rassurer, mais y renonça. Le temps pressait et une halte prolongée risquait de les refroidir ou, pis, de les démotiver. Il remarqua que la gamine s'était légèrement penchée vers l'abîme sans montrer aucun signe de frayeur. Sous son manteau de tweed détrempé, elle tremblait de froid.

Voilà maintenant deux bonnes heures qu'ils grimpaient. En temps normal, il fallait la moitié du temps, mais la moyenne n'était finalement pas si mauvaise, vu les conditions. Il s'engagea sur le sentier qui longeait le précipice d'un pas tranquille de promeneur sans montrer son inquiétude. Les autres se remirent en route, le talonnant aussi près que possible. Quand il distinguait un trou ou un passage glissant, il le désignait simplement de la main au père, qui à son tour prévenait son épouse.

Après le versant aux chamois, la piste quittait le ravin pour se remettre à sinuer abruptement au milieu d'une coulée de pierres dont les reliefs s'estompaient sous la neige. Le goulet finissait par s'élargir à l'abord de la combe d'altitude, le but de leur randonnée. Le vent qui soufflait sans cesse sur cette portion de terre exposée rendait la pente extrêmement glissante. Heureusement, la pluie avait ramolli la croûte de glace et rendait le chemin moins périlleux. Leur progression demeurait silencieuse, sauf quand le pied glissait et délogeait un caillou en équilibre instable, un bruit de roulade vite étouffé dans le sifflement mouillé de l'air.

Une demi-heure passa encore, sans pouvoir parler, la montée paraissait interminable aux fugitifs. Cette pluie glacée et le silence imposé les isolaient dans leurs pensées et une réflexion hantée d'interrogations. Avaient-ils raison de fuir ? Était-ce le bon choix ? La meilleure solution ? Et si on les surprenait là ? Ou bien demain ? Le guide était-il vraiment fiable ? Combien de haltes encore ? Concentrés sur chaque pas, frileusement recroquevillés pour donner moins de prise aux rafales de vent, l'homme et son épouse avaient le sentiment d'évoluer dans un cauchemar presque immobile. Quand ils levaient les yeux, aux rares moments où le guide hésitait sur un passage, l'immensité sauvage, voilée de pluie, ressemblait à un gouffre sans fin ni contours.

La grotte apparut alors qu'ils avaient perdu le sens du temps et tout espoir d'arriver jamais à destination. L'ouverture béait, noire et sinistre, comme une cicatrice minérale dans la neige. La mère ne put retenir un cri de stupéfaction, malgré les consignes de silence. La petite lâcha la main de son père et se glissa contre Guillaume, les yeux écarquillés de curiosité. Depuis le début de cet étrange voyage, Esther s'efforçait de demeurer sage, presque muette. C'était la seule façon qu'elle avait trouvée pour soulager l'angoisse de ses parents. Même s'ils lui cachaient plein de choses, elle savait. Et pour ne pas se laisser avaler par cette grande peur qui faisait à maman des yeux immenses et rendait son père triste et irritable, elle se laissait mener sans protester ni se plaindre avec une confiance aveugle. C'était comme le jeu de colin-maillard. On avance sans rien voir, guidé par les rires. Et dans le noir, sous le bandeau, on sent la caresse du soleil, on sait qu'il brille, que bientôt on écartera le tissu et que la lumière se déversera comme si elle n'avait jamais disparu.

Guillaume pénétra dans l'obscurité en allumant sa torche. La grotte s'enfonçait à une profondeur insoupçonnable et l'air paraissait étonnamment sec, alors que dehors la pluie s'entêtait. Le faisceau lumineux éclaira un amas de couvertures, puis un foyer de pierres, un tas de bois et de branchages, un seau et deux rouleaux de cordes. Le père, sous le coup du soulagement, s'exclama, d'une voix forte :

— C'est aménagé !

— C'est beaucoup dire. On a de quoi passer deux ou trois nuits et assez de bois de chauffe. J'en ai d'ailleurs apporté encore. Si on ne le fait pas à chaque voyage, il faut se charger doublement après.

Disant cela, il se soulagea de son sac à dos et en tira trois bûches énormes. L'homme en resta bouche bée. La fatigue l'endolorissait jusqu'aux os et le rendait incapable de soulever une boîte d'allumettes. Le guide reprit, sans paraître remarquer son trouble :

— En cas de pépin, le mauvais temps ou une patrouille, c'est la planque idéale. Il faut vous réchauffer. Il y a aussi quelques provisions, de quoi manger. Vous devez être affamés.

Il s'accroupit devant le tas de bois et entreprit d'allumer un feu. Le pire, pour un passage, aurait été de traîner un malade. Les brindilles s'enflammèrent, léchant le tas de bûchettes dressées en cône qui s'embrasèrent aussitôt. La fillette accroupie à ses côtés soupira de plaisir.

— Tu es un Indien ?

— Qu'en penses-tu ?

— J'ai... j'avais un livre qui parlait d'un Indien. Il pouvait allumer un feu simplement avec une pierre !

— Eh bien, moi, j'ai besoin d'allumettes, tu vois.

— C'est quand même bien... Papa il a jamais fait ça !

— Il doit savoir faire un tas d'autres choses.

— Oh, oui ! Construire un pont, ça il peut !

Guillaume voulut l'interrompre. Il ne voulait rien savoir, mais l'enfant se tut d'elle-même et regarda pensivement les flammes, avec un émerveillement qui lui creva le cœur. L'homme avait installé sa femme sous un tas de couvertures et fouillait à présent ses poches. Il en tira un portefeuille et demanda, embarrassé :

— On m'a dit que c'était trois mille. C'est ça ?

— Trois mille ?

— Pour le passage. On m'a dit que c'était le prix.

— Alors, on vous a mal renseigné. Gardez votre argent, vous en aurez besoin derrière la frontière.

— Vous êtes sûr ?... Merci. Je ne sais comment...

— Laissez. Vous me remercierez en Suisse.

— On repart quand ? Demain ?

— Non, sans doute pas. Dès que la voie sera libre. Il faut d'abord que je m'en assure.

— Comment ça se passe ? Vous... excusez-moi, monsieur, mais tout ça est tellement difficile ! Depuis Paris, on est ballottés d'une personne à l'autre...

— Taisez-vous ! Je préfère ne rien savoir. Je me doute que c'est dur, mais on n'a pas le choix. Moins on en sait, moins on risque de parler.

Avant que l'homme ait pu répliquer, un bruit les alerta. Venu de l'extérieur. Des pierres roulaient sur la pente, la rumeur d'une progression. Quelqu'un arrivait !

Guillaume fit signe aux fugitifs de reculer dans l'ombre, vers l'extrême fond, dans les replis de la caverne. Évidemment, avec le feu, les couvertures, c'était dérisoire. D'un geste vif, il fouilla dans son sac, sortit une arme de poing, vérifia le canon, engagea une balle puis se faufila dehors. Le tout n'avait pas pris une minute.

Une haute silhouette se tenait plantée un peu en contrebas et semblait attendre. L'uniforme gris se fondait parfaitement dans la grisaille humide.

— Bonsoir, docteur.

Le chuchotement était trop faible pour parvenir aux occupants de la grotte. Guillaume remit la sécurité et glissa son arme dans son ceinturon. Il avança jusqu'à l'Allemand et lui serra la main. Par précaution, il tendit l'oreille pour s'assurer que personne ne venait. Seule la rumeur du vent courant sur la neige répondit. La pluie venait de cesser et, dans la pénombre, les traits du lieutenant Braun semblaient façonnés dans le marbre. Il chuchota à son tour, pour ne pas alerter les fuyards.

— Tout va bien ?
— Oui. Ils sont là ?
— On vient d'arriver.
— Vous en avez mis du temps !
— Vous croyez que c'est simple avec une gamine ! Ces gens-là n'ont jamais vu de montagne de leur vie, sauf en photo !
— C'est bon. Ne vous énervez pas.
— Je suis calme. Quand repartons-nous ?
— Après-demain, à l'aube, il n'y a pas de rondes prévues. Mes hommes resteront bien au chaud à cuver le schnaps envoyé par le Führer pour la Noël.
— Après-demain. Parfait.

Il hésita à formuler un merci qui sonnerait juste. Jusqu'à il y a peu, il était resté sur ses gardes, vérifiant chaque renseignement donné par le lieutenant.

Il aurait voulu lui faire comprendre que les choses avaient évolué, que sa méfiance était tombée. Faute de mieux, il se contenta d'une évidence.

— Ça devient tendu, hein ?

— Assez, oui... Pourtant, je suis plutôt fier de mon petit numéro de lieutenant soucieux de faire régner l'ordre ! La dernière fois, mes hommes ont pris une... réprimande dites-vous ? Si bien qu'ils sont persuadés que je pourchasse les juifs jusque dans mes cauchemars !

Il semblait s'en réjouir. Guillaume l'observa, curieux de comprendre ce qui le motivait.

— Vous prenez de plus en plus de risques.

— Jamais assez !

Quelque chose dans le ton incitait au silence. Guillaume eut brusquement une envie furieuse de tabac, mais se retint. L'odeur pouvait être aussi dangereuse qu'une lueur par nuit claire. Et puis les parents devaient commencer à s'inquiéter de son absence. S'ils se glissaient dehors et l'apercevaient avec un Allemand, cela mettrait le feu aux poudres. Il s'apprêtait à rentrer dans la grotte, quand Braun reprit la parole :

— C'est vraiment magnifique, ici.

— Et encore, vous n'avez pas vu en été, les pentes couvertes de fleurs mauves, jaunes, la lumière transparente, le silence qui palpite, le grand lac qui brille au loin. J'aime ce pays !

— Je vous comprends.

— Quand la guerre sera finie, c'est ici que je voudrais épouser Angelina, dans la minuscule petite chapelle d'alpage du Haut Graillon.

Il dévisagea son compagnon, mais l'autre se contentait de fixer l'horizon, et Guillaume éprouva une honte fugitive. Étant donné les circonstances, sa jalousie semblait déplacée. Pourtant, le soupçon continuait à lui ravager les tripes. Braun n'était pas indifférent à la jeune femme, il l'aurait juré. Il ignorait si Lina savait, ou si elle y était sensible, mais quelque chose l'incitait à penser que oui, à la fébrilité qui la gagnait quand elle parlait des visites du lundi.

Un hurlement monta dans la nuit en les faisant frissonner tous les deux. Braun murmura, presque respectueusement :

— C'est quoi ?
— Un loup.
— *Mein Gott !* Je n'en avais jamais entendu... sauf ceux des SS, bien sûr !

Il grimaça un sourire. Guillaume haussa les épaules.
— Je retourne les rassurer. Vous m'attendez ?
— Faites vite. La nuit va tomber.

Dans la grotte, mère et fille demeuraient invisibles tandis que le père se tenait devant le feu, ostensiblement. Sans doute espérait-il, en cas d'irruption, qu'on le prendrait en oubliant de fouiller les recoins de la grotte. Pure naïveté de sa part, ou aveuglement volontaire pour ne pas succomber au désespoir. Ces gens étaient traqués depuis trop longtemps, ils agissaient en survivants, sacrifiant chaque fois un peu plus de leur existence. Foyer, travail, position, argent, biens. Et parfois, l'un d'entre eux. Guillaume eut honte d'avoir pris tout ce temps et il se dépêcha de le rassurer.

— Tout va bien. C'étaient des chamois. Je dois partir mais je reviens vite. Tenez-vous prêts, nous passerons dans deux jours, très tôt le matin. Le 25.
— C'est sûr ?

— Aussi sûr que possible en montagne. Je repasse demain pour vous donner les dernières instructions.

— Et si… s'il arrive quelque chose ? Un accident… Si on veut vous prévenir ?

L'homme faisait visiblement des efforts terribles pour ne pas supplier Guillaume de rester, et de tout lui expliquer en détail. Comment ça allait se passer, à quel moment et à qui il faudrait encore confier sa vie, sans pouvoir rien faire d'autre que de prier. Il n'était pas naïf et il connaissait les dangers à se montrer trop bavard, mais l'angoisse de l'attente balayait tous les raisonnements du monde. À présent, il haletait, gagné par la panique. Guillaume comprit cela en un éclair. Il usa volontairement d'un ton sévère, dans l'espoir que cela suffirait.

— Écoutez-moi, monsieur. Le mieux que vous avez à faire est de vous reposer et de croire au succès de notre petit voyage. Dans deux jours, vous serez en Suisse, à l'abri. La vie pourra commencer. Le reste, la logistique, tout cela je m'en charge. Vous comprenez ?

L'homme acquiesça en silence. Ses épaules retombèrent et il inclina la tête, vaincu. À cet instant, fugitivement, le médecin sut de manière viscérale pourquoi il s'était engagé dans la Résistance. Pour ne jamais subir cette humiliation-là, pire que le manque d'espoir. Cette résignation qui fait accepter le pire.

Feignant l'impatience, il se détourna de l'homme, de son épouse et de la petite qui venaient d'apparaître. Il ne vit pas le salut d'Esther, car les larmes l'aveuglaient.

Au moment de quitter le sentier du précipice, l'ombre gagna le ciel et Guillaume dut rallumer sa torche. Braun suivait derrière, d'un pas assuré, à croire qu'il avait déjà emprunté le sentier à maintes reprises. Pour un type des plaines, c'était un sacré marcheur ! Il sourit dans le noir. C'était un étrange spectacle que ce Boche et ce passeur marchant sur une sente de chèvre comme deux camarades ! Il songea qu'une seule poussée aurait suffi à faire basculer l'un d'eux dans le ravin.

Arrivés au col, ils firent une pause. La bergerie de César se trouvait à quelques centaines de mètres et Saint-Martin à une heure de marche. L'Allemand, en revanche, devait monter à travers la forêt pour rejoindre la route asphaltée où sa traction était garée, dissimulée à l'orée d'un chemin de traverse.

Il aspira amplement l'air. À travers les trouées des nuages poussés par le vent, les étoiles perçaient la trame veloutée du ciel. Il ferait beau temps demain. Braun soupira comme un homme las. De la dent d'un sommet jaillit soudain une lune énorme et ronde. L'astre sembla hésiter à s'arracher aux brumes de la terre, flottant là, piqué à la pointe du roc, puis, lentement, presque avec paresse, s'éleva et disparut, avalé par une nuée.

— Dites-moi, lieutenant Braun…

— Je préfère Peter quand je suis en mission clandestine, docteur.

— Alors appelez-moi Guillaume… En mission ? Vous le voyez comme ça ?

— Oui. C'est une autre forme de guerre. Pas celle des militaires. Celle des hommes de bonne volonté.

Guillaume approuva d'un sourire. Il comprenait parfaitement. Sans le conflit, peut-être auraient-ils été amis. Un mois plus tôt, quand le lieutenant avait débarqué chez lui, il avait envisagé de le tuer. Leur démarche commune avait définitivement balayé sa méfiance, mieux que toutes les preuves que Braun avait données de sa bonne foi. Peter avait raison. Il ne s'agissait plus de savoir qui était boche ou français, résistant ou soldat ou quel genre de guerre il fallait mener, seulement se poser la question de conscience. Les choses allaient si vite qu'on pouvait se sentir aspiré dans un tourbillon.

Le lieutenant s'était présenté un soir de novembre, seul, alors qu'il s'apprêtait à fermer son cabinet. Par chance, Célestine venait de s'en aller pour rentrer chez sa fille à l'autre bout de Saint-Martin. Il n'y avait eu ni fouille ni menaces, pas de questions détournées. Braun avait simplement déposé une feuille sur le bureau. Dessus était inscrite une série de noms, parmi lesquels Guillaume avait reconnu trois hommes et deux femmes qu'il soupçonnait d'appartenir au réseau. Le premier des noms ne souffrait aucun doute, il s'agissait de son chef de cellule agissant sous le pseudo de Marquis. Guillaume cherchait déjà comment s'en tirer, fuir ou abattre l'Allemand, quand celui-ci avait rompu le silence pour parler de Résistance. Pas celle des Français. La sienne. La résistance d'un lieutenant de la Wehrmacht dégoûté par les horreurs perpétrées par sa propre armée, un homme désespéré de voir l'abîme de folie où le Führer précipitait son pays.

Selon lui, le plus compliqué avait consisté à choisir un résistant qu'il pourrait convaincre de sa bonne foi parmi ceux qu'il avait identifiés. Plutôt que de proposer son aide au hasard, il avait préféré reconstituer minutieusement l'organigramme du réseau chargé de faire passer la frontière suisse aux juifs, aux communistes et aux fugitifs prêts à tout pour quitter la France occupée. Son enquête était d'autant plus audacieuse qu'elle devait rester secrète, intraçable aux yeux de sa hiérarchie. Pour les soldats sous ses ordres, c'était moins compliqué. Il suffisait de manifester sa fureur, de les engueuler à cause de leurs mauvais résultats et de ne rien faire d'autre. Plus de bruit que d'action. Il avait choisi de s'adjoindre les deux plus balourds de la section. Krauss n'était pas stupide, mais son obéissance le rendait obtus, quant à Schultz, il n'aurait pas distingué le cul d'un cheval de ses naseaux.

Voilà ce que le lieutenant Peter Braun expliqua ce soir-là. Il livrait le fruit de son enquête au médecin sans rien demander en retour, si ce n'est le secret. Mieux encore, il proposait de fournir des renseignements, tous ceux auxquels il aurait accès. Et en guise de sa bonne foi, il avait apporté un dossier complet, des ordres officiels, des courriers privés, des photos et un plan détaillé de la garnison allemande dans la vallée, l'organigramme de son unité, le nombre d'hommes, l'armement, les opérations en cours, le cycle des patrouilles… Il y avait tous les détails, du plus anodin au plus sensible. En vrac, un tas de papiers qui semblaient presque trop authentiques pour être vrais !

Évidemment, Guillaume avait commencé par douter. Le Boche aurait pu lui tendre un piège malgré ses explications convaincantes. Il l'avait donc testé à trois reprises avec de faux passages, mais chaque fois la montagne était restée vide de toute patrouille. Guillaume, alias « Lepic », avait fait remonter les renseignements à son chef de cellule et en retour « Marquis » avait réclamé d'autres détails, que le lieutenant fournissait selon ses possibilités. Il fallait se rendre à l'évidence, Braun était sincère. Et quand il évoquait certaines tueries, ses traits semblaient se décomposer littéralement. Personne ne pourrait simuler l'horreur à ce point.

— Il est temps...
— Pour le prochain contact, on garde le même signal ?
— Un volet fermé, l'autre ouvert, chaque lundi. Oui. Et en cas d'urgence ?
— Il n'y a aucune raison, mais au pire vous pouvez vous rendre à la garnison. Vous demanderez à me voir pour un *Ausweis*. Vous êtes médecin, le prétexte est tout à fait recevable. Ou même des bons d'essence. Ce sera encore plus crédible.
— Bien.
— Bonne chance pour demain, Guillaume.
— Merci, mais je n'ai rien entendu. Ça porte malheur !
— Vous avez de singulières coutumes en France !

Un hurlement les fit sursauter. Cette fois, c'était tout proche. Bien trop ! Guillaume pesta.

— Mais ils attaquent !
— De quoi vous parlez ?
— Les loups ! Ça vient des alpages. Bon sang, le troupeau de César ! Je dois y aller !
— Attendez, je vous accompagne...
— Surtout pas ! Si jamais quelqu'un arrivait, on serait grillés. Je vais me débrouiller, j'ai un pistolet.
— Prenez garde à vous !

Guillaume courait déjà droit dans la nuit, sa torche bondissant au milieu des ténèbres pareille à un feu follet. Peter hésita à le suivre malgré ses consignes. Des loups ? Il aurait été curieux de voir ça !

Au premier hurlement, elle avait tressailli et gémi, tournant et retournant sur elle-même, les sangs fouettés par le besoin d'affronter l'ennemi de toujours. La horde approchait. Obéissant à son instinct et fidèle à ses gênes, Belle s'était échappée du refuge de pierre sèche en se glissant dans le boyau de terre. La horde ne lui était pas inconnue, elle connaissait son odeur. Ils avaient déjà failli s'affronter durant l'été. Belle suivait la piste d'un lièvre quand l'effluve très puissant lui était parvenu. L'approche des hommes avait différé l'affrontement.

À présent, la chienne galopait sans se soucier du tiraillement dans son épaule. L'énergie pulsait dans ses veines et la neige, couvrant les aspérités du terrain, facilitait sa course. Elle dévala la pente, contourna les fourrés épais de rhododendrons figés par le gel et plongea dans la forêt, juste au-dessus des alpages, où l'enfant l'avait déjà menée.

Quand elle déboula de la ligne des arbres et plongea sur la pente douce de la combe, les loups se tenaient déployés en demi-cercle, face à l'enclos à moitié couvert. Seule une barrière en bois les séparait des moutons affolés qui s'étaient mis à tournoyer en bêlant de terreur. Quand un mouvement plus violent déportait le troupeau contre les planches, celles-ci craquaient et les loups semblaient guetter le moment où le frêle rempart céderait.

La chienne fonça au milieu du groupe sans marquer d'hésitation, dépassa le vieux mâle dominant et pila sur elle-même en dérapant, de façon à se camper entre la horde et le troupeau. Les babines retroussées, l'échine hérissée et les grondements qui s'échappaient du fond de ses entrailles ne laissaient aucun doute sur ses intentions. Ce serait un combat à mort !

Guillaume était persuadé de tomber sur une scène de carnage. Les hurlements n'en finissaient plus et la montagne entière semblait devenue le terrain d'une lutte infernale. En grimpant sur le tertre qui ouvrait sur l'alpage, il s'étonna d'être arrivé à temps et ne comprit pas pourquoi les loups n'avaient pas encore attaqué. Puis il distingua le monstre blanc, et mit quelques secondes à reconnaître la chienne de Sébastien.

Belle se dressait face à six loups noirs, la gueule luisante de bave. Tour à tour aboyant et grognant férocement, la chienne tentait d'impressionner ses adversaires. Les loups grondaient de façon plus sourde, presque sournoise, songea Guillaume. Ils avaient beau être plus nombreux, ils demeuraient à distance prudente.

Elle dut flairer l'arrivée de l'homme, car elle s'enhardit en approchant les deux loups de tête qui reculèrent aussitôt, l'arrière-train affaissé. Une fois à bonne distance, la horde se remit en branle et opéra un nouveau mouvement d'encerclement, tandis que la louve et deux jeunes tentaient de passer la barrière de planches par le côté le plus éloigné. Dans un mélange d'épouvante et de fascination, Guillaume cherchait à comprendre comment un chien patou parvenait à tenir en respect une horde de loups sauvages. Seule sa furie la protégeait, car les bêtes hésitaient encore. Dans la nature, la menace suffit parfois, un énorme coup de bluff... Effrayante, Belle ne cédait pas un pouce de terrain. Sidéré par le spectacle, fasciné par la violence des assauts, Guillaume n'osait plus faire un geste, redoutant de rompre l'équilibre précaire qui s'était instauré. Et puis, en vérité, une part de lui mourait d'envie de voir qui de la horde ou du chien finirait par l'emporter !

Belle avait compris l'intention de la louve et, sans plus se soucier du dominant et des deux jeunes qui revenaient à l'attaque, elle se jeta dans sa direction et la fit détaler. Pendant ce temps, les moutons bêlaient à fendre l'âme. À force de tourner et de cogner les planches, ils menaçaient de rompre le rempart de bois sans comprendre qu'ils allaient à leur perte ! Un coup terrible ébranla la barrière et les loups avancèrent en resserrant le piège.

Guillaume sortit de sa léthargie et se précipita en hurlant pour faire reculer les bêtes, dépassa un loup et se jeta sur la clôture. Le troupeau hésita, paniqué par les cris et l'odeur des prédateurs. La voix de l'homme était signe de protection, mais l'instinct les poussait en avant, dans une fuite impossible. Dans un puissant mouvement de tourbillon ils s'agglutinèrent au fond de l'enclos et Guillaume en profita pour sauter par-dessus la barrière. Avant toute chose, il devait les calmer ! Si le troupeau s'échappait maintenant, les loups n'auraient qu'à se servir ! Un bélier, que le groupe venait de propulser contre lui, le fit rouler à terre et son pied se ficha durement dans un trou entre le sol et une planche. Il sentit sa cheville vriller et la douleur lui arracha un cri terrible, ce qui eut pour effet de faire bouger de nouveau les moutons. Ils retournèrent dans le fond de l'enclos. Guillaume se hissa sur sa jambe indemne et eut le temps de voir la chienne se jeter en avant, droit sur le loup dominant. Elle attaquait, aiguillonnée par son cri de détresse. Instantanément, comme par miracle, le troupeau se calma et le silence revint, sidérant.

Les loups détalaient vers la forêt. La nuit les avala en une seconde. Belle avait fait mine de les poursuivre, le poil toujours hérissé sur l'échine. Quand elle parut sûre de sa victoire, elle retourna vers Guillaume et stoppa à une coudée de lui. Lentement, presque à regret, elle s'apaisa. Le grondement s'évanouit, le poil dressé sur l'échine retomba et elle finit par s'asseoir, les flancs parcourus de frissons. Guillaume hésita. Était-elle suffisamment calmée ? Le vent le rappela à l'ordre. Il dut se hisser par-dessus la barrière à la force des bras et opérer une torsion de tout le corps pour se recevoir sur la bonne jambe. La sueur perlait à ses tempes. Par mesure de prudence, il parla d'une voix douce.

— C'est moi, Belle, tu me reconnais ? Je suis blessé, alors de toute façon tu n'as rien à craindre. Et puis à côté d'une horde de loups je ne fais pas le poids.

La chienne écouta gravement, sans rien manifester, excepté un calme stupéfiant après son déchaînement de rage. Quand l'homme entreprit de boitiller le long de la barrière, puis contre le mur de la bergerie, elle l'observa, mais ne fit pas mine de bouger. Par chance, une luge se dressait non loin de là, mise debout pour sécher.

C'était sa seule chance de rejoindre Saint-Martin. Il lui suffisait de traverser l'alpage qui coulait en pente douce vers le versant plus abrupt de la montagne. Il éviterait ainsi la forêt et surtout le goulet des Glantières, en priant pour ne pas tomber dans une faille ou se fracasser contre un rocher. Il avait l'habitude de descendre à skis, mais jamais il n'avait pratiqué la luge aussi haut et encore moins en pleine nuit.

Il nota que dans sa course folle pour sauver les moutons sa torche avait dû tomber, mais il renonça à la chercher. Il aurait déjà assez à faire avec la luge sans s'encombrer d'une lampe ! Le ciel se dégageait et la lune était quasiment pleine. Le plus prudent, évidemment, aurait été d'attendre le matin, à l'abri, dans la bergerie de César. Sans les clandestins et sa promesse de revenir, il aurait gagné le refuge. Il se maudit de ne pas avoir accepté l'aide de Peter Braun. Le visage des fuyards lui revint, alors qu'il pesait sa décision. Il n'aimait pas trop ce qu'il avait lu dans les yeux du père. Trop de méfiance, trop de doutes et de désespoir. C'était le regard d'un homme capable de n'importe quelle folie s'il se sentait trahi ou acculé.

*
\* \*

La traversée de l'alpage fut beaucoup plus rude que Guillaume ne l'avait imaginé. Certains passages pas assez pentus l'obligeaient à se tracter péniblement à la force des bras. Dans les descentes, au contraire, il fallait contrôler la vitesse en freinant avec ses bras. Mieux valait éviter de solliciter sa jambe intacte, sauf en cas d'urgence. S'il se cassait un tibia, c'était la mort assurée !

Arrivé en bordure du versant sud, à l'extrémité de

la combe, il s'étendit sur la luge pour reprendre son souffle. Son cœur battait trop fort, il en était conscient. Il pouvait encore revenir à la bergerie. Ce serait dur mais pas impossible. En revanche, s'il dévalait cette pente, il faudrait aller jusqu'au bout. Voilà plus de huit heures qu'il était dehors, soit à jouer les guides, soit à courir pour sauver des moutons ! La douleur de sa cheville l'inquiétait aussi. Il jeta un coup d'œil en arrière et vit que la chienne le suivait toujours. Depuis qu'il se traînait dans la neige, elle ne l'avait pas quitté, en conservant une distance prudente de quelques mètres. Il se demanda pourquoi elle restait là. Il parla davantage pour s'encourager que pour l'animal.

— Bon, si je reste ici, je vais finir par ronfler. On y va ?

Le talus se révéla plus difficile à franchir que prévu. Guillaume tenta de se hisser à la force des bras, mais il ne voulait pas s'épuiser. Il se laissa rouler dans la neige puis entreprit de se traîner sur la butte en remorquant la luge. Il la tirait par la corde suspendue à l'avant. La glace, en s'infiltrant entre les pans de son manteau, lui mordait la peau. Il hoqueta, gémit et enfouit la tête dans un tas de neige. L'énergie lui manquait. Il n'allait pas mourir comme ça, pour une jambe abîmée, juste d'épuisement, sur un tertre pas plus haut qu'un homme à genoux ! Des larmes brûlantes mouillèrent ses joues et cela le soulagea l'espace d'un instant. C'est alors qu'il sentit une caresse humide l'effleurer. Le chien était sur lui, reniflant sa peau. Il se contracta, attendit l'onde glacée de la peur, mais sa fatigue était trop grande pour éprouver autre chose qu'un sentiment de vide.

L'animal bougea et alla fourrager à l'avant de la luge. La corde bougeait et lui glissa entre les doigts. Belle tirait dessus. Sans vraiment calculer ses gestes, presque mécaniquement, l'homme se hissa sur la luge.

Elle tirait. Une traction suffit pour passer le talus. La luge s'envola et Guillaume ferma les yeux.

## 4.

César tournait en rond, persuadé que cette fichue lune lui jouait encore des tours. Son aïeule qui avait le don de couper le feu prétendait que l'astre lunaire jouait sur les tempéraments. En guise de plaisanterie, elle ajoutait que les gens des montagnes y étaient forcément plus sensibles.

L'alcool lui manquait cruellement. Et chaque jour, il luttait pour ne pas céder à l'envie torturante. Rien qu'une goutte. Un petit verre de digestif. Rien qu'un. Non, il ne fallait pas et il ne céderait pas à cette partie de lui-même qu'il détestait.

Agacé, il lorgna vers Angelina absorbée dans sa couture. À côté, le petiot faisait grise mine en évitant son regard. Il soupira bruyamment, histoire de montrer son énervement, mais Sébastien garda le nez plongé dans ses découpages de Noël.

Dehors, il crut entendre un appel, sans doute un coup de vent, à moins qu'il ne s'agisse d'une plainte de son estomac.

« Hoéééé. »

Le gosse fut le plus rapide à bondir. Il courut à la porte et l'ouvrit au moment où surgissait le plus étrange attelage qu'on ait jamais aperçu ! César s'empara de son fusil, un geste de prudence plus que de volonté. Le petit se précipitait déjà dehors.

Le chien blanc lâcha la corde de la luge et l'homme couché dessus agita la main. Le grand-père reconnut le docteur en même temps que Sébastien tombait à genoux devant la bête, les bras autour de son cou. Il eut le réflexe de lever son arme, mais quelque chose le retint. Face au regard foudroyant du petit, il resta indécis. Avant qu'il ait eu le temps de réagir, Lina le bouscula sans ménagement. Sa voix tremblait.

— Guillaume, tu es blessé ?

— Rien de grave, c'est juste la balade… Bon sang, j'ai cru qu'on n'y arriverait jamais ! Si tu avais vu ce qu'elle a fait !

— Qui donc ?

— Belle, la chienne… Sans elle, je n'y serais jamais arrivé ! Elle me mène depuis la Graloire !

— Mais tu sors d'où ?

— De la bergerie. Ton troupeau a été attaqué !

César balbutia, incapable de faire le lien entre l'attaque et la présence de la Bête. L'ahurissement lui brouillait les idées, quelque chose clochait.

— Le troupeau ? Elle en a bouffé ?

Guillaume eut une grimace ironique.

— C'est pas la bête, César, c'est les loups ! Et c'est elle qui au péril de sa vie a défendu ton troupeau faut voir comment !

— Crénom d'bon Dieu !

Sébastien fixait César, dans l'attente du miracle. Papé avait perdu son assurance coutumière. Sa figure burinée se fendit d'un sourire timide et il esquissa un geste comme pour demander pardon. Alors, il sourit à son tour et tout le poison accumulé les semaines précédentes se dissipa d'un seul coup, comme une mauvaise pluie. Le soulagement les inonda ensemble, le vieux berger et l'enfant.

Angelina n'avait rien perdu de cet échange muet, mais Guillaume passait pour l'instant avant l'émotion des retrouvailles et du pardon. Elle lui présenta son épaule pour qu'il s'appuie et l'entraîna vers la cuisine. Il était plus lourd qu'elle n'aurait cru. Un frisson la traversa en songeant qu'il avait risqué sa vie. Quand elle lui désigna le fauteuil devant le feu, il essaya de résister et chuchota :

— Il faut qu'on parle.
— C'est pressé ?
— Plus que ça ! Mais pas devant eux.
— Tu ne peux pas rentrer chez toi ce soir. Tu dormiras ici.
— Il faut qu'on parle, je te dis.
— Ça peut attendre demain matin, non ?

Guillaume réfléchit, le front barré par une ride. Il voulait demander à Lina de le rejoindre plus tard, mais n'osa pas, de crainte qu'elle ne se méprenne sur ses intentions. De toute façon, il fallait attendre de voir comment la foulure évoluait. Demain matin, il saurait quoi faire.

— Et Célestine ? Elle va devenir folle en voyant que je ne suis pas rentré.
— J'enverrai Sébastien. Pas vrai, Tinou ? Tu pourras courir au village tantôt pour prévenir Célestine de pas se faire de souci ?

Son frère ne répondit rien. Il venait de pénétrer dans le chalet, le bras posé sur l'encolure du chien, et n'entendait ni ne voyait rien d'autre que son amie. Belle était chez lui, au chalet !

Rassuré par sa présence, l'animal huma les lieux avec circonspection. Le confort de la pièce, le sapin planté là, les odeurs de soupe, tout était nouveau. Elle jeta un coup d'œil méfiant vers le berger, mais il avait lâché son arme et elle acheva de se rassurer.

— Assis là.

L'enfant lui désigna un coin près de l'arbre brillant, pas trop loin du feu, pas trop près de l'homme. Il accompagna son ordre d'une caresse et ajouta à voix basse :

— Faudra encore que tu apprivoises mon Papé, mais je crois que c'est bien parti après ce que t'as fait pour son troupeau...


Le jour venait de se lever quand Lina toqua à la porte. Réveillé depuis longtemps, Guillaume montrait une mine consternée qui ne laissait guère de doute sur l'état de sa cheville. Il avait posé son pied sur le tabouret afin de l'examiner, et l'aspect de l'enflure n'augurait rien de bon.

— Sébastien est réveillé ?

— Oui. Je ne l'ai jamais vu aussi excité. Sa chienne a dormi en bas. S'il avait pu, il l'aurait prise en guise de coussin.

— Tu peux l'envoyer maintenant ? Il faudrait m'apporter une attelle. Célestine sait où les trouver.

Angelina ressortit pour prévenir son frère et, quand il demanda la permission d'emmener Belle, elle refusa. Si on l'apercevait au village en pareille compagnie, ça causerait un fameux désordre. Mieux valait d'abord que César explique les choses au maire et aux bergers.

Il émergea de sa chambre au moment où Sébastien s'apprêtait à sortir. Belle était allongée, attentive à tous ses mouvements. Le vieil homme et l'enfant se sourirent, embarrassés, tentant maladroitement de restaurer la confiance perdue. César tenait un morceau de bois dans la main, mais Sébastien n'y prêta pas attention.

— Je vais faire une course !
— Va, petit.

Dans la chambre du haut où elle venait de retourner, Angelina écouta la porte claquer. César devait s'affairer au feu. Elle se tourna vers Guillaume et réalisa que la sensation d'oppression qui séchait sa gorge venait de là, du fait qu'ils étaient seuls dans une chambre. Lui s'était rhabillé, mais sa chemise mal fermée laissait deviner le haut de son torse. Elle, sur sa longue chemise, ne portait que son gros gilet de laine. Ses pieds étaient nus. Elle s'obligea à rester immobile, alors que sa main tremblait en vérifiant si ses cheveux n'étaient pas trop emmêlés.

— Il est parti.
— Je ne sais pas si je vais pouvoir marcher. Même avec une attelle, l'enflure est sérieuse. Bon sang ! C'est pas le moment !
— Je sais bien et tu ne pourras pas. Tu t'en rends compte, j'espère ?
— Je n'ai pas le choix.
— Guillaume... Tu peux vouloir monter au défilé ou même voler au ciel, tes jambes ne te porteront pas, pas plus que les ailes ne te pousseront dans le dos. Au mieux, tu iras jusque chez toi.

— Je te dis que je dois y aller. Il y a des gens qui m'attendent ! Et si tu voyais dans quel état ils sont…

— Eux, je ne sais pas, mais toi, même si je ne suis pas médecin, je vois bien que c'est impossible ! Où est-ce qu'ils se cachent ?

— À la grotte des chamois. En maintenant correctement ma cheville, ça devrait aller…

— Et c'est moi l'entêtée ! Le temps que tu retrouves la raison, je vais faire le café. Tu as besoin d'aide pour descendre ?

— Non.

— Alors débrouille-toi !

La jeune femme dégringola l'escalier, énervée par cette attitude de fier-à-bras. Elle lui en voulait aussi de ne pas avoir montré plus de trouble. Il se fichait bien de sa chemise de nuit ou de ses pieds nus ! Monsieur préférait se tourmenter pour son Grand Défilé ! Il faudrait encore batailler pour le convaincre… L'occasion était trop belle et elle ne la laisserait pas lui échapper ! On verrait qui l'emporterait d'un éclopé ou d'elle !

En avisant Belle étalée sous le sapin, la bonne humeur lui revint. La chienne était vraiment splendide. À son approche, elle leva les yeux sans décoller la tête en faisant rouler comiquement ses prunelles. Placide, elle suivait ses gestes avec un intérêt poli. On la devinait déjà familière des lieux.

Lina alla au poêle en saluant César. Contrairement à ses habitudes très matinales, le vieil homme était assis dans son fauteuil en train de sculpter un morceau de bois. De temps à autre, il levait le regard et fixait l'animal, visiblement fasciné.

— Tu ne vas pas voir le troupeau ?

— Plus tard.
— Tu ne t'inquiètes pas ?
— M'étonnerait que les loups reviennent. C'est pas leur façon.

Réprimant un sourire, Angelina souleva le clapet en fonte, déposa du petit bois, quelques brindilles, et gratta une allumette. La flamme lécha avidement le fragile échafaudage. Elle ajouta quelques branches plus grosses et une boule de charbon. Puis elle saisit la bouilloire, la remplit d'une eau glacée et alla la poser sur la plaque.

— Si tu restes ici ce matin, pourquoi tu n'allumes pas un feu ?

Elle désignait le panier rempli de lichens et de brindilles qui servaient pour faire repartir les braises de la veille.

— Je finis...
— Je suis contente, tu sais. Ça ne pouvait plus durer, cette fâcherie. J'espère que tu vas te décider à lui parler maintenant que tu as vu les dégâts du silence.

César maugréa, gêné, mais il était touché. Pour fêter ça et parce qu'ils avaient un invité, au lieu de préparer le mélange habituel d'orge grillée, Lina préleva une large part de vrai café qu'elle gardait pour le matin de Noël. Il en resterait encore en suffisance. Le moulin, en tournant, fit crisser les grains. L'odeur du café, tenace, incomparable, monta à ses narines, emplissant sa bouche de salive.

L'escalier craqua, une jambe apparut, puis une autre, toute raide, suspendue en l'air. Guillaume descendit à cloche-pied, en s'aidant de ses bras, appuyé contre la rampe et le mur. Il feignait l'aisance et sautilla jusqu'au banc.

— Ça sent bon.

— Un avant-goût de Noël. Tu crois que tu pourras aller à la messe de minuit avec ta patte folle ?

La taquinerie tomba à plat alors que la porte s'ouvrait. Sébastien apparut, les joues roses de froid. Son premier sourire fut pour Belle, qui se leva et alla lui faire la fête, la queue fouettant l'air vigoureusement. Rien qu'à observer leur joie, César sut combien l'enfant avait dû souffrir le jour de la battue. Ça expliquait beaucoup de choses.

Durant la nuit, le vieux berger avait cogité. Il avait compris que le médecin avait dû jouer un rôle dans la guérison de la chienne. Le manège des dernières semaines, cette nourriture qui filait trop vite, les œufs, le lait, tous ces petits événements curieux mis bout à bout s'éclairaient d'un jour nouveau. À plusieurs reprises, il avait noté des sournoiseries peu habituelles chez ce garnement de Sébastien. Il n'avait rien dit pour ne pas envenimer davantage la situation. Tout ça, parce qu'il cachait sa Belle. Drôle de nom pour un molosse pareil !

Célestine apparut à son tour, le chignon dévasté, la mine catastrophée. Elle brandissait l'attelle comme une arme, et à la vue du chien sa voix grimpa dans les aigus :

— Ben voilà plus qu'un bestiau qui manquait à notre affaire ! Où c'est qu'il est le docteur ? Tu l'aurais pas mangé au moins ?

L'enfant tira la chienne pour que la vieille dame puisse passer à son aise tandis que Guillaume se redressait, histoire de faire bonne figure, mais Célestine ne voulait pas s'en laisser conter. En remarquant sa cheville, elle jeta un cri de dépit.

— Vous voilà arrangé comme y faut !
— Rien du tout. C'est un petit bobo qui devrait se régler avec l'attelle.
— Alors, je la pose !
— Célestine ! J'ai une foulure, je ne suis pas devenu manchot. Sers-toi plutôt un café ! Tu sens ce parfum ?
— Je sens et je m'en fiche !

Toutefois, elle finit par céder et s'attabla, pas mécontente de se sustenter en bonne compagnie. César refusa de bouger de son fauteuil, occupé à tailler son morceau de bois, et personne ne s'en formalisa au milieu de l'excitation générale. Angelina lui porta un bol fumant qu'il avala presque sans savourer. Guillaume but tout aussi vite pour fixer son éclisse. L'opération lui prit quelques minutes. Une fois les lames de châtaignier bien en place, il posa le pied par terre et, réprimant la douleur, clopina vers la porte. Là, trois solides bâtons patinés étaient appuyés contre le mur. Les pommeaux, sculptés par César, représentaient un isard, une gueule de patou et celle d'un oiseau.

— César, je peux te prendre une canne ?
— Et comment donc...
— Je peux aussi t'emprunter Angelina, histoire de voir comment je marche ?
— Tu fais bien ce que tu veux, et elle tout pareil.

Lina le rejoignit d'un bond et Célestine se retrouva seule devant un demi-broc de café fameux que tout le monde dédaignait !


— Ça ne sert à rien, Guillaume. Regarde dans quel état tu te mets ! Si tu arrives au bout de la pente en un seul morceau, ce sera déjà beau !

— Je n'ai pas le choix ! Tu n'as pas vu ces gens. Le père... je lui ai dit que je revenais ce matin.

— Il reste une solution et tu le sais très bien !

— Pas question !

— Bien sûr que si. C'est même la seule possible ! Je vais les emmener, moi. Je connais bien le chemin du Défilé.

— Tu ne l'as jamais fait en hiver !

— Si !

— C'était avant la guerre ! C'est pas pareil ! Ça n'a rien d'une promenade !

— J'en suis parfaitement capable, Guillaume.

— Je te dis que c'est trop dangereux ! S'il t'arrivait quelque chose, Lina... je ne me le pardonnerais jamais !

— Tu ne me fais jamais confiance !

— C'est faux, et tu le sais très bien. Je ne t'ai rien caché de mon engagement. Et quand tu as voulu aider...

— Tu as commencé par t'y opposer !

— Ça fait longtemps ! Maintenant, je suis d'accord. Tu te charges de l'approvisionnement, tu passes des messages, tout ça, c'est de la confiance !

— Alors pourquoi tu ne me dis pas qui te donne les horaires des rondes ? Ça fait au moins quatre passages que tu fais comme si tu savais. Ne joue pas l'ignorant avec moi, je ne suis ni idiote ni aveugle !

Angelina avait parlé au hasard, mais en surprenant son tressaillement elle sut qu'elle avait frappé juste. Guillaume répliqua, obstiné :

— Moins tu en sauras, mieux ce sera.

— Très bien. Dans ce cas...

Elle s'éloigna d'un pas vif, sans se soucier des appels de Guillaume, et rentra dans le chalet.

— Attends ! On n'a pas fini de parler !

La porte claqua en guise de réponse, et il dut clopiner aussi vite qu'il pouvait vers la maison. En rentrant, la première chose qu'il vit, ce furent les chaussures de marche, jetées dans le passage. Les autres le dévisagèrent sans trop savoir, hésitant entre l'amusement et l'inquiétude. Ils devaient croire à une dispute d'amoureux.

— Elle a l'air fâchée ?

— Un peu. Ta petite-fille est aussi butée qu'une pierre.

Angelina apparut alors sur le seuil de sa chambre, chaudement vêtue.

Elle avait revêtu un pantalon, une grosse chemise de laine et un pull épais. Sur ses cheveux, elle enfonça un bonnet en allant s'asseoir sur le banc pour lacer ses godillots. Sébastien l'observait, un bras posé sur Belle. Béatement somnolente, la chienne était bien la seule à se moquer de ces allées et venues. La jeune femme passa devant Guillaume comme s'il était invisible et enfila une canadienne de César, doublée de laine de mouton. Impuissant, conscient qu'elle allait disparaître, Guillaume fit une dernière tentative :

— Angelina, je t'interdis...

Aussitôt, il sut qu'il avait commis une maladresse. Jusque-là, la jeune femme avait un peu forcé son indignation, mais ces paroles la firent bondir.

— Tu m'interdis ?! Toi, Guillaume Fabre, tu m'interdis ?

— Arrête ! Je ne voulais pas dire... Il y a des ordres à respecter et...

— Sauf que ce n'est pas toi qui décides de ce que je fais de *ma* vie !

Sous le coup de la colère, elle avait emprunté l'expression de son frère. La porte claqua une seconde fois et tous eurent l'impression que les pierres tremblaient. Abasourdi, Guillaume hocha la tête.

— Elle est complètement folle.

## 5.

Jules Zeller avait peu dormi, pourtant il se sentait bien plus à l'abri dans cette grotte que dans les chambres ou les pièces dérobées où ils avaient fait halte depuis leur départ de Paris, un mois plus tôt. Ici, au creux de la roche battue par les vents, seuls les éléments étaient violents. En un sens, il aurait presque souhaité y passer quelques jours, le temps de reprendre souffle et de perdre ses réflexes d'homme traqué. La peur était en train de le rendre fou.

Quand sa femme se leva, il avait ranimé le feu et préparé une bouillie composée de farine, d'un peu de neige et de quelques fruits secs. Louise lui sourit et son cœur se serra. Il reconnut l'expression d'autrefois, quand rien ne menaçait.

— On se croirait dans une histoire de Robinson Crusoé !
— Je dirais plutôt la Reine des glaces !
— Tu as eu froid ?
— Non. Pas vraiment. J'ai dormi d'une traite.
— Viens, tu dois avoir faim.

Louise se tourna vers sa fille qui émergeait de l'amas de couvertures et lui adressa un sourire tendre.

Quelqu'un toussa et, de saisissement, Jules renversa la moitié de sa bouillie sur le sol. Une femme venait d'apparaître sur le seuil de la grotte. Elle parla à toute vitesse, les mains tendues vers eux en un geste d'apaisement.

— Tout va bien. Je m'appelle Angelina. Je vous ai apporté de quoi manger.

— Où est notre passeur ? Guillaume ! L'homme qui nous a conduits ici ! Il a promis de revenir !

— Votre passeur, c'est moi maintenant. Il a eu un problème et je le remplace. Est-ce qu'il a eu le temps de vous dire à quel moment il voulait partir ?

L'homme hésita, soupesant le pour et le contre. Devait-il faire confiance à cette jeune fille ? Mais avait-il le choix ?

— Demain, à l'aube.

— Alors, on partira demain dès qu'il fera assez clair.

Jules voulut protester, mais sa femme qui l'avait rejoint lui serra la main comme pour lui intimer de se taire. Elle souriait toujours timidement, avec cette confiance qui l'éclairait autrefois. La fille lui plaisait, son regard était droit et déterminé, et il émanait d'elle une sorte d'onde positive que seules les femmes ressentent entre elles. Jules se sentit brusquement rassuré, sans raison. Peut-être qu'à force d'épuiser sa terreur, il n'en possédait plus une once. D'un geste, il invita la nouvelle venue à se joindre à eux, dans un réflexe de galanterie.

Esther s'approcha, mais, au lieu de la saluer, elle scrutait l'entrée de la grotte. Lina s'accroupit à sa hauteur.

— Tu as quel âge, petite demoiselle ?

— Huit ans.

— Je connais quelqu'un qui a le même âge que toi.

Au lieu de répondre, la petite ouvrit la bouche de stupéfaction. Angelina tourna la tête pour regarder ce qui provoquait pareille surprise et distingua une touffe de cheveux ébouriffés, découpée dans la lumière.

— Sébastien !

Aussitôt, la tête disparut. Jules Zeller se demanda si ces gens n'étaient pas un peu fous. Pour une grotte isolée, l'endroit était plutôt passant. La fille courut vers la sortie.

— Je reviens !

Dehors, il n'y avait personne. À côté de ses empreintes, un chemin parallèle de petits pieds.

— Sébastien, montre-toi !

Au lieu d'une tignasse, c'est le museau de Belle qui apparut et Lina dut se mordre la lèvre pour ne pas pouffer d'un rire nerveux. Tant que les moutons ne suivaient pas...

— Tinou...

— M'appelle pas comme ça !

Il surgit derrière la chienne et lui adressa une grimace d'excuse.

— Tu rentres tout de suite au chalet, ouste !

— Lina, s'il te plaît !

— Tu es trop petit. C'est dangereux ici.

— Tu me dis toujours que je suis trop petit, mais la vérité, c'est que tu me fais pas confiance ! César, c'est pareil ! Et même Guillaume. Et quand je découvre vos secrets, alors là je suis assez grand pour fermer mon clapet ! Et vos secrets, je les connais tous !

Ces protestations ressemblaient trop à celles qu'elle

venait de servir à Guillaume et dans l'indignation de son frère elle reconnut une part de la sienne. Bien sûr, il ne s'agissait pas de le compromettre dans une opération de Résistance, mais puisqu'il était ici et qu'il était un peu tard pour feindre...

— Sais-tu de quoi il s'agit ?

— Guillaume aide les gens à aller en montagne, par le Grand Défilé. Ça oui, j'ai compris. Et il faut pas que les Allemands les chopent !

— On ne dit pas « choper »... Bon, si tu restes, c'est juste pour la journée. Ce soir, tu retournes fêter Noël avec Papé.

— Promis craché.

— Et il ne faut rien répéter. Jamais. Même pas au curé ou à un enfant ou...

— De toute façon, j'ai personne. Sauf Belle. Mais elle, elle est déjà au courant, alors ça compte pas.

La chienne approuva d'un jappement étouffé, qui produisit une sorte de waouf ! comique. Un rire perlé monta depuis l'entrée de la grotte. En se sachant découverte, l'enfant rougit puis s'avança. La curiosité l'emportait sur sa timidité. Fascinée, elle observait tantôt le garçon, tantôt la chienne, et son petit visage en était tout illuminé. La chienne fit alors une chose inattendue, elle s'approcha pour la flairer. La petite eut un mouvement de recul.

— T'as pas besoin d'avoir peur. Elle est pas méchante du tout.

— C'est ton chien ?

— Oui. Mais c'est une femelle. Elle s'appelle Belle.

— Moi, c'est Esther.

— Tu vois, Belle, c'est Esther. Elle est gentille et c'est une fille, comme toi.

Il se redressa pour se tenir très droit, parce qu'il imaginait qu'on faisait ainsi à la ville ou dans les palais. La fille avait l'air d'une princesse.

— Moi, c'est Sébastien.

Il réfléchit encore et décida que pour la politesse, ça irait. De toute façon, il ne connaissait pas trop les règles avec les enfants de son âge.

— Faut pas la toucher, elle aime pas trop ça, sauf avec moi. Mais sinon elle est très gentille et vachement intelligente, tu verras !

Jules et Louise Zeller étaient sortis de la grotte, un peu hésitants, en clignant les paupières comme après un très long sommeil. Ils virent le ciel ouvert et infini puis la neige qui enveloppait la terre, les montagnes découpées, abruptes et majestueuses. Ils virent aussi les deux enfants qui se dévisageaient, occultant tout le reste. Cette vision, plus qu'aucune autre, rendit une part d'espoir à Jules Zeller. Louise se blottit contre lui en poussant un soupir. Il rentra dans la grotte précipitamment pour ne pas montrer ses larmes.

Au moment de donner leur permission, les parents s'étaient rangés à l'avis d'Angelina. Ils avaient dit oui. Esther aimait ce mot : Angelina… C'était le nom d'un ange venu les sauver. L'ange avait affirmé que les enfants ne risquaient rien avec le chien Belle. Ensuite, l'ange avait promis de rapporter une surprise pour la veillée de Noël, le soir même.

Jules et Louise avaient ri de confusion. Ils en avaient oublié les jours, oublié le calendrier. Depuis trop longtemps, ils avaient perdu le sens du temps, et même celui du rire, leur monde tournait à l'envers. Ils le réalisèrent ce matin-là, devant la joie de leur fille avec ce petit garçon qui parlait et agissait en vrai montagnard. Confusément, ils surent qu'ils devaient ce cadeau à Esther. Le seul qu'ils pourraient lui offrir en ce Noël 1943... Ils la laissèrent libre d'aller jouer.

Toutes les peurs s'étaient envolées, dissoutes dans la lumière du grand soleil !

Esther buvait l'air vif à longs traits, les bras ouverts pour en happer la clarté, sans se soucier de son manteau mal boutonné. Elle avait dû se forcer à avaler un peu de bouillie, trop pressée de jouer pour avoir faim. Afin de protéger ses pieds chaussés de bottines, Sébastien lui avait prêté ses guêtres en grosse laine. Il l'épiait du coin de l'œil. Il se sentait responsable d'elle, et très fier de lui faire découvrir sa montagne. Belle jappa dans sa direction pour l'inciter à jouer. L'animal ne comprenait pas qu'il reste aussi tranquille.

— Chuut, Belle ! Faut pas qu'on nous trouve ! On joue à se cacher !

Ils firent la course et il laissa gagner la fille pour qu'elle ne se décourage pas trop vite. Il lui montra ensuite comment faire des boules de neige bien rondes, mais pas trop dures, et, une fois qu'ils en eurent chacun une bonne provision, ils choisirent leur position, lui en contrebas pour lui laisser l'avantage, elle perchée sur une éminence du terrain. Ils se bombardèrent jusqu'à épuisement des munitions. Belle courait de l'un à l'autre, enfoncée dans la neige jusqu'aux flancs, et tentait d'attraper les boules en claquant des mâchoires. Emportée par le jeu, elle finit par bousculer Esther pour lui rafler la dernière boule de neige et, en la gobant d'un coup, éternua violemment. La fillette, tombée sur les fesses, explosa de rire.

— J'ai plus peur d'elle ! T'as vu ?

— J'ai surtout vu qu'elle a attrapé la dernière boule à ta place ! Elle t'a sauvée !

— Même pas vrai !

— Allez bouge ! On fait la course jusqu'au rocher.

— Quel rocher ? Y en a partout ! Tu triches !

Ils avaient oublié la consigne de silence, la guerre et le monde sévère des adultes. Ça n'existait plus. En voyant Esther trotter à petits bonds maladroits, Sébastien ne tarda pas à la rejoindre, il lui prit la main pour l'aider. Elle riait toujours, à moitié étranglée, et tenta de protester :

— C'est pas une course si tu me tiens la main !

— Sauf que si je t'abandonne, tu y arriveras jamais.

Ils coururent jusqu'au rocher et s'y adossèrent, à bout de souffle. Esther leva de nouveau son visage vers le ciel, les yeux clos sous la caresse du soleil. Elle avait porté un peu de neige à sa bouche et la laissait fondre sur sa langue, son visage de porcelaine tout plissé par un rire silencieux. Lui la contemplait, sidéré par sa blondeur et l'incroyable finesse de ses cheveux. Elle ressemblait à un lutin. Un lutin fille.

Plus tard, il repéra une colonie de coqs de bruyère qui paradait en contrebas. Il lui montra comment avancer sous le vent afin de les approcher au plus près. Elle suivait chacun de ses gestes, ne protestait jamais, et, même si elle avait froid, elle ne s'en plaignait pas davantage. Ils progressèrent en silence.

Tout le flanc sud de la combe baignait dans le soleil, et les bouquets de rhododendrons, pétrifiés par le gel, scintillaient, poudrés d'une lumière d'or. Il y avait là plus d'un couple de tétras lyre, une compagnie de lagopèdes. En découvrant les oiseaux d'un blanc de neige, la fillette, stupéfaite, arrêta de respirer. L'une des perdrix blanches, excitée par un rival, se mit à gonfler son plumage. Esther chuchota, aussi bas que possible :

— Tu as vu ? ! On dirait une boule de... de coton géant ! Comment il fait ça ?

— C'est parce que sous les plumes il a des plumes encore plus petites, ça s'appelle du duvet. Il a toujours chaud, c'est comme s'il portait sur lui son manteau.

— Et l'été ? Il étouffe ?

— Non, il perd son duvet. Et même sa couleur blanche.

— Il change de couleur !

La stupéfaction d'Esther enchantait Sébastien. Elle était de la ville, elle ne savait pas grand-chose, mais elle était plutôt courageuse. Et très jolie. Jamais il n'avait vu une fille aussi jolie. Sauf Lina.

— L'hiver, il devient blanc pour se camoufler sur la neige. Comme ça, les aigles peuvent pas le repérer. Ils seraient tous bouffés les lagopèdes s'ils restaient tout gris !

— C'est drôlement malin ! Tu imagines si on pouvait...

D'un coup, l'inquiétude l'envahit, aussi vite qu'une ondée d'orage. Elle questionna doucement :

— Tu es juif toi aussi ?

— Juif ? C'est quoi ?

— Rien. Alors, tu vas à l'école ?

— Non. Et toi ?

— Avant si. Plus maintenant...

Elle réfléchit, le visage froncé par la concentration.

— Dis... si t'es pas juif, pourquoi t'y vas pas ? T'as pas besoin de te cacher, toi ?

— Ben non ! C'est juste que Papé trouve que c'est mieux de m'apprendre les choses de la montagne. Il aime pas trop l'école. Il dit que ça sert à faire de la chair à canon ou des ouvriers pour l'usine. Et puis à l'école de Saint-Martin, y a une bande d'abrutis, alors je préfère rester dans ma montagne avec Belle.

— Moi aussi, j'aimerais bien !

— Tu peux ! On jouera ensemble et je t'apprendrai tout ce que je sais sur les coqs de bruyère et aussi les chamois et les bouquetins. Et comment va tourner le temps. Et pister une bête. Et pêcher. Tu sais pêcher à la main ?

— Non. C'est comment ?

— Facile. Je te montrerai.

— Oui, mais c'est pas possible. Mes parents voudront pas. Il faut qu'on passe la frontière. Et c'est ta mère qui va nous conduire.

— Angelina elle s'appelle. C'est pas ma mère, c'est comme ma grande sœur. Tu vois là-bas ?

Il désigna la ligne des montagnes qui se dessinait vers l'est. Les sommets d'un blanc éclatant se détachaient sur le ciel d'un bleu acide.

— C'est par là que vous passerez. Derrière, c'est l'Amérique !

— Même pas vrai. Là-bas, c'est la Suisse.

— T'y connais rien. Je te dis que c'est l'Amérique ! J'habite ici, je le sais mieux que toi !

— Faux et archifaux ! Mon père, il m'a montré la même montagne et il m'a dit que derrière, c'est la Suisse, parce que c'est là qu'on va habiter maintenant. Pourquoi il dirait ça si c'est pas vrai ? L'Amérique, on voulait y aller. C'est pas par là d'abord, c'est de l'autre côté de la mer. Il faut un port pour prendre un bateau. Y a un port par ici ?

Devant la mine consternée de Sébastien, la fillette eut un élan de remords et glissa sa main gelée dans la sienne, en haussant les épaules.

— Écoute, c'est pas grave, de toute façon je savais pas pour tes lagopèdes. Pour la Suisse, on s'en fiche bien, pas vrai ? Et puis tu viendras me voir ?

— Tu sais écrire ?

— Ben oui. Tu sais, je suis en neuvième. Ça fait depuis longtemps que je sais !

— Alors, tu pourrais m'écrire « Amérique » ?

# Cinquième partie

## 1.

Touchée par la complicité des enfants, Angelina résolut de passer la veillée de Noël dans la grotte, en compagnie de la famille Zeller. César serait sans doute triste de se retrouver seul, mais la situation l'imposait. Pour mieux repousser ses scrupules, elle se promit de lui parler de son engagement dans la Résistance. Même s'il se doutait un peu de ses traficotages, elle s'était bien gardée de lui dire l'entière vérité, alors que dans le même temps elle le houspillait de révéler à l'enfant le mystère de ses origines.

Et puis, Angelina avait une autre raison de vouloir éviter le village. En restant auprès des Zeller, elle échappait à une confrontation avec Guillaume. Il devait chercher un moyen de la convaincre de rester chez elle, et la simple idée de l'affronter l'épuisait d'avance. Enfin, d'un côté purement pratique, cela simplifierait les choses. Ils partiraient ainsi aux premières lueurs de l'aube.

Groupés autour du feu, les adultes discutèrent des ultimes préparatifs. Jules transférerait ses objets personnels les plus utiles dans un sac à dos, quitte à sacrifier ses derniers souvenirs. En montagne, on ne voyageait pas comme sur le quai d'une gare. Ils avaient déjà abandonné la plupart de leurs biens au fil de leur odyssée, pourtant il faudrait encore s'alléger, la randonnée serait rude, seul l'indispensable voyagerait. En plus des vêtements, il faudrait se répartir trois couvertures, des cordes, des piolets, de quoi se nourrir, et quelques bûches, pour faire une flambée s'ils se trouvaient coincés. Devant l'étonnement des époux, Angelina expliqua que c'était une précaution élémentaire en cas de bivouac. La montagne ne pardonnait rien, pas le moindre faux pas. A priori, si le temps se maintenait, ils en auraient pour la journée, mais mieux valait se méfier. Prévoir la montagne, c'était aussi la respecter. En plus des crampons prêtés par Guillaume, chacun emporterait une paire de raquettes. Les pistes n'étaient ni balisées ni même fréquentées, sauf par des bouquetins, et dans les zones les moins abruptes où la neige s'entassait en couches profondes, marcher se révélait impossible. Bien sûr, il faudrait prendre de solides chaussures pour Esther qui ne possédait que des bottines en cuir fin. Lina promit de rapporter d'anciens godillots de Sébastien.

Jules approuvait chaque consigne, heureux d'avoir un plan à ressasser. Il posa des questions précises sur la direction à emprunter, l'altitude à franchir, les dangers à éviter.

— On passera par le Grand Défilé. Venez voir.

La jeune femme l'entraîna dehors pour lui montrer le massif crénelé qui se détachait sur le bleu pur. Dans la lumière, même lointaine, la montagne paraissait abordable, soyeuse, pareille à un dôme de crème battue.

— Ce sera dur, parce que ça souffle beaucoup par là-haut, mais on y arrivera.

— Il n'y a pas de chemin à l'abri des regards ? Si on grimpe sur cette pente, on risque de nous voir de loin !

— C'est le seul passage vraiment praticable.

— Ne vous méprenez pas, mademoiselle, vous donnez l'impression d'être honnête et avisée et je vous fais confiance, mais pourquoi les Allemands n'attendraient pas tranquillement au point de passage ? Ils ne sont pas stupides à ce point !

L'angoisse avait métamorphosé Jules Zeller, qui retrouvait les tics d'un homme aux abois, et la jeune fille dut s'obliger à conserver une expression sereine pour ne pas lui montrer combien sa question venait de l'ébranler. Il parlait de bon sens ! Brusquement, pour la première fois depuis que sa décision était prise, elle réalisa la portée de son engagement. Passer des messages, fournir des miches de pain, tout cela n'était pas si grave ! Elle savait qu'en cas d'arrestation, elle encourrait des ennuis, peut-être même qu'on la condamnerait à quelques semaines de prison, mais rien de commun avec ce qu'elle s'apprêtait à faire, un acte de résistance qui engageait sa vie ! Aider des juifs à passer en Suisse pouvait vous valoir l'exécution pure et simple. On disait partout que les Allemands n'hésitaient plus à arrêter des prêtres, des femmes et des vieillards. Il y avait des convois qui roulaient vers des camps, des otages qu'on passait par les armes à chaque attentat contre un officier de la Wehrmacht, et des opérations de plus en plus sanglantes contre les maquis. La jeune femme ignorait l'identité de l'informateur du réseau, pourtant le succès du passage reposait essentiellement sur la valeur de ses informations. Et elle, naïve, était partie bille en tête, sans demander aucune assurance ! Tout juste avait-elle obtenu une vague garantie de Guillaume, alors qu'ils se disputaient. À présent, il fallait rassurer un homme traqué qui jouait sa vie et celle des siens en repoussant ses propres doutes. Elle était sûre d'une chose, néanmoins : maintenant qu'elle connaissait les Zeller et surtout la fillette, il lui était impossible de reculer. D'une façon ou d'une autre, elle aiderait la famille à fuir. Elle affirma d'un ton paisible :

— Ils ne peuvent pas être partout, jour et nuit. Ce soir, c'est Noël, même pour eux. Tout ira bien. Il n'y aura aucun problème, et demain vous serez en Suisse. D'accord ?

À moitié convaincu, Zeller approuva, mais il cherchait visiblement de quoi se rassurer. Angelina s'agita, soudain fébrile.

— Je reviens tantôt avec une belle surprise et de la soupe au lard ! On fêtera Noël nous aussi ! Veillez à ce que les enfants ne prennent pas froid en jouant trop longtemps dehors. Vous n'aurez qu'à leur expliquer pour le dîner.

Elle s'empara de son bâton et partit en saluant d'une main légère. Midi approchait et il restait encore à prévenir César, préparer le dîner et son équipement de randonnée. Sans compter la boulangerie et toutes les commandes qui attendaient ! Tout devait être comme à l'ordinaire. Germain aurait certainement fini au fournil, il serait étonné de son retard. Si quelque chose tournait mal, elle devait pouvoir compter sur son témoignage. Ils avaient obtenu du pain blanc avec de la farine non coupée, et prévu de cuire des brioches sucrées au miel, sans saccharine ! Elle fermerait tôt, en prétextant les préparatifs du réveillon. Durant un instant, elle envisagea de rendre visite à Guillaume, avant de chasser l'idée ; ça finirait en dispute ou pis. Il tenterait de la décourager et le doute ne ferait que la fragiliser. Le plus simple était de continuer à faire comme si elle était fâchée.

Après le départ de leur guide, les Zeller s'activèrent à préparer les sacs. Étourdis par l'enchaînement des événements, ils oscillaient entre l'espoir et la peur panique que quelque chose tourne mal. Jusqu'à présent, la méfiance les avait gardés en vie, mais ils touchaient au but et demain, si Dieu le voulait, leur enfant serait sauvée ! Bien sûr, l'ascension serait dure, Angelina ne l'avait pas caché et, paradoxalement, cette franchise les rassurait. En l'écoutant égrener l'équipement à prévoir, ils avaient eu le sentiment de ne plus être de simples marionnettes livrées aux caprices du destin. Même quand la fille leur avait commandé d'abandonner leurs maigres possessions, trop encombrantes, la décision leur parut juste. Une fois les choses expliquées, ils pouvaient réfléchir, prévoir et anticiper.

À l'heure du repas, ils sortirent chercher les enfants. Absorbés dans leur conversation, Esther et Sébastien ne les entendirent pas approcher. Jules et Louise s'immobilisèrent. La vision de cette complicité les toucha plus que tout ce qu'ils avaient vu depuis le début du conflit. Esther se comportait comme autrefois, quand elle était une écolière parmi d'autres. À cet instant, ils surent que le cauchemar aurait une fin. Voilà des mois qu'ils se terraient, baissaient le front et détournaient les yeux des horreurs de l'Occupation, seulement pour rester en vie. Des mois que leur existence se résumait à survivre et à protéger leur fille coûte que coûte. Un temps, ils avaient même envisagé de la confier à une famille de bons catholiques, quitte à risquer de la perdre. Obsédés par leur fuite, traqués jour et nuit, obligés de mentir et de se cacher, ils avaient oublié ce que signifiait vivre. Même lorsqu'ils avaient décousu l'étoile jaune de leurs vêtements, peu avant de prendre la fuite, Jules et Louise Zeller n'avaient pas ressenti un tel sentiment de libération. Ils retrouvaient leur dignité grâce à Angelina, mais c'était la joie de Sébastien et d'Esther qui leur rendait vraiment l'espoir.

C'était une merveille ! D'une rondeur parfaite, une surface lisse dorée à souhait et un parfum épicé légèrement vanillé qui mettait l'eau à la bouche.
— Un gâteau !
— J'en ai jamais vu d'aussi beau !
— Vous êtes folle ! Follement gentille !
— Mademoiselle…
— Pas de chichis, appelez-moi Lina, surtout le soir de Noël ! Le gâteau était prêt depuis hier de toute façon. J'en mettrai une part de côté pour notre Papé, mais ça me fait plaisir de le partager avec vous !
— Angelina.
L'homme se leva pour s'incliner galamment devant

la jeune montagnarde, qui éclata de rire car on aurait pu le prendre pour un danseur mondain. Sous son accoutrement d'homme des neiges, Jules Zeller avait encore beaucoup d'allure.

Esther essaya d'attirer l'attention de Sébastien pour partager son émerveillement, mais il fixait le feu sans la regarder. La grotte était magique. En l'honneur de la naissance de Jésus, on avait allumé toutes les bougies disponibles. Les flammes, pas plus grosses que des lucioles, dansaient le long de la paroi rocheuse. Ils étaient installés autour du feu, chacun enveloppé dans une couverture. Par l'ouverture de la grotte, on voyait le ciel piqué d'étoiles, des milliers d'épingles scintillantes qui lui faisaient tourner la tête. Il manquait juste un sapin, mais elle s'en fichait au fond, le rire de ses parents lui suffisait, et cette fatigue qui rendait son sang aussi épais qu'un sirop dans ses membres lourds et engourdis ! Et puis il y avait le garçon. Sébastien connaissait presque tout, en tout cas toutes les choses de la nature. Sa chienne était capable de voler sur la neige et lui obéissait comme par magie. À présent, étendue à côté de son maître, elle rongeait un os, rapporté exprès par Angelina… Esther fronça le nez d'impatience. On lui avait appris à attendre que chacun soit servi avant de commencer à manger. Sa bouche se remplit de salive. Sa part de gâteau était énorme ! Elle avait presque oublié le goût du chocolat, mais le parfum réveilla le souvenir de ses goûters d'avant la guerre, il y avait si longtemps… Elle lorgna la part de Sébastien, soupira, et aperçut le morceau de papier qui dépassait de sa poche. La feuille venait de son cahier secret. Dessus, elle avait tracé le mot AMÉRIQUE en lettres capitales, parce que c'était plus facile à déchiffrer que l'écriture ronde. Sa mère cria « Joyeux Noël ! » et Esther ferma les yeux pour savourer sa première bouchée... tellement délicieuse !

Angelina aussi avait remarqué le manque d'entrain de Sébastien, mais elle le mit sur le compte de la fatigue. Son frère mangeait sans rien manifester, plongé dans ses pensées. Il avait joué une bonne partie de la journée dehors avec la petite Esther et ensuite, en rentrant, ils avaient partagé de mystérieux secrets, le temps que la soupe se réchauffe. À présent, il devait encore rejoindre Saint-Martin. Elle coupa une part destinée à César, énorme, car elle se sentait toujours coupable d'avoir abandonné le vieil homme, et la glissa dans la boîte en carton qui avait servi à transporter le gâteau.

— Il est tard. Tu vas porter ça à Papé et puis tu l'embrasseras très fort de ma part. S'il demande pourquoi je ne suis pas rentrée, tu diras que j'ai une chose importante à finir, que c'est ma manière de fêter la Noël. D'accord ?

— Tu lui as pas dit où on est ?

— Non. Il nous croit chez Guillaume sans doute.

Sébastien hocha la tête, perplexe. Le moment des adieux était venu et lui, bêtement, avait passé la soirée à réfléchir. Il salua Louise et Jules Zeller puis, de manière presque solennelle, il prit la menotte d'Esther et la serra avec gravité. Elle lui semblait un oisillon tant elle était fine. Il aurait voulu embrasser sa joue, mais il n'osa pas, à cause des autres qui regardaient en coin. À cause d'elle aussi et de son sourire qui tremblait. Sa gorge se serra et les larmes lui montèrent aux yeux.

Belle s'était levée d'un bond, prête à l'escorter. Sa queue battait joyeusement. Sébastien laissa glisser la main de la fillette pour se précipiter dehors.

## 2.

Pour la veillée de Noël, Saint-Martin s'était illuminé. Derrière chaque fenêtre, on avait disposé des bougies ou des lampes, certains avaient ressorti leurs lampions de procession. Dans la nuit, au cœur de cette vallée sauvage, les pointes de lumière jaillissant des ténèbres donnaient l'impression d'un ciel inversé.

Maintes fois au cours de la soirée, César était allé à la fenêtre pour guetter l'arrivée du petit. Lina voulait-elle le mener à la messe de minuit ? Ce n'était pas dans ses habitudes... pas plus que de fêter le réveillon sans lui ! Elle l'avait prévenu tantôt, juste avant d'aller à la boulangerie, qu'elle dînerait ailleurs, sans préciser où. Guillaume ? Le vieux berger suspectait autre chose, mais refusait de s'y attarder. Ça l'étonnait qu'elle n'ait pas renvoyé le petit. Ou bien ils étaient si occupés à rire qu'ils l'avaient oublié.

Sous le sapin, entouré d'un ruban rouge, le chien en bois attendait. C'était une sculpture haute comme sa paume qui figurait un patou, le museau pointé en l'air. La réplique de Belle. Son poil soyeux se devinait dans les ciselures gravées une à une, patiemment. Il lui avait consacré des heures, ne s'interrompant que pour visiter son troupeau, le nourrir et s'assurer que les loups étaient loin. Et pour plus de sûreté, il avait quand même déplacé les pièges. N'importe, cela valait la peine. Le chien en bois était magnifique, sa manière à lui de demander pardon. Seulement le petiot n'était pas là, et lui avait l'air malin, tout seul avec son cadeau !

Il retourna à la fenêtre, calcula qu'il devait être passé vingt-deux heures. Elle avait trouvé le temps de lui préparer un bouillon de poule avant de courir le diable savait où ! Il n'y toucherait pas pour la peine ! La messe avait-elle commencé ? Pas question d'y foutre un pied, jamais. Pas lui ! Toutes ces simagrées de curés et ces grenouilles de bénitier implorant un Dieu qui laissait crever les hommes dans la boue des tranchées, ou qui tuait les mères et se souciait si peu des orphelins, très peu pour lui !

Tandis que César fulminait, Sébastien venait de contourner le chemin du chalet, précédé de la haute silhouette du chien, et pénétrait dans le village. Ils se glissèrent dans les ruelles illuminées, traversèrent le cimetière afin d'éviter la grand-rue, passèrent devant l'église où le père Moisan s'affairait aux derniers préparatifs avant l'arrivée de ses ouailles. Un enfant de chœur manquait à l'appel et le curé houspillait l'autre pour se passer les nerfs.

Ils marchaient en silence dans l'ombre des maisons, sur les pavés inégaux recouverts de neige. Des toits et des gouttières pendaient des festons de stalactites qui, à la lueur des bougies, paraissaient ondoyer. Une porte s'entrouvrit à l'arrière, un rire s'échappa suivi d'un appel. Sébastien hâta le pas pour rester invisible. Il ne voyait ni les lumières ni les couronnes de l'Avent clouées aux portes. Indifférent à tout, il songeait aux lettres qu'Esther avait tracées et tentait de se remémorer le mot en entier, mais il se brouillait déjà dans sa mémoire.

L'école était un des rares bâtiments du village plongés dans l'obscurité. L'instituteur qui avait de la famille dans la vallée s'était absenté pour les fêtes.

L'enfant attendit d'être dans le couloir pour allumer sa lampe-torche. Sur les murs du large couloir, il entrevit des étoiles en papier et des dessins punaisés. Au bout du corridor, la torche balaya une porte vitrée à double battant. Il courut jusqu'à elle, tourna la poignée et pénétra dans la salle de classe. Tout au fond, derrière le bureau du maître, un tableau noir imposant occupait la moitié du mur. Une main avait tracé à la craie une phrase aux lettres joliment tournées qui ressemblaient à une guirlande de fête. Esther avait parlé de l'écriture ronde et de l'écriture bâton, des grosses majuscules et de la ponctuation. Grâce à la fillette, il se sentit moins intimidé. Doucement, il se glissa dans la classe qui embaumait une curieuse odeur d'encre, heureux de savoir la chienne à ses côtés. Le pinceau de lumière dévoila un dessin immense, tendu entre deux baguettes de bois. L'ensemble tenait au mur grâce à une ficelle accrochée à un clou. Esther lui avait décrit la carte, mais même sans son aide il aurait deviné. La carte du monde !

Son cœur battait si fort que le souffle lui manqua, pourtant il saisit la chaise du bureau et la traîna dessous, grimpa et, sans hésiter ni réfléchir au sacrilège de son geste, décrocha le planisphère.

Une fois sur le sol, les contours du monde lui parurent moins impressionnants. Il dut marcher dessus pour comparer les lettres en capitales. Le papier que lui avait donné Esther était un peu froissé, mais le mot AMÉRIQUE semblait facile à reconnaître. Dessous, elle avait tracé FRANCE. Ce mot-là, Sébastien le connaissait, César le lui avait appris. En plus, il était facile à trouver sur la carte car le maître avait planté dessus un petit drapeau bleu. Si César disait vrai, alors ce serait quelque part à côté.

Un instant, devant les mots avec des A, il hésita. ALLEMAGNE. Plus loin, ALGÉRIE, plus loin encore, une grosse tache nommée AUSTRALIE. La peur lui nouait la gorge. Et s'il ne trouvait pas ? La lumière caressait les couleurs, l'immense bleu des mers. Il se rappela ce que Guillaume avait dit à propos de l'eau qui composait leur planète. Encore une tache en forme de corne avec du vert, du marron et du jaune, et enfin les lettres AMÉ. AMÉRIQUE !

Il avait trouvé !

Son enthousiasme retomba aussitôt. C'était pire que de tomber dans l'eau glacée. À quoi bon reconnaître les lettres si c'était pour trouver ça ! Esther avait raison. L'Amérique de sa mère n'était pas du tout à l'endroit de César, juste derrière les montagnes. L'Amérique était dans un pays de l'autre côté de la mer bleue !

Incapable de contenir sa déception, l'enfant se mit à pleurer, avec de gros sanglots qui lui déchiraient la poitrine. Il pleurait les souvenirs flous du visage de sa mère, l'attente toujours déçue de sentir son odeur, l'étreinte de ses bras. Il pleurait de se sentir différent, le petit sauvage, le gitan, comme disaient les autres ! Il pleurait aussi à cause des boniments de César... Alors quoi ? Son Papé ne faisait que lui mentir ? Pourquoi est-ce qu'il racontait que sa mère viendrait ? Ça faisait des années qu'il attendait, lui ! Il y croyait à l'Amérique !

Soudain inquiète d'entendre ce bruit déchirant, Belle commença à gémir à son tour, tournant autour du garçon avec des jappements de gorge. Comme il ne réagissait pas, elle tenta d'écarter ses mains crispées avec sa truffe et lécha sa figure toute mouillée de larmes. Quand les plus gros sanglots se calmèrent, elle se coucha devant lui, comme pour l'inciter à faire de même, alors il la suivit, tomba au sol et se blottit contre elle, dans la salle de classe glacée. Le corps secoué de gros soupirs, il finit par sombrer, tandis qu'elle veillait sur son sommeil.

## 3.

L'horloge marquait trois heures du matin, mais il fallait de bons yeux pour distinguer la petite aiguille noyée dans les volutes de fumée. Le capitaine de la section qui avait dégoté un lot de cigares au marché noir venait de faire une distribution générale sous les hourras avinés.

Peter Braun réfréna une nausée, en s'efforçant de montrer un entrain qu'il était loin de ressentir. Les hommes attablés produisaient un vacarme presque aussi intenable que les émanations du festin de Noël. Dans les plats, des reliquats de graisse commençaient à figer et il dut détourner le regard pour ne pas vomir. Il n'avait qu'une envie, aspirer l'air de la montagne pour se vider la tête, puis retrouver sa chambre et dormir.

Le sous-lieutenant Eberhard entonna *Lili Marlène*, aussitôt imité par les autres. Erich Krauss se tourna vers lui, le verre levé en une parodie de salut. Peter inclina vaguement la tête, agacé par son insistance. Le caporal n'avait cessé de l'épier toute la soirée. Eberhard s'était levé sur le dernier couplet. Il voulut porter un toast, but trop vite et s'étrangla sans perdre sa bonne humeur.

— Il n'y a pas à dire, ces Français savent faire le vin !

Le sergent Fuchs ricana. C'était un mauvais, le genre de soldat qui se porte volontaire pour toutes les « opérations spéciales », et Braun s'en méfiait comme de la peste.

— Ils sont moins doués pour la guerre !

— Parle pas trop vite ! Attends qu'on ait fini de nettoyer leur maquis pour fanfaronner !

— Ce soir, on oublie la guerre, pas vrai Herr lieutenant ? Fuchs, tu es mis à l'amende !

— Manquerait plus que ça.

En dépit des apparences, l'humeur était à la nostalgie. À l'exception de Fuchs qui ne vivait que pour la guerre, tous les hommes présents ce soir-là rêvaient d'une permission. On parlait de bombardements alliés intensifiés sur la mère patrie, et pour ces soldats engagés en terre inconnue l'angoisse grandissait. À présent, leur famille n'était plus à l'abri des combats. Le pire sans doute résidait dans la perte de confiance. Les communiqués victorieux sonnaient de plus en plus faux. En Russie, la situation catastrophique était désormais connue par le dernier des plantons. Il y avait eu Stalingrad et les rumeurs d'une débâcle majeure, sans compter l'offensive ratée de Koursk, l'été précédent. Malgré la propagande et l'optimisme de rigueur, le doute avait commencé son travail de sape. Les chefs excédés brandissaient la menace du front de l'Est, les blagues fleurissaient dans les mess ou les quartiers ! Même les discours du Führer qui galvanisaient autrefois le pays tout entier ne suffisaient plus à enrayer le scepticisme ambiant, et seuls quelques irréductibles continuaient à claironner la victoire écrasante du Troisième Reich. On avait rapporté à Braun que des officiers proches de l'état-major osaient évoquer leurs « préoccupations ». Que certains hauts gradés n'hésitaient plus à critiquer la politique un peu trop téméraire du Führer. Et il avait beau s'en réjouir, il craignait le chaos à venir.

Une pointe l'élança entre les sinus, annonciatrice de migraine. Il repoussa sa chaise et s'approcha de la fenêtre. À travers la buée, on apercevait la crête dentelée du massif, avec sa dent culminant comme un doigt vengeur. Guillaume ne tarderait pas à se réveiller. Dans quelques heures, il serait quelque part là-haut, avec les clandestins...

— Mon lieutenant ?
— Oui, Schultz ?
— Si vous étiez un youpin et que vous vouliez rejoindre la Suisse, vous feriez ça quand ?

Pris de court, Peter toussa pour masquer sa surprise. Dans ses veines, le sang s'était figé. Il secoua la tête, histoire de gagner quelques secondes. La peur irradiait de sa peau comme une brûlure, et il se demanda si les autres pouvaient la sentir. Puis la colère l'envahit, refoulant son accès de panique. Qu'est-ce que cet abruti de Schultz avait en tête ? Seule l'ivresse pouvait expliquer son comportement familier. Il chercha une menace qui le calmerait, mais déjà l'autre reprenait sur le ton de la confidence :

— Moi, si j'étais un youpin, je ferais ça très tôt, le matin de Noël, quand tout le monde est occupé. Parce que si j'étais un de ces rats, je m'en foutrais royalement de la naissance de Jésus, pas vrai ?

Krauss assena un coup de poing sur la table, le visage rayonnant.

— Hans a raison ! La nuit est claire ! Pas de meilleur moment ! Qu'est-ce que vous en dites, lieutenant ? On peut y aller ?

— Aller où, soldat ?

— Au Grand Défilé.

Encouragé par l'approbation de son compagnon d'armes, Hans se leva en chancelant et pointa un fusil imaginaire, d'un bras mal assuré.

— Saleté de rats ! Je vais me les faire. Cette fois, personne passera la frontière !

— Lieutenant ?

Le caporal attendait une réponse. Contrairement à l'autre, il était parfaitement lucide. Il toisait son supérieur, les lèvres étirées sur l'ombre d'un sourire. On aurait dit qu'il voulait l'inciter à protester. Tout dans sa mine exsudait l'insolence, un défi silencieux, sournois. Peter était coincé. Il en aurait juré, Hans avait eu cette idée par hasard, poussé par une exaltation d'ivrogne, alors que Krauss savait parfaitement de quoi il retournait. La dernière fois, au Grand Défilé, sa colère feinte avait dû l'effrayer. Soit il prenait sa revanche, soit il tentait de démontrer son efficacité, ce qui lui éviterait une sanction. C'était idiot de ne pas avoir changé les tours de garde. Le caporal était un élément discipliné, mais il n'était pas idiot, quelque chose avait dû l'alerter, assez pour concevoir des soupçons. Il venait tout bonnement de le coincer. De toute façon, soupçon ou simple fayotage, c'était très mauvais ! Il n'avait plus le choix. La mort dans l'âme, il céda.

— Soit. Allez vous planquer là-haut. Je veux un rapport toutes les heures. Je serai ici pour diriger les opérations et je vous rejoindrai en cas d'alerte.

— À vos ordres, Herr lieutenant !

Braun observa leur sortie, le bravache à moitié soûl entraîné par le caporal prêt à tout. C'est de lui que viendrait le danger.

La scène l'avait totalement dégrisé, mais la migraine pointait. Parmi les bouteilles de vin et les flacons de cognac renversés, il chercha de l'eau pour soulager la pression qui martelait ses tempes. Des magnums de champagne vides flottaient dans la vasque où la glace avait fondu. Son crâne bruissait de pensées désordonnées, sans pitié pour la douleur. Malgré l'élan qui le poussait dehors, il devait préparer son alibi. Ensuite seulement, il s'équiperait pour rejoindre la grotte au plus vite : des raquettes, des bottes de montagne. Guillaume devait être averti avant de s'engager dans le défilé. L'aube serait là dans deux heures. Avec un peu de chance, il parviendrait à la grotte à temps.

À l'est, le ciel d'encre pâlit lentement. César s'ébroua, ankylosé d'avoir passé la nuit dans le fauteuil, devant l'âtre. Tous ses os lui faisaient mal et le froid glacial n'arrangeait rien. Il avait laissé le feu s'éteindre exprès, par superstition.

Après avoir bu de l'eau à la cruche, il enfila son passe-montagne, empoigna un bâton et sortit. L'inquiétude lui avait laissé un goût de fer dans la bouche. Il jura, hésita sur le chemin à prendre, finit par emprunter celui du haut, par habitude. Peut-être que l'enfant dormait à la bergerie. À vingt mètres, en dépit de la pénombre, il discerna sur le sol les traces recouvertes d'une mince pellicule de neige ; celles du chien et celles de Sébastien. Le soulagement lui fit tourner la tête aussi vite qu'une lampée de génépi. Le petit était passé par là. Il se pencha pour observer l'empreinte et évaluer le moment du passage. Puis il se remit en marche.

Il ne croisa personne jusqu'à l'école. Là, les traces disparaissaient sur la dernière marche, derrière la double porte vitrée. Il tenta de comprendre ce qui avait poussé Sébastien à chercher refuge ici. Décidément, il devenait trop vieux, il s'était tellement trompé ces derniers temps ! Lina avait raison. Le gamin avait besoin d'une véritable éducation et pas des enseignements d'un vieux fou !

L'instituteur devait prendre soin des gonds car la porte s'ouvrit sans grincer. Le couloir embaumait la cire. Il passa un réduit vide. Dans la salle de classe, il le vit. Le petit dormait, lové contre Belle. La chienne se réveilla au moment où le berger collait son visage contre la vitre. Elle ne bougea pas, mais se contenta de le fixer, sereine. Sur le sol, quasiment sous l'enfant, César distingua une carte du monde. Sébastien dormait sur le continent américain. Puis il aperçut le petit morceau de papier sur lequel était inscrit AMÉRIQUE. Il déglutit avec une sale envie de vomir de honte. Il recula lentement, pour ne pas donner l'alerte.

Cette fois, il savait quoi faire.

Avant de frapper à la porte, il appela pour éviter d'angoisser les dormeurs. Avec les Boches, ce genre de malentendu pouvait vous faire passer l'arme à gauche d'une crise d'apoplexie ! Un volet s'entrouvrit, puis la trogne ahurie de Marcel se pencha. Par gestes, il indiqua qu'il descendait.

Le maire portait les stigmates des lendemains de soirées trop arrosées. C'était marrant de remarquer ce genre de choses quand on avait soi-même l'esprit aussi clair que l'eau du ruisseau. Autrefois, sûr qu'il n'aurait même pas fait la différence. Il attaqua sans ménagement, ce qui eut pour effet de pétrifier Combaz, déjà pas très frais.

— Je viens t'acheter ta montre.
— Ma montre ?
— Celle qui fait boussole. En or.
— Holà, César ! Tu sais de quoi tu parles ?
— Je cause de ta montre, oui, qui coûte une fortune pour sûr. Je suis pas sorti du fumier, Marcel, et j'ai pas toujours fréquenté que mes moutons. Je connais le prix des choses. Et j'ai de quoi…
— Attends voir ! À quoi ça te servirait ? Ce serait pour un terrain je dis pas, mais une montre en or ! Tu me fais quoi là ? Du luxe utile à rien, et pour quoi donc ?
— C'est mon affaire à quoi ça me sert. Ton affaire, c'est de me donner un prix, on discute et on tope là.
— Entre… Mais si tu crois que je vais m'attendrir parce que c'est Noël…
— Je crois en rien et surtout pas aux miracles, Combaz.

Ils rigolèrent de conserve et s'en furent dans la cuisine préparer un jus de chicorée. Une chose était certaine, César avait beau être un vieux fou singulier, il savait comment parler affaires !

Quand César retourna à l'école, le jour venait de se lever. Cette fois, il poussa la porte vitrée et l'enfant ouvrit des yeux ensommeillés qui s'écarquillèrent aussitôt en le reconnaissant.
— Papé !
— J'ai un cadeau pour toi. À dire vrai, j'en ai même deux, mais j'ai oublié l'autre au pied du sapin. Il attendra ton retour. Tiens, ouvre donc.
Il lui tendit un petit paquet d'un beau blanc crémeux, un papier de soie qui avait enveloppé les bas de Mme Combaz. Sidéré, l'enfant accepta, sans comprendre ce qu'on attendait de lui.
— Ouvre. C'est pour toi.
Le papier se déchira sous ses doigts, dévoilant la montre en or, luisante d'avoir été frottée. Toujours en proie à l'incompréhension, l'enfant souleva le couvercle d'un geste machinal, comme il l'avait vu faire par le maire. Le cadran apparut, avec l'aiguille des minutes, fine et pointue, et celle des heures, plus courtaude. Sur la partie grisée, on pouvait voir le nord.
— Qui te l'a donnée ?
Sébastien fixa méchamment le vieil homme.
— C'est pas maman et elle est pas en Amérique… Pourquoi tu m'as menti ?
— La montre vient de moi, pour m'aider à te parler.
Il dut s'interrompre, hésitant comme un homme

égaré, puis se lança, tête basse, honteux mais déterminé.

— Ta maman est morte, Sébastien. Depuis toujours. C'était une gitane. Je l'ai recueillie il y a huit ans de ça dans la neige, là-haut, à la frange des alpages. Elle était pas loin d'accoucher, alors je l'ai portée jusqu'au refuge de pierres sèches. Je n'avais pas la force de l'amener à la bergerie et puis le temps pressait, son ventre pouvait plus te retenir. Je l'ai aidée à te mettre au monde. Elle était si faible que c'en était pitié, mais, dès que tu es sorti de son ventre, elle m'a fait promettre de prendre soin de toi. Et puis elle a fermé les yeux... Alors... Je l'ai enterrée à côté du refuge. Je te montrerai.

Sébastien semblait figé, les yeux clos. César ajouta doucement, dans un murmure :

— À la seconde où elle t'a posé entre mes mains, petit, je t'ai aimé comme on aime son enfant. Un peu comme la brebis et le cabri.

— Pourquoi t'as menti ?

Sa voix était blanche, son visage livide. César reçut un coup au cœur, pourtant il continua :

— Parce que c'était trop difficile de te raconter ça. J'aurais dû, je le sais maintenant. Seulement à mesure que tu grandissais ça devenait de pire en pire. Un jour tu m'as posé une question et je me suis enferré, j'ai raconté un mensonge. Après c'était plus possible de revenir en arrière... J'ai compris beaucoup de choses la nuit dernière, pendant que je réfléchissais, Sébastien. Toutes ces semaines où tu faisais la tête. Je ne te reproche rien. Tu avais raison.

— Pourquoi tu as dit qu'elle vivait en Amérique ?

— Parce que c'est le premier pays qui m'est sorti !

C'était complètement idiot, et encore plus de te désigner la montagne et de prétendre que l'Amérique se trouvait derrière. J'ai cru que tu oublierais…

— Et pourquoi tu as dit qu'elle pensait à moi tout le temps si elle était morte !

— Parce que ça, c'était pas un mensonge, petit. Juste une autre façon d'expliquer quelque chose qui nous dépasse tous, les hommes, les femmes et les curés ! Ta mère est près de toi, elle est partout, Sébastien. Elle est dans la montagne et dans ce morceau de terre. Ta mère, c'est le vent sur ta joue, la neige au bout de tes doigts, l'herbe qui chatouille tes mollets… Elle est peut-être partie, ta maman, mais son amour, lui, il continue à vivre. Il te porte partout où tu vas. Toujours.

L'enfant avait baissé la tête et pleurait doucement. Les sanglots ne lui déchiraient plus la poitrine. Ça ressemblait à l'ondée qui vient abreuver une dure sécheresse. L'angoisse s'apaisait, cette peur sans nom qui l'avait empêché de respirer, dès qu'il pensait à sa mère en essayant d'imaginer son visage. Cette peur reculait. Le premier visage de femme penché vers lui avait été celui de sa grande sœur adoptive. Celui de Lina. En dépit du chagrin, quelque chose se déverrouillait en lui, libérant son souffle.

Quand les larmes eurent coulé, il tendit la main à César pour lui montrer que tout était pardonné. Le berger avait patienté, sans un mot, sans essayer de le consoler. Maintenant que la vérité était dite, il se sentait réconcilié avec lui-même.

— Tu voudrais bien m'accompagner à la bergerie ?
— Maintenant ?
— Oui. Tu m'as tant manqué ces dernières semaines

que ça me ferait plaisir. Le troupeau aussi sera content de te revoir. Et puis surtout... tu m'accompagneras plus si souvent, tantôt.
— Pourquoi ?
— Il est temps qu'on t'inscrive à l'école. Ça te plairait ?
— Je sais pas... mais je crois bien que oui.

## 4.

Angelina alla réveiller les Zeller qui avaient sombré tardivement dans le sommeil. Elle les avait entendus chuchoter une bonne partie de la nuit. Elle-même avait mal dormi, torturée par des images de patrouilles et d'arrestation.

Les braises ne distillaient plus guère de chaleur. Elle ajouta un fagot de brindilles, de quoi réchauffer le porridge consistant préparé la veille par Louise. Le feu prit aussitôt. Elle déposa la marmite et se frotta les mains frileusement. Maintenant que personne ne pouvait plus l'arrêter, les doutes la harcelaient. Et si malgré tout les Allemands patrouillaient ? Guillaume bénéficiait peut-être de renseignements privilégiés, mais personne n'était à l'abri d'une trahison. En plus, en cas de coup dur, elle ignorait les procédures d'urgence. Si seulement elle ne s'était pas butée ! Ils auraient pu discuter, même au prix d'une autre dispute ! Trop tard. À présent, il fallait partir. Si elle reculait le passage d'un jour, les informations risquaient de ne plus être valables.

Le porridge trop bourratif les écœura, mais tout le monde s'obligea à finir, même Esther, consciente de la tension ambiante. Ce serait sans doute leur seul repas chaud de la journée. Comme ils avaient dormi tout habillés, ils n'eurent qu'à enfiler la carapace des manteaux, pèlerines, châles, bonnets et guêtres. Pour son mari et elle-même, Louise avait confectionné des bandelettes en découpant une veste de sport. Le daim était épais, il les protégerait. En guise de fermeture, elle piqua des épingles à nourrice qu'elle avait eu l'heureuse idée d'emporter. La fillette en revanche n'eut qu'à nouer les bandes de cuir rapportées par Lina. Les sacs étaient prêts. Chacun fixa ses raquettes. Les crampons serviraient plus tard, dans les versants abrupts. Surexcitée, Esther rejoignit leur guide qui s'impatientait à l'entrée de la grotte.

— Il est temps, Louise. Il va être six heures. Il faut partir ! Le jour se lève dans une heure.

— Nos affaires… vous pouvez les garder. Ou les donner à d'autres. Faites comme bon vous semble.

— Ne vous en souciez pas. Le ciel est dégagé. Il faut y aller avant que le temps se gâte.

— Une tempête ?

— Pas aujourd'hui… J'espère.

Ils s'enfoncèrent dans la nuit et prirent la direction du versant qui menait au premier col, celui qui reliait la combe aux Chamois à l'autre vallée, juste sous le chemin des crêtes. La couche de neige était assez épaisse pour donner une trompeuse impression de moelleux sans toutefois entraver leur progression. Avec les raquettes, ils avançaient d'un pas égal. Jules marchait devant Esther, veillant à faire de courtes enjambées afin qu'elle puisse mettre ses pas dans les siens.

En une demi-heure, ils atteignirent un replat de

terrain avant la dernière montée. Une centaine de mètres plus haut, on distinguait le passage aux Chamois. Ils soufflèrent, soulagés. Avec le mouvement, l'optimisme revenait. Lina observa le ciel, comme César le lui avait appris. Le temps semblait vouloir se maintenir au beau, la pluie aurait été préférable pour les cacher, mais elle tressaillit de bien-être en aspirant l'air pur.

— On va y arriver.

Elle s'apprêtait à repartir, quand un mouvement attira son regard du côté de la grotte. Un homme s'escrimait à grimper le plus vite possible. Guillaume ? Impossible ! Guillaume était blessé. Il aurait boité. Et jamais il n'aurait revêtu un manteau vert-de-gris.

Elle blêmit si violemment que les Zeller alertés observèrent à leur tour la pente. Louise poussa un glapissement de terreur.

— Mon Dieu, un Allemand !

— Vite ! Vite ! On ne s'arrête pas. Le prochain col doit nous mener sur le chemin des crêtes, si on avance vite on a une chance de lui échapper.

La colère l'étouffait. L'homme qui crapahutait plus bas venait de lever la tête. Le lieutenant Braun ! Un étrange sentiment de trahison la submergea. Le Boche avait dû la reconnaître lui aussi car il se mit à gesticuler et l'écho de son nom lui parvint à moitié. « gélina… Revenez ! »

Il agitait les bras comme un homme qui se noie et, l'espace d'une seconde, elle faillit hésiter. Le lieutenant semblait vouloir lui faire comprendre quelque chose… pour les retenir et les piéger ? Il s'était remis à grimper à vive allure et elle remarqua ses raquettes. Il connaissait le terrain, le traître !

Lina fit signe aux Zeller de la suivre et attaqua la pente furieusement. Jules avait soulevé sa fille et suivait sans un mot, sans une plainte. Louise fermait la marche. L'appel retentit encore. Cette fois, un coulis de vent leur apporta les paroles distinctement. Et cet accent allemand qui signifiait la mort pour les Zeller.

« Revenez, Angelina ! Revenez ! Attendez ! »

Louise dut trébucher car elle dérapa d'un demi-mètre. Jules se retourna pour lui tendre la main et l'aider, mais elle secoua la tête, les yeux dilatés, embués de larmes de terreur.

— On n'y arrivera jamais.

Un grondement lui répondit et Lina se demanda fugitivement où la foudre allait frapper... avant de comprendre que c'était impossible, l'orage ne pouvait venir du ciel. Quand elle comprit, son cœur bondit dans sa poitrine. Tout parut se figer alentour, comme si le monde se tenait en équilibre sur la pointe d'une seconde. Sa voix claqua sèchement à ses propres oreilles :

— Courez vers la paroi ! Vite ! Vite ! Tout de suite !

Ils couvrirent les derniers mètres qui les séparaient de la paroi avec l'énergie du désespoir et se plaquèrent contre elle, haletants. La terre frémit, roula une nouvelle fois un grondement sourd qui semblait monter des entrailles de la roche. Au sommet de l'éperon rocheux qui les surplombait, un nuage de vapeur venait d'apparaître et l'air se mit à onduler, précédant une masse blanche. Une houle gigantesque qui déferlait déjà surmontée d'une brume d'écume, et soudain la montagne tout entière parut basculer. Le mur en marche s'abattit dans l'à-pic, avec une fureur telle que leur esprit pétrifié se mit à douter de ce que leurs yeux voyaient. L'avalanche arrivait sur eux, les dépassait à trois mètres à peine, torrentielle, monstrueuse, et le formidable souffle de sa course les suffoqua, aussi glacé que la mort elle-même.

Peter Braun vit le monde chavirer et la déferlante fondre sur lui à la vitesse de l'éclair. Il ne chercha même pas à se mettre à couvert. Piégé, épinglé sur la pente, alourdi par ses raquettes, il ferma les yeux au dernier moment, par réflexe plus que pour effacer la vision de cet enfer blanc qui s'apprêtait à l'engloutir. Il sentit d'abord l'impact du souffle de brume, puis la masse de neige l'absorba. Il bascula dans les ténèbres.

En entendant le roulement, César et Sébastien surent aussitôt de quoi il s'agissait. Ils venaient d'atteindre le col des Glantières, il leur suffisait de bifurquer pour galoper vers la combe aux Chamois. La chienne les dépassa, plus rapide qu'une flèche.
— Belle !
Inquiet de la voir disparaître, Sébastien avait stoppé sa course.
— Pourquoi elle détale ?
— Elle a senti le danger. Ne t'inquiète pas, elle sait quoi faire.
Ils repartirent en vitesse et atteignirent l'entrée de la combe. La scène ne laissait aucun doute. Une trombe de neige comblait un pli du versant sud, celui qui menait vers le Grand Défilé pour finir dans un chaos de

glace remuée. Belle, qui venait d'atteindre les abords, se mit à creuser frénétiquement. César grogna.

— Il y a quelqu'un dessous. Elle l'a senti !

À cet instant, ils aperçurent une femme qui déboulait de la montagne. Occupés à mesurer l'ampleur de l'avalanche, ils n'avaient pas remarqué le petit groupe de grimpeurs accrochés à mi-pente.

— Bon sang, Lina ! Qu'est-ce qu'elle fiche par ici ! Je pensais…

En une fraction de seconde, César saisit tout ce qu'il avait refusé d'envisager jusque-là. Les mines de conspirateur, les trajets inutiles, les paniers trop pleins, les miches qui apparaissaient à la maison pour disparaître aussitôt dans la nuit. Et hier encore le docteur Guillaume qui fulminait avec sa béquille, l'imbécile, au lieu de tout raconter ! Ces fichus résistants, qu'avaient-ils donc besoin d'aller enrôler sa petite-fille pour faire passer des gens en Suisse ! Qu'ils se battent entre hommes dans leur foutu maquis, mais qu'ils laissent la gamine vivre tranquille !

Il se remit à courir à moitié et l'effort étouffa sa colère. Parvenu au pied de la coulée de neige, il s'affala sur les genoux, étourdi. Sébastien, qui l'avait déjà dépassé, criait des encouragements à la chienne. Belle creusait furieusement, concentrée sur un point précis. Le berger songea que le blessé devait être tout proche pour qu'elle s'excite de la sorte, mais ce constat le laissa parfaitement indifférent. La vue d'Angelina éclipsait tout, même l'inquiétude de la mort. Il désigna la montagne où les fuyards se tenaient, indécis. Des étrangers, visiblement. Des citadins, à coup sûr.

— Explique-moi, dit-il à la jeune fille qui les rejoignait, à bout de souffle.

Lina lui répondit sèchement, sans la moindre gêne :
— On en parlera plus tard. Un homme est là-dessous. L'Allemand. Il nous poursuivait.
— L'Allemand ? De quoi tu causes ?
— Le lieutenant Braun. Celui qui vient chercher le pain le lundi.

Elle parlait les dents serrées, les sourcils crispés de tension. César n'eut pas le temps de l'interroger davantage. La chienne s'était mise à gémir en redoublant d'efforts. Un bras apparut, puis une épaule. Aussitôt, Lina et Sébastien se précipitèrent pour libérer le corps inerte. Une fois la tête dégagée, ils hissèrent aussi doucement que possible l'homme hors de sa gangue glacée. Braun avait eu de la chance de se trouver à la périphérie de l'avalanche. Quelque chose avait dévié le plus gros de la coulée vers la droite. Les yeux clos, les traits figés, son visage évoquait plus que jamais le marbre dur ou un masque mortuaire. César entreprit de frotter ses joues avec vigueur puis, comme l'autre restait sans réaction, il martela sa poitrine à coups secs et rapides. Il s'apprêtait à lui faire du bouche-à-bouche quand il sentit le corps se tordre. Pris d'une quinte de toux, l'homme tenta de se redresser, crachant et grognant en allemand.

— Oh là, tout doux. On se calme, l'officier ! Ne cherchez pas à parler. Respirez à fond d'abord. Il faut économiser vos forces. On va aller chercher de l'aide.

Mais Braun ne voulait rien entendre. En apercevant Angelina, il se tortilla plus fort et finit par saisir le poignet de la jeune femme pour l'attirer près de lui.

Elle le regardait sans réagir, partagée entre l'horreur et la fascination.

— Mademoiselle... Il ne faut pas aller au Grand Défilé. Mes hommes... Je n'ai pas pu les empêcher. Ils vous attendent. Où est le docteur ? Il m'a dit qu'il se chargeait du passage !

Angelina étouffa un rire de stupeur. C'était Braun l'informateur ! Braun qui prévenait le réseau des passeurs ! Un Allemand ! Voilà pourquoi les voyages s'étaient intensifiés depuis quelques semaines ! Et Guillaume tellement sûr de ses renseignements... Il savait ! Et pendant ce temps... chaque lundi... Est-ce qu'ils avaient parlé d'elle ? Si Braun connaissait son implication dans le réseau, comme ils avaient dû se moquer de sa naïveté ! Le lieutenant et Guillaume. L'Allemand et le résistant ! Pourquoi lui avoir caché cela ?

— C'est vous ? Depuis le début, c'était vous, n'est-ce pas ?

Son regard vacilla, et elle tenta de s'accrocher à son sentiment d'indignation, incapable d'endiguer le trouble de le sentir si proche. Elle ne put s'empêcher de tendre la main pour toucher son visage. Sa joue était froide comme celle d'un mort. Il tressaillit et elle rougit violemment. Le soulagement était en train de lui faire perdre la tête. Braun n'était pas un ennemi. Il était de leur côté ! Tout s'expliquait ! Ou presque tout... Leur entente tacite, cette connivence contre nature entre eux. Les visites des lundis n'étaient pas dictées par le devoir, mais par quelque chose de plus fort. Braun semblait lire le flot de ses pensées. Il prononça son nom avec une douceur qui lui tordit le cœur.

— Angelina...

— Pourquoi ne m'avez-vous rien dit ?

— Pour vous protéger... Je ne voulais pas... que vous croyiez que c'était pour ça que je venais...

Une exclamation rogue les interrompit. César s'impatientait. Puisque le type était sain et sauf, il fallait déguerpir et vite ! Un Boche, même amical, ça n'allait pas. Ces gens-là se déplaçaient en bande et les autres n'allaient pas tarder à rappliquer. Sans compter qu'il n'aimait ni ces messes basses ni la mine doucereuse de sa petite-fille !

— Je crois que c'est pas le moment. Vous, monsieur l'officier, si vous voulez pas crever d'un coup de gel, faudra songer à vous faire redescendre au village. Croyez-moi, la faucheuse est rapide par chez nous ! Quant à toi, Lina, même si je suis pas censé comprendre, faut te décider.

D'un geste du menton, il désignait les Zeller qui s'étaient décidés à dévaler la pente en glissant sur les fesses. Il ricana, entre pitié et moquerie.

— Avise-moi ces mal dégourdis...

Angelina parut sortir d'un rêve, frappée soudain par l'urgence. Peter connaissait sûrement les procédures de repli.

— On ne peut pas aller vers le Grand Défilé puisqu'il y a vos... des soldats. De toute façon, avec l'avalanche, le chemin est bloqué, il faudrait faire un détour énorme. En plus, le vacarme risque d'attirer une patrouille et on ne peut pas retourner à la grotte, c'est trop près ! Qu'est-ce qu'on fait ? Vous pensez qu'on pourrait se cacher au village le temps de laisser passer l'alerte ? On repartirait cette nuit...

Braun secoua la tête, la mine sombre.

— Si mes hommes ne voient rien là-haut, ils vont forcément venir vérifier. Et ils suivront vos traces. La grotte sera découverte. Ils fouilleront aussi Saint-Martin. Vous devez disparaître !

César, d'un calme qui tranchait sur l'affolement général, se tourna vers l'est. Il désigna l'escarpement qui semblait défier l'abîme.

— Alors, il reste le Baou.

— Le glacier ? Il est couvert de crevasses !

Sébastien, qui écoutait de toutes ses oreilles en essayant de comprendre, intervint à son tour :

— Belle saura les repérer ! T'as vu comment elle a mené Guillaume !

— Et tu veux sans doute te joindre à la balade ? Pas question, Tinou, tu repars avec César !

La famille Zeller qui venait de les rejoindre entendit les derniers mots. Trop ébahis pour intervenir, ils contemplaient l'étrange tableau vivant. Assis sur la neige, le blessé en uniforme vert-de-gris participait visiblement à la discussion. Ni leur guide, ni l'enfant, ni le vieil homme ne semblaient dérangés par sa présence. Angelina leur adressa un signe d'apaisement avant de se tourner vers le berger.

— Qu'est-ce que tu en penses, toi ?

— Le petit a raison. Les loups le font bien et cette chienne a l'instinct du sauvage, elle doit pouvoir flairer les failles.

— Si la chienne nous mène au Baou, Sébastien devra rester avec nous, sans quoi elle risque de nous filer entre les doigts ! Tu es d'accord pour qu'il nous accompagne ?

— Je crois pas qu'on a le choix, pas vrai ?

Le vieil homme s'agenouilla devant l'enfant, et son visage ne laissait rien paraître, sinon une gravité attentive.

— Mon grand, écoute bien. Ta sœur et moi on a fait l'escalade l'été dernier, alors elle devrait se souvenir du chemin. Quand vous serez arrivés au col, rappelle-toi. Il y a une roche, on dirait un cervidé. C'est la frontière. Par là-haut, on dit que le Grand Cerf protège les hommes qui respectent la montagne... Tu seras prudent, tu promets ?

À la stupéfaction des Zeller, dans un français châtié, l'Allemand prit la parole à son tour. Pour un peu, on aurait pu croire qu'il était concerné, soucieux d'aider. Il désigna le sommet qui émergeait de l'ombre, caressé par les premières lueurs de l'aube.

— Mes hommes ne sont jamais allés de ce côté. Au Baou, vous serez tranquilles ! Le vieil homme a raison, Angelina, c'est le seul moyen. Le problème, ce n'est plus seulement ces... personnes. Si on vous arrête, tout le monde sera impliqué, les enfants aussi, et le pire peut arriver. Le commandant... c'est un partisan des méthodes fortes.

Il s'arrêta, à bout de forces. César bougonna sans parvenir à masquer son inquiétude.

— T'as rien de sec à lui donner ?

— Juste le nécessaire. Tu vas devoir te débrouiller ou rejoindre la grotte, tu trouveras des couvertures ! Attends ! J'ai du génépi. Je suppose que si tu avais ta gourde, tu l'aurais déjà sortie ?

Lina se pencha vers Braun et, de nouveau, se sentit bouleversée par son extrême pâleur. L'effort de se tenir assis semblait l'épuiser.

— Et vous ?

— Moi, je me débrouillerai. Je dirai que j'ai voulu vous attraper, que le berger m'a sauvé la vie. Tant que vous êtes hors d'atteinte, je peux mentir. Il ne faut pas qu'ils vous trouvent… Hâtez-vous, Angelina, je vous en supplie.

Sans lui répondre, elle tira la gourde de sa poche, mais il secoua la tête furieusement et cette fois sa voix avait repris ce ton coupant de Boche qu'elle détestait. Sauf aujourd'hui.

— Je n'en veux pas. Gardez ça pour vous et partez ! Tout de suite !

Elle hésita, écartelée par des sentiments contradictoires. L'espace d'un instant leurs regards s'accrochèrent, laissant planer regrets et désir mêlés. Quelle que soit la suite, leur route se séparait ici. Angelina aurait voulu lui dire adieu, ou simplement lui demander pardon pour ses fausses méchancetés, mais elle préféra ne pas perdre contenance devant les autres. Elle ne fit qu'un geste : prendre la main du lieutenant, sur laquelle elle exerça une douce pression qui arracha un sourire à l'Allemand. Puis elle se releva.

— Très bien. Sébastien, tu ouvres la marche avec ta chienne. Louise, Jules, on y va !

Ils s'éloignèrent aussitôt, suivis des Zeller abasourdis. L'Allemand les laissait partir ! Ils avaient évité le pire et repartaient en direction de la frontière !

Braun se laissa retomber sur le flanc, secoué de frissons violents. Il savait intuitivement qu'il ne reverrait plus la jeune femme, et une tristesse infinie lui empoigna le cœur. César dut le houspiller pour l'obliger à se relever.

— Va falloir me donner un coup de main, je suis

plus assez jeune pour vous porter. Sonné ou pas, on doit rejoindre Saint-Martin... À votre place, j'aurais accepté le coup de gnôle !

D'un coup de reins, il aida l'Allemand à se mettre debout, puis, cahin-caha, tous deux entreprirent de descendre la piste.

Deux ombres surgirent à la crête du col, quasiment au-dessus de l'endroit où avait basculé la lourde coulée de neige. Comme Braun le redoutait, Hans et Erich avaient entendu l'avalanche. Ils s'apprêtaient à repartir bredouilles quand le grondement les avait alertés, assez pour courir les deux kilomètres et accéder au promontoire d'où on pouvait admirer toute la vallée en contrebas.

Avec la distance, ils ne comprirent pas exactement ce qui se déroulait en bas, sauf que des affaires louches se tramaient ! Deux individus clopinaient en direction de la vallée tandis qu'un petit groupe venait de disparaître derrière une congère, probablement des fugitifs juifs ou alors des communistes ! Fous de joie, ils se congratulèrent, échafaudant déjà des projets. Ce cochon de lieutenant serait si satisfait qu'il leur accorderait une permission exceptionnelle, à coup sûr ! Ils venaient de repérer les terroristes qui s'amusaient à ridiculiser le Reich. Après un tel exploit, plus personne n'oserait douter de leur bravoure !

Après avoir soigneusement noté la direction prise par le groupe, Hans s'empressa de tourner la manivelle de la radio. Il ne sentait plus le froid, seulement l'enthousiasme brûlant de sa victoire… Il irait à Paris, dans la ville des Lumières et des petites femmes !

Comme par miracle, la ligne était claire.

— « Des fugitifs ont été aperçus au-dessus de Saint-Martin. Ils se dirigent vers l'est, en direction de la frontière suisse. Ils vont vers le Baou. »

L'appel arriva au quartier général et mit en branle une succession de procédures. En l'absence de Braun, l'officier en charge des opérations, l'alerte remonta au capitaine qui s'empressa de prévenir l'ordonnance du commandant Wilhem Straub, connu pour son goût des opérations de terrain. L'homme était redouté à cause de ses amitiés avec certains responsables SS, mais l'affaire était grave, et l'ordonnance jugea que cela méritait le dérangement.

D'abord furieux d'avoir été réveillé alors qu'il venait de se coucher, Straub ne tarda pas à retrouver le sourire en parcourant le message. Il se précipita dans la salle des opérations afin d'examiner une carte détaillée de la frontière. Grâce aux renseignements donnés par les soldats présents sur les lieux, il localisa une faille dans le relief qui pouvait représenter la piste empruntée par les fugitifs. Sur la carte, l'entaille ne mesurait guère plus de quelques millimètres. Voilà par où les terroristes passaient en toute impunité depuis des mois ! Le lieu n'était pas surveillé, probablement en raison des difficultés d'accès. Juste derrière le territoire suisse. Le capitaine cracha de mépris. Le territoire helvète, grand comme un mouchoir, était une insulte à la suprématie allemande.

Il ordonna que la section de chasseurs à skis se prépare pour la traque. Lui-même prendrait la tête du commando. Quant au commandant Braun, qui demeurait introuvable, on verrait ça plus tard, une fois les terroristes arrêtés. Il y avait toutes les chances pour qu'on le retrouve au bordel, en train de cuver son vin !

Toute fatigue envolée, Wilhem Straub rejoignit ses quartiers, ravi à la perspective de coincer un réseau terroriste.

## 5.

Au milieu du glacier cinglé par des rafales de vent, Belle ouvrait la marche, suivie des enfants. Jules et Louise venaient derrière, puis Angelina qui avait choisi de rester en queue de file afin de guetter d'éventuels poursuivants. À intervalles réguliers, elle se retournait et examinait la pente gravie, les rochers et les replis du terrain propices aux embuscades. Elle avait l'angoissante sensation que les soldats pouvaient fondre sur eux de nulle part et les prendre au piège. Jamais elle n'avait eu si peur de toute sa vie.

Tant que la pente n'était pas trop raide, ils garderaient leurs raquettes. À cause des vents constants, la couche de neige n'était pas assez épaisse pour entraver leur progression et maintenant que les Zeller s'étaient habitués au rythme de la marche, ils gagnaient en vitesse. Malgré la rudesse des conditions, une volonté farouche les animait.

Belle courait en avant, flairait le sol, puis revenait vers le groupe pour s'assurer qu'ils empruntaient le bon chemin. Sébastien avait pourtant détecté chez elle des signes de nervosité qui commençaient à l'inquiéter. On aurait dit que l'animal voulait les inciter à aller plus vite, comme si elle aussi sentait la nécessité de fuir le glacier.

Vers quatorze heures, ils s'abritèrent derrière une haute congère pour manger du pain et du fromage, boire du lait, qui leur fit mal aux dents tant il était glacé. Devant le manque d'appétit des Zeller, Angelina expliqua que le pire serait de manquer de forces alors qu'ils seraient lancés, sans possibilité de faire une pause. Ils échangèrent à peine quelques phrases, pour ne pas inquiéter les enfants. Mais, durant cette première halte, l'incertitude les rattrapa, une angoisse sourde que personne n'osait avouer. On se garda d'évoquer les Allemands ou l'étrange blessé de l'avalanche. Angelina priait pour que le temps se maintienne. Jules et Louise voulaient simplement en finir avec ce cauchemar. Les heures passant, ils ne savaient plus quel enfer redouter : les Allemands lancés à leur poursuite ou ce paysage de glace battu par un vent cruel. Alors, ils épiaient leur fille, cherchant à deviner son état de fatigue sans oser l'interroger. La petite était pâle, mais résolue. Elle semblait puiser tout son courage dans celui du petit montagnard, si bien que lorsque son père lui proposa d'avancer avec elle, pour l'aider, elle refusa.

— Sébastien m'aide. Il me dit où mettre les pieds. Et puis Belle me traîne quand je suis fatiguée. Je m'accroche à son poil.

Esther mettait son énergie à suivre Sébastien, poussée par une confiance aveugle. Elle aurait aimé dire à son père de ne pas se faire du souci, mais ça n'aurait servi à rien, il était bien trop inquiet.

En milieu d'après-midi, des nuages venus de l'ouest affluèrent, et l'appréhension d'Angelina monta encore d'un cran. Inexorablement, l'horizon s'assombrissait. Du sommet des massifs qui se confondaient maintenant avec le ciel, les nuées s'amassaient, roulaient dans le ciel comme une armée d'ombres, et Angelina songea à l'avalanche qui avait failli les engloutir le matin même. Le flux noir qui dégorgeait des nues évoquait lui aussi une coulée torrentielle, infiniment plus sournoise que le torrent de neige. Il ne fallait pas se leurrer, en cas de tempête, ils courraient un danger mortel. Pour l'instant, l'effort de la marche leur tenait chaud, Angelina sentait la sueur moite sur sa peau, mais dès qu'ils s'arrêteraient le froid leur tomberait dessus. Heureusement, ils avaient une provision de bois et de nourriture, ce qui leur donnait une petite chance.

Les Boches devaient être sur leurs talons. Forcément, ils seraient suréquipés, on pouvait compter sur la fameuse discipline allemande ! Des soldats entraînés au combat, qui pourchassaient un groupe de femmes et de gamins, sans compter ce pauvre Jules qui n'avait rien d'un alpiniste ! Bien sûr, la chienne les menait. C'était leur meilleur atout. Non seulement elle les aiderait à éviter les failles, mais encore elle saurait trouver un passage en cas de brouillard. La jeune fille tenta de s'accrocher à cette idée, et continua d'énumérer les choses positives. Les nuages ne crevaient pas. Ils avaient de l'avance et, Dieu merci, les enfants avançaient bien. Ce n'était pas tant Sébastien qui la surprenait que la petite Esther, si fluette et pourtant incroyablement résistante. On aurait dit que la présence de son ami suffisait à nourrir sa vigueur.

Elle crut soudain percevoir un bruit, se retourna une nouvelle fois. Derrière, on ne voyait rien d'autre que des ombres mouvantes. Elle trotta pour remonter les quinze mètres qui la séparaient de la tête de la file. Au passage, elle fit un signe de tête aux Zeller. Mari et femme venaient de se prendre par la main et, des deux, on ne savait plus qui encourageait l'autre. Ils lui adressèrent l'ébauche d'un sourire qui ressemblait davantage à une grimace douloureuse. Les enfants la dévisagèrent, et Sébastien leva la main pour lui signifier que tout allait bien. Il l'interpella, les yeux plissés :

— Ça va ?

— On est trop lents. Tu crois que vous pouvez accélérer un peu ? Un tout petit peu ?

Il hocha la tête, sans aucune conviction, se retenant de protester. Il songeait à Esther, mais n'osait s'opposer à sa sœur. Elle aussi paraissait anxieuse. Angelina apostropha gentiment la fillette :

— Donne-moi la main, tu veux bien ? On ira plus vite ensemble, d'accord ?

Esther tendit une main emmitouflée de laine. Devant son visage blême, la jeune femme étouffa un élan de pitié. À présent, chaque geste comptait, chaque décision prenait une importance vitale. Il ne fallait pas montrer son inquiétude. Si la fillette craquait maintenant, ils mourraient tous. Elle assura d'une voix un peu trop enjouée, même à ses propres oreilles :

— La nuit ne tardera plus. Dès que je vois un endroit pour bivouaquer, on s'arrête et on se repose !

— On doit passer la nuit dehors ? Et la frontière ? On peut peut-être y arriver avant, non ? Si on marche plus longtemps ?

Jules venait de les rejoindre. Lina réfréna l'envie

de lui hurler d'arrêter de poser des questions idiotes. Mais si elle avait été à sa place, ignorante des lois de la nature, elle aurait sans doute agi de même. Elle aurait préféré croire en n'importe quel miracle plutôt que d'envisager cette longue nuit à venir sur le glacier ! N'empêche, tout le monde allait devoir dépasser ses limites. Elle le toisa durement, afin qu'il saisisse le message implicite.

— Je suis désolée, mais c'est impossible. On n'a pas encore passé la zone des crevasses, et mieux vaut éviter de faire ça de nuit. On partira à l'aube. Après le col, vous serez tirés d'affaire. On aura fait le plus dur.
— Combien de temps ?
— Il faut repartir et trouver un endroit. Vite.

Derrière eux, à moins de quatre heures de marche, le commando mené par le capitaine Straub venait de découvrir leurs traces.

Au cœur de la nuit glacée, les flammes luttaient contre l'opacité des ténèbres. Pour que le brasier dure, Angelina le nourrissait aussi parcimonieusement que possible. Il réchauffait au moins le visage et les mains et leur permettrait de manger chaud. Elle consulta le ciel, ne vit rien que des ombres. La couche de nuages semblait avoir avalé les étoiles et réduit le monde à un puits noir. Le vent rageait, une bise mauvaise chargée de flocons, qui gelait les os. Venue de l'ouest, elle annonçait l'orage.

Bien qu'ils soient trop exposés sur ce glacier désertique, elle avait fini par donner le signal du bivouac.

Ils devaient se réchauffer, tenter de dormir un peu avant de repartir. De toute façon, la provision de bois n'était pas suffisante et ne durerait pas plus de trois ou quatre heures. Bientôt, la nuit se refermerait sur eux pour les engloutir jusqu'au lendemain.

Ils venaient d'escalader les premiers contreforts du glacier et se tenaient sur un replat de terrain formé par la moraine entièrement gelée. Pour y accéder, Belle avait emprunté une ravine d'érosion. Là, Jules avait bâti un muret de neige tandis que les femmes s'affairaient à préparer le foyer, sortir les couvertures et de quoi composer un repas frugal.

Chassant ses inquiétudes, Angelina reporta son attention sur les enfants. Esther avait sombré dans un sommeil profond, blottie contre Louise qui la berçait d'un mouvement rêveur, presque absent. La chienne s'était couchée à leurs côtés. À l'évidence, elle avait résolu de veiller sur la plus fragile d'entre eux. Jules s'occupait de faire bouillir de la neige. Ils avaient du pain, du lard et du fromage, mais il fallait boire chaud tant que c'était possible.

Après s'être chauffé les mains, Sébastien vérifia la cicatrice de l'animal. Elle paraissait propre et ne suintait pas. Il examina ses coussinets et lui massa les pattes, en remontant jusqu'à l'épaule. Belle avait beau être habituée aux conditions extrêmes, elle faisait beaucoup d'efforts et sa blessure devait se rappeler à elle. L'enfant avait cru remarquer un léger boitillement, mais il n'en n'était pas sûr. Tout en la frictionnant il se mit à fredonner une chanson d'oiseau envolé, assez bas pour ne pas réveiller Esther.

Le repas était prêt. Louise réveilla sa fille, et chacun mangea et but de l'eau brûlante aromatisée d'un peu de miel. À peine rassasiée, Esther plongea dans un sommeil haché. Ses parents ne tardèrent pas à somnoler à leur tour. Angelina et Sébastien résistaient encore, sans pouvoir se résoudre à discuter de la situation, chacun craignant de contaminer l'autre avec ses inquiétudes. Belle bâilla largement, les yeux mi-clos. Elle ne semblait pas perturbée le moins du monde par la température glaciale, juste préoccupée par la petite fille. Elle flaira le visage endormi et lécha sa joue. Louise parut se réveiller d'un songe et sourit avec lassitude. Le froid était si intense qu'il paralysait ses pensées. Toutes ses forces servaient à lutter contre l'envie d'abandonner. Elle glissa de nouveau dans un état de somnolence qui ressemblait à une eau noire et froide. Angelina et Sébastien s'endormirent à leur tour.

Vers minuit, Esther se réveilla en sursaut, assoiffée. Aussitôt, les autres se réveillèrent l'un après l'autre, en alerte. Le froid les bloquait dans un étau. Il s'était mis à neiger et les bourrasques lançaient des bordées de flocons qui venaient fouetter les visages en les aveuglant. Angelina eut beau fouiller les sacs, elle ne trouva plus rien à brûler cette fois, pas même une brindille. La dernière bûche se consumait, et elle s'activa pour préparer une bouilloire d'eau additionnée de chicorée. La petite réclama encore à manger, et dévora du pain et une tranche de lard. La faim était revenue après l'épuisement. Son entrain également. C'était si drôle une dînette en pleine nuit ! Ses parents tentaient de faire bonne figure.

— J'ai tellement faim que je pourrais avaler un lagopelle !

— Qu'est-ce que tu racontes, Esther ?

— Elle veut dire un lagopède, monsieur. Il y en avait hier, à la grotte.

— Tu m'as l'air bien savant pour un petit garçon...

— C'est parce que je suis d'ici. C'est pas très dur.

Jules opina du chef. Timidement, il se risqua à interroger leur guide.

— On repart quand ?

— Dans quelques heures, en espérant que ce vent finisse par tomber. Bientôt, ce sera une vraie purée de pois. Avec toutes les failles qu'il y a...

— On n'a pas eu de problème jusqu'à maintenant.

— Non. Mais on a fait le plus facile. Et la chienne nous mène, je lui fais confiance. Elle choisit les bons passages. Ici, rien ne se fait au hasard, sans quoi c'est la mort assurée !

— Parfois, j'aimerais que les hommes possèdent la même sagesse !

Angelina sourit à l'idée de la sagesse des montagnes, mais le ton de Jules eut tôt fait de la ramener à la réalité :

— Votre montagne est peut-être mortelle, mais elle n'est pas cruelle, elle ne frappe pas sans raison. On peut mourir d'imprudence, mais mourir pour rien, c'est monstrueux ! Simplement parce que votre... communauté...

Il serra les poings et baissa la tête. Angelina répondit avec douceur :

— Les autres aussi seront gênés dans leur progression.

— Oui. Sûrement.

Une petite voix fluette les tira de leur réflexion.

— C'est beau ! On dirait comme des chenilles qui font de la lumière.

— On dit des vers luisants. Où vois-tu cela ? Le ciel est trop bouché pour...

À l'instant même où les mots s'échappaient de ses lèvres, Angelina se sentit traversée d'un frisson qui ne devait rien au froid. Sauf si la peur est un bloc de glace. Esther ne regardait ni les étoiles ni les braises. Le visage tourné vers la pente, elle fixait les ténèbres derrière la première crête de la moraine. Une succession de points lumineux qui apparaissaient et disparaissaient dans la tourmente.

— Mon Dieu ! Les Allemands ! Ils nous ont retrouvés !

Jules s'était relevé d'un bond et tremblait de tous ses membres. Sa figure était si blême qu'on aurait dit un cadavre.

— Ils ont des torches et ils avancent ! Vous voyez comme les lumières filent ? !

— Ils ont probablement des skis. Il faut repartir maintenant ! Roulez vos couvertures, je me charge des provisions. Sébastien, tu éteins le feu. Avec beaucoup de chance, ils ne l'auront pas aperçu. Arrose-le de neige !

— On met les crampons ?

— Pas encore. On aura besoin des raquettes.

— On ne peut pas se cacher quelque part ?

— Non, ils suivront nos traces !

Louise s'était levée et agrippait les épaules d'Esther. Angelina ne prit pas la peine de répondre. La petite se dégagea de l'étreinte de sa mère pour rejoindre Sébastien. Il l'aida à enfiler ses raquettes et lui sourit pour l'encourager. Elle n'avait pas peur quand il était près d'elle ! Et puis la chienne les protégeait ! Belle se tenait déjà prête à repartir, la queue battant l'air, et Esther se dit que pour se donner du courage mieux valait rester avec l'animal.

Jules fourra hâtivement les couvertures dans le sac.

— Tout à l'heure, vous disiez que ce serait trop dangereux de repartir en pleine nuit à cause des failles. C'est encore pire avec cette neige !

— Je sais bien... mais je préfère encore affronter les failles que les Boches ! Et avec cette neige il y a une chance pour qu'ils passent sans voir nos traces.

La panique la gagnait chaque fois qu'elle risquait un regard en contrebas. La file de torches progressait à une allure étonnamment rapide. Ces fichus Boches semblaient être montés sur des chenilles de char ! Son frère la tira de ses réflexions.

— Je crois bien que j'ai une idée.

Il renversa le sac à dos que Lina venait de boucler et fouilla dans le tas. Avant qu'elle ait eu le temps de protester, il brandit les deux cordes sous son nez en souriant largement.

— Tu veux grimper la falaise ?

— Mais non ! T'es bête ! Je vais juste m'accrocher à Belle. L'autre corde, la plus longue, je l'attache à ma taille et vous la tiendrez tous, comme ça personne ne se perdra. On va faire pareil qu'une cordée d'alpinistes, sauf qu'on grimpera pas. C'est pour pas s'égarer dans le brouillard, tu comprends !

— C'est une bonne idée... mais... la chienne...

— Quoi ? T'as pas confiance ?

— Si elle va dans une faille et nous entraîne avec elle ?

— Elle le fera pas. Et puis vous pourrez toujours lâcher la corde !

— Nous oui, mais pas toi ! Je ne veux pas que tu risques ta vie, Sébastien ! Si quelqu'un doit prendre des risques, c'est moi ! C'est moi qui ai voulu... moi qui vous guide !

Le timbre de sa voix était devenu perçant. La culpabilité la rongeait presque autant que la peur.

— Moi, j'ai confiance. Je la connais, elle se perdra pas. Laisse-moi juste lui expliquer les choses. Tu nous retardes pour l'instant.

Il s'éloigna sans attendre de réponse et s'accroupit devant Belle. La chienne se tenait à l'affût sur le remblai de neige et flairait les hommes à l'approche.

— Écoute, ma Belle. Ces Boches, là en bas, ils veulent tuer Esther. Y sont pires que les loups. Ses parents aussi ils les tueront. C'est comme ça qu'y font les Boches. Les vieux, les enfants, ils s'en fichent, ils les tuent pareil. Moi, je pense qu'on peut les conduire à l'abri, un endroit pareil que le refuge de pierres sèches quand t'étais blessée, sauf que moi tout seul, j'y arriverai jamais. Toi, t'es plus grande que moi. T'es plus forte aussi. Et tu renifles tous les pièges ! Alors je sais que tu peux nous guider. Sauf qu'avec cette bouillasse on risque de pas te voir, surtout que t'es blanche. Si j'avais su je t'aurais barbouillée, mais là c'est trop tard. T'es blanche, la neige tout pareil, alors faut trouver un moyen pour pas se perdre même si ça risque de pas te plaire.

Tout en parlant, l'enfant dégagea le rouleau qu'il tenait dissimulé, et la chienne, qui le fixait jusque-là, eut un sursaut de recul.

— Je sais, t'aimes pas ça ! L'autre mauvais, il a bien dû t'attacher pour te battre sauf que moi je suis ton ami, tu te rappelles ?

Adroitement, il commença à nouer la corde autour du cou de Belle qui s'était raidie, les muscles de ses flancs tendus comme la corde d'un arc. Elle gémit, puis brusquement se dégagea d'un mouvement souple et recula en fixant l'enfant d'un air de reproche.

— D'accord ! J'ai compris. Par le cou tu veux pas. T'as raison. Moi non plus j'aimerais pas qu'on me serre par là. Sauf qu'il y a un autre moyen, d'accord ? On essaie ?

S'approchant à nouveau de la chienne, il glissa la corde sous les pattes et le poitrail, puis il fit une boucle ni trop lâche ni trop serrée. Tout en s'affairant, il parlait du même ton monocorde qu'il avait employé pour la soigner.

— C'est bien, tu es belle, toute blanche comme la neige et tu vas nous conduire dans le glacier, et tu nous sauveras des Boches et un jour tout le monde saura que tu es la meilleure chienne de cette montagne et César il te défendra contre tous les chasseurs du monde...

Ils progressaient depuis une éternité, enfermés dans un cocon de neige, aveuglés par les assauts du vent chargé d'aiguilles blanches. Le monde autour d'eux n'était plus qu'un désert gelé sans formes ni relief, excepté la pente qu'ils devaient gravir coûte que coûte, menés par la chienne. Ligoté par le harnais, l'animal affrontait les bourrasques sans jamais flancher ou hésiter. Par moments, Belle stoppait pour renifler la glace, à l'affût des crevasses. De temps en temps, l'enfant tirait la corde et l'animal stoppait. Courbé contre la tempête, il vérifiait leur direction sur la boussole de sa montre. Angelina lui avait expliqué où se situait la passe par rapport au nord. Durant ces deux ou trois précieuses minutes, les autres en profitaient pour souffler, vérifier que personne ne flanchait.

En affrontant la tempête pour fuir les Allemands,

Jules Zeller avait retrouvé un second souffle et toute sa détermination. Elle le portait en avant, le front incliné comme pour percer la tourmente. Emmitouflé dans une écharpe, aveuglé par les flocons, il avait beau se frotter le visage à intervalles réguliers, le gel figeait ses sourcils et les mèches de son front. Angelina l'avait placé en bout de cordée afin qu'il veille sur son épouse, un mètre devant lui. Louise avançait d'un pas régulier, le regard fixé sur le dos de leur guide. Elle s'agrippait à la corde, consciente que sa fille la tenait aussi, à trois pas devant Angelina. Cette seule pensée lui tenait lieu de volonté. Tant qu'Esther marchait, elle ferait de même. Tant que leur ligne progresserait, même à petits pas, ils seraient hors d'atteinte des Allemands et tout irait bien. Au milieu du chaos de glace et de la nuit, du froid et des hurlements du vent, sa fille devenait le gage d'un miracle. Arc-boutée à son espoir de la sauver, elle ne ressentait même pas le froid dans ses os gelés. Les guêtres en grosse laine l'avaient protégée de l'humidité, mais les semelles de ses bottes laissaient passer la morsure de la glace. Qu'importe, elle avait occulté la douleur et, quand un élancement plus brutal la traversait, elle ne s'y attardait pas, elle continuait à fixer le dos d'Angelina.

La jeune femme pour sa part vivait un cauchemar. Elle veillait sur la petite, l'aidant à ne pas trébucher tout en surveillant Sébastien qui progressait en tête. Même si chacun s'efforçait de ne pas tirer la corde, inévitablement la pression devait se faire sentir devant. Il marchait courbé en avant, entravé par une corde et agrippé à une autre reliée à Belle. Son idée était ingénieuse, tout comme ses vérifications constantes grâce à la boussole. Pourtant, rien de tout cela ne rassurait

Angelina. En confiant leur vie à la chienne et à son petit frère, elle avait perdu le peu d'assurance que donne la nécessité de décider. Parfois, le visage de Guillaume surgissait devant ses yeux, son sourire doux, presque triste, et un effroi la traversait. Quel orgueil, quelle folie de ne pas l'avoir écouté ! Doutes et regrets l'assaillaient, du moins quand la tempête lui laissait un répit. C'était un affrontement constant entre le corps et l'esprit, la volonté et l'incertitude, l'épuisement et le courage. Et chaque fois que son frère stoppait afin de consulter sa montre, elle se demandait s'ils auraient la force de repartir. Heureusement qu'Esther avait encore besoin d'aide, elle la poussait, la soulevait dans les passages difficiles. La fillette démontrait d'ailleurs un courage surprenant.

Esther comptait chaque foulée jusqu'à vingt-cinq puis recommençait. Un, deux, trois, quatre... Il lui arrivait de s'embrouiller et alors elle trébuchait, ou bien c'était l'inverse, elle trébuchait et loupait un chiffre, elle ne savait pas vraiment ce qui entraînait quoi, en tout cas compter l'aidait à tenir bon. Sébastien se retournait quelquefois et elle l'imaginait en train de sourire, caché sous son écharpe de laine. Ça lui donnait envie de rire parce qu'on aurait dit un lutin bizarre qui se changeait peu à peu en bonhomme de neige. Vingt et un. Vingt-deux. Vingt-trois. Quand ils arriveraient de l'autre côté, en Suisse, la première chose qu'elle ferait, ce serait de prendre un bain de pieds. Et ensuite un bain de tout le corps. Avec de l'eau tellement brûlante qu'elle en sortirait rouge comme une écrevisse ou une tomate pelée et le bout des doigts aussi fripé que de la vieille peau de momie. Vingt-quatre. Vingt-cinq.

Vingt-cinq, c'était son chiffre fétiche. Pour ne pas le dépasser, il fallait recommencer. Un. Deux. Trois.

Lorsque la montée devint trop escarpée, Sébastien leva la main pour prévenir qu'ils devaient faire une halte. À Belle, il désigna une haute congère où ils pourraient s'abriter des rafales de vent. Protégés par le mur de glace, ils tombèrent à genoux et soufflèrent un moment, incapables de prononcer un mot. Personne ne voulait montrer son épuisement. L'enfant ôta ses raquettes et sortit ses crampons. Chacun avait les siens, soit dans les poches, soit attachés par un lien autour du cou. Ils attachèrent les semelles hérissées de crocs en acier puis s'accroupirent, les uns collés aux autres pour tenter de se réchauffer un peu avant de se remettre en route. Il était inutile de chercher à distinguer leurs poursuivants. Dans le tourbillon des vents, on ne voyait rien d'autre que des gifles de flocons. Lina se pencha vers Sébastien et souffla à son oreille, assez bas pour ne pas être entendue des Zeller.

— Tu crois qu'il faut continuer ?

Il répliqua tranquillement du haut de ses huit ans :

— Je pense que oui. Toute façon on n'a plus de bois pour faire du feu. Si on reste on va crever de froid. En plus, Belle sait où elle va.

— Tu tiens le coup ?

Il se contenta de désigner la fillette du menton. Esther avait fermé les yeux. Sa mère la tenait tout contre elle et la berçait, les yeux clos elle aussi, comme pour puiser ses forces dans les puissances de la terre, loin de ce ciel qui les malmenait.

— Esther y arrive alors qu'elle a pas l'habitude.

Tu pourrais passer devant elle un moment. Y a une côte rude, comme ça tu lui tiendras la main. Je crois qu'elle est vraiment fatiguée.

— Bien sûr. J'aurais dû y penser moi-même.

Elle hésita et lâcha, encore plus bas, incapable de ravaler les mots :

— J'ai peur.

Au lieu de répondre, il se remit debout et aussitôt Belle se tourna en direction du sommet, prête à repartir. Ainsi harnachée, la corde ne la gênait plus, au contraire, elle lui permettait de sentir l'enfant derrière et de concentrer son attention sur la piste pour flairer les dangers. Les failles dégageaient une odeur de vertige, à peine perceptible dans le déchaînement des vents. Pourtant, la chienne parvenait de mieux en mieux à flairer cette présence quasi palpable du vide. Quelque chose qu'elle pressentait et qui remontait dans ses pattes quand on approchait la zone de risque. Alors elle bifurquait, entraînant les autres à sa suite. Ils fixaient le panache de sa queue qui dansait dans les rafales de grésil. Belle n'était plus seulement un chien de berger, elle était le guide, l'unique chance de survie, et tous s'en remettaient aveuglément à elle.

Ils mirent deux heures à gravir la dernière côte du glacier. Angelina tenait la petite par la main, fermement. Malgré l'effort supplémentaire que ça représentait, elle avait oublié sa peur pour se concentrer sur chaque pas. Arrivés en haut, ils durent lutter contre la violence accrue des vents. La ligne de vie qui les reliait, au milieu de la tourmente, ne leur évitait pas seulement de se perdre, elle leur insufflait l'énergie d'avancer ensemble. Si l'un d'entre eux trébuchait, les autres le relevaient, et quand l'épuisement gagnait, la corde semblait s'animer pour les tirer en avant. Ainsi, au milieu de cet enfer où la mort soufflait son haleine glacée, l'espoir revenait.

Le jour se leva, mais il leur fallut un moment pour comprendre qu'ils avaient traversé la nuit. L'opacité perdit de l'intensité, puis une lueur plus forte se dessina devant eux qui indiquait qu'ils marchaient dans la bonne direction ! Cette lumière devint le signe que tout a une fin. Ils avaient avancé pas à pas, coûte que coûte, et ils étaient vivants. Gelés, harassés, mais toujours debout. On pouvait presque se prendre à espérer que les Boches s'étaient perdus dans la tourmente.

Bientôt, la passe du Baou franchie, ils redescendraient dans le vallon, longeraient le lac du Diable, si haut perché qu'on prétendait que les seules créatures capables de s'y baigner sans se transformer en stalactites étaient les fées. Ensuite, ils emprunteraient une sente à flanc de falaise, glisseraient par des escarpements assez raides jusqu'au col de l'Aigle. Passé le goulet, la sente se muait en piste et ses lacets s'élargissaient avant de plonger dans la vallée haute. Une fois arrivés à la ligne des arbres, ils seraient presque à la frontière suisse. Et par là-bas, au diable vauvert, aucun risque de tomber sur des fils de fer barbelés ! Le coin était désert, uniquement emprunté par quelques mules et leurs maîtres, de vieux montagnards qui n'avaient pour frontière que la ligne d'horizon !

Ainsi songeait Lina, émerveillée par les premières lueurs de l'aube.

# 6.

La section progressait de plus en plus lentement, derrière le commandant Straub et le pisteur, un montagnard bavarois qui se flattait d'avoir l'ascension de plusieurs sommets à son actif. La situation, néanmoins, n'était guère brillante. Aveuglés par les bourrasques de neige, assourdis par le vent, les hommes commençaient à douter de la divine Providence ! Quand la tempête s'abattit sur eux au beau milieu de la nuit, plutôt que de donner le signal du retour et de laisser la nature se charger des fuyards, Straub avait ordonné de doubler la cadence. Équipement d'hiver ou pas, les soldats peinaient. Quant à Hans et Erich, embarqués bien malgré eux dans l'expédition, ils tenaient à peine debout.

En vérité, les hommes doutaient de jamais rattraper les juifs. Pour eux, leurs dépouilles recroquevillées devaient geler quelque part sur le glacier. Même avec un bon guide, personne n'aurait pu résister dans de telles conditions, sans entraînement qui plus est, et sans équipement. Or ceux qui souhaitaient passer clandestinement en Suisse étaient pour la plupart des juifs citadins ou des intellectuels communistes. Ou des bourgeois pleins d'argent. Mais ça, le commandant ne voulait pas l'entendre. Et tant qu'il avançait, personne n'osait protester.

Wilhem Straub n'avait que faire du ciel et de ses avertissements. Quant à douter, ce n'était pas dans sa nature. C'était un athée doté d'une volonté hors du commun qui poussait la ténacité jusqu'à l'aveuglement. Depuis la tragédie de Stalingrad, il ne décolérait plus. Selon lui, avant de se charger des défaitistes qui gangrenaient leurs rangs, il fallait anéantir l'Ennemi sans exception : armées alliées, terroristes, collaborateurs, juifs, Polonais ou rouges, résistants ou profiteurs de guerre !

Quand on l'avait prévenu de l'accident de Braun parti inconsidérément à la poursuite des clandestins, Straub avait aussitôt décidé de prendre la relève. Les fêtes de Noël le déprimaient et cette petite chasse apportait fort à propos l'occasion de se dégourdir. Et puis ça ferait enrager ce lieutenant trop médaillé qui l'agaçait avec sa politesse pointilleuse et son humanisme mou. Cette fois, il venait de se planter lamentablement !

Après avoir convoqué les soldats qui avaient donné l'alerte, Straub avait monté son expédition en un temps record. À onze heures, tous s'élançaient sur la piste. Conformément aux explications de Krauss et Schultz, ils avaient trouvé les premières traces en bas du col qui menait au Baou. Le vent commençait tout juste à forcir, mais Straub ne s'était pas inquiété. Les juifs ne devaient guère avoir plus de quatre heures d'avance. Trois adultes et deux enfants, donc, selon toute probabilité, une famille. Un chien avait pris la tête du groupe. Il appartenait sans doute au guide. Il faudrait demander à Braun s'il avait une idée de son identité. Il était censé connaître le coin !

Straub avait d'abord cru régler l'affaire en une demi-journée et, pour dire la vérité, quand le vent et la neige avaient tour à tour effacé les empreintes, il s'était réjoui, comme tout bon chasseur qui tombe sur une proie digne d'être traquée. À présent, quinze heures plus tard, ils marchaient au beau milieu des ténèbres. C'était à cause de ce maudit Bavarois, infichu de lire correctement une piste, un pétochard qui tremblait à l'idée de rencontrer des crevasses ! L'abruti ! Il ne perdait rien pour attendre... Le chien des fugitifs était bien meilleur pisteur. C'était sans conteste grâce à cette bestiole que les autres gardaient de l'avance !

Une certitude rassurait néanmoins le commandant. Il n'existait pas d'autre passage que le col du Baou. Les fuyards étaient là-devant, quelque part, pas loin. Straub pouvait presque les deviner, courant dans la neige comme des crabes maladroits. Des crabes qui lui échappaient encore, mais plus pour longtemps ! Il connaissait la force de ceux qui sont acculés. Les plus faibles retrouvaient un second souffle, les mères se muaient en bêtes sauvages pour protéger leur progéniture. Il avait été témoin de certaines scènes... Ces gens n'avaient plus rien d'autre à perdre que leur vie dans la montagne, du coup, il leur restait une chance. Avec lui, en revanche, ils étaient sûrs de finir entre quatre planches. Pourtant, il avait beau savoir tout ça, leur résistance physique le mettait en rage. Céder maintenant serait reconnaître qu'une bande de civils se montrait plus résistante qu'une section de soldats du Reich ! Il les attraperait, coûte que coûte ! Il les trouverait et les ramènerait morts ou vifs. Après cela, personne n'oserait plus se risquer là-haut, sur son territoire ! Le col du Baou serait le lieu de sa victoire !

Toutes les heures, durant une dizaine de minutes, le commando faisait halte. Pendant que le Bavarois vérifiait la direction, les hommes buvaient un peu de thé sucré désormais refroidi. Ils avaient renoncé à chercher d'éventuelles empreintes. En pleine nuit et dans cette tourmente, c'était totalement inutile. En revanche, Straub espérait une accalmie avec l'arrivée de l'aube.

Le ciel parut l'entendre car, lentement, insidieusement, le vent se mit à souffler moins fort, les lourdes nuées qui bouchaient le ciel se déchirèrent un instant, sur un lambeau de ciel piqué d'étoiles.

Le froid était terrible, et l'épuisement qui gagnait les hommes faillit être fatal au dernier soldat de la file. Quand son compagnon d'armes (qui n'était autre que Krauss) voulut lui demander sa gourde de cognac, Schultz avait disparu. On le retrouva prostré sur la glace, à quinze mètres de distance. À deux ou trois minutes près, Hans se serait irrémédiablement perdu. Il avait trébuché dans une sorte d'ornière qui révéla l'extrémité d'une faille. Il fallut bander sa cheville et lui donner en hâte un remontant. Le commandant consentit à faire une pause d'une demi-heure, le temps que l'imbécile reprenne un peu de couleurs. Intérieurement, il fulminait car il pressentait que les fugitifs étaient là, tout proches.

Hans avait beau faire, il ne pouvait empêcher ses dents de claquer. C'était le contrecoup de la panique. En bloquant la colonne, il avait toutes les chances de finir dans un bataillon disciplinaire. Wilhem Straub avait la réputation d'être impitoyable avec les faibles... D'après le Bavarois, ils avaient passé la zone des failles, la plus dangereuse. Tu parles ! La seule chose qui l'étonnait, c'était d'avoir tenu si longtemps sans se vautrer ! Il tenta d'apercevoir quelque chose dans la lumière laiteuse de l'aube. Le col ne devait plus être loin, à peine un kilomètre, et Krauss venait de le prévenir qu'on arrivait à un replat de terrain qui permettrait d'avancer plus vite. Ensuite viendrait la dernière ascension.

La demi-heure enfin écoulée, Schultz se remit debout et rejoignit la file en boitillant. Il se plaça entre Krauss et un solide gaillard taillé comme un ours, mais guère plus rassuré que les autres. Tous se demandaient ce qu'il adviendrait si on ne retrouvait pas très vite les clandestins.

Le commando repartit dans sa marche forcée.

Angelina portait Esther sur son dos. La petite s'était à moitié évanouie une heure plus tôt, après avoir lutté jusqu'au dernier moment pour avancer, sans jamais se plaindre. Et puis soudain, alors qu'elle comptait, tout s'était emmêlé dans sa tête et elle avait chuté sur son chiffre fétiche. Au bout du trou noir, la neige lui parut aussi douce qu'une caresse.

On l'avait frottée, secouée, on l'avait obligée à sucer de la glace et elle s'était mise à rire, puis à pleurer d'épuisement. On lui fit prendre un bout de lard congelé sans goût qu'elle goba faute de pouvoir le mâcher. Elle n'avait pas faim, elle ne sentait même plus le froid. Elle voulait juste dormir. Jules proposa à Angelina de la porter chacun son tour. Malgré sa fierté d'homme, il savait qu'il n'aurait pas la force d'aller très loin avec cette charge supplémentaire, mais Angelina refusa. Il devait aider Louise qui donnait elle aussi des signes inquiétants de faiblesse.

L'accalmie n'avait guère duré. À moins que ce ne fût l'approche du col du Baou qui déchaînait les éléments. Ils progressaient vaille que vaille, pliés sous les coups de boutoir du blizzard, avec la sensation désespérante de faire du surplace. Quand la pente devenait abrupte, ils s'aidaient de la corde ou d'un coup de piolet. Louise dérapa plusieurs fois, stoppée par Jules. Elle repartait en automate, tétanisée. Désormais, leur monde se résumait à cet enfer blanc fouetté par les bourrasques. Chaque pensée était concentrée sur l'effort mécanique qui consistait à lever un pied, puis l'autre, à ne pas trébucher, encore un pas, puis un autre, un autre encore. Elle n'avait même plus la force de s'inquiéter pour sa fille. Grimper. Un pied. L'autre.

La chienne cheminait prudemment, la truffe au ras du sol, flairant la glace, testant la neige, et parfois elle faisait un écart avant de repartir vers le sommet. Elle avait détecté la déchirure dans la montagne, que les hommes nommaient col. L'instinct la guidait, impérieux, et malgré le déchaînement des vents, l'animal se souciait simplement de l'atteindre, au plus sûr, en guidant la cordée des humains. Juste derrière elle, Sébastien profitait de sa puissance pour avancer.

L'immense crevasse sortit de la brume au dernier moment, à travers une trouée creusée par un courant plus violent. En dépit de leur épuisement, le spectacle leur arracha un hoquet de surprise. Ensuite, ce fut le désespoir.

Une coulée de glace enjambait un précipice vertigineux qui coupait l'accès au col, mais elle semblait bien trop fragile pour qu'on puisse l'emprunter.

La chienne avait stoppé juste à l'aplomb du ravin. Elle parut consulter Sébastien, qui demeurait pétrifié. Pour l'inciter à se dépêcher, elle jappa nerveusement. L'enfant fouilla sa poche et en sortit sa montre-boussole. Il contempla l'aiguille, haussa les épaules. Angelina aurait voulu se boucher les oreilles plutôt que d'entendre ce qu'il allait dire. Esther pesait sur ses épaules, pourtant elle ne chercha même pas à se débarrasser du petit corps inerte.

— C'est la direction ?

— Le col est juste devant. Toute façon, on n'a pas trop le choix, tu crois pas ?

— Ce pont est trop fragile, il faut essayer de trouver un passage quelque part. Viens avec moi !

Elle donna l'ordre à la famille de s'immobiliser à l'abri du vent contre une congère, et de se reposer.

— Je vais voir avec Sébastien et Belle si nous trouvons un passage.

Ils se laissèrent immédiatement tomber sur le sol, ivres de fatigue, alors qu'Angelina, Belle et Sébastien disparaissaient déjà dans la tempête.

Ils revinrent à peine quinze minutes plus tard, découragés. Ils n'avaient rien trouvé. La crevasse s'élargissait, béante telle la gueule énorme d'un monstre de glace.

Il fallait tenter de franchir la crevasse en utilisant ce fragile pont. Ils n'avaient pas d'autre solution.

Belle semblait pressée de franchir l'obstacle.

— Il faut réveiller la petite.
— Je suis déjà réveillée, je peux marcher maintenant.

La soudaine immobilité avait tiré Esther de sa torpeur. À présent, devant cet incroyable édifice de glace jeté sur le vide, l'angoisse lui serrait le ventre. Elle se garda de montrer sa peur, au contraire, en atterrissant par terre, elle s'ébroua pour bien montrer qu'elle était capable de marcher.

Sébastien s'accroupit devant Belle, et saisit la belle tête duveteuse entre ses moufles. La chienne avait le regard fuyant, et il dut s'accrocher pour qu'elle ne se dégage pas trop vite. Sa nervosité l'inquiétait. Il connaissait trop bien son flair et lui aussi ressentait l'urgence de bouger. L'animal ne s'était jamais alarmé pour rien.

— Tu passes la première, mais doucement.

Il lui appliqua un baiser sur le museau et alla se poster à quelques pas du ravin afin de faciliter sa progression. Encouragée, Belle risqua un pas, puis un autre. Le pont semblait tenir. Sébastien l'encouragea, et elle avança encore. Alors qu'elle arrivait au tiers de la distance à franchir, elle emprunta un peu vite une langue de glace étroite, sans tester sa solidité. Une rafale de vent la déséquilibra et ses pattes arrière ripèrent sur le bord, là où l'amas de neige déposé par la tempête n'avait pas eu le temps de durcir. Elle glissa en emportant un pan de neige et elle eut beau donner un coup de reins pour se rétablir, c'était déjà trop tard. Elle se sentit aspirée dans le vide sans pouvoir rien faire sinon griffer la paroi gelée. En une seconde elle avait disparu, engloutie par le ravin.

Aussitôt, la corde se tendit et Sébastien fut happé à ton tour. Il cria en tombant sur la neige et se laissa traîner vers l'abîme. Angelina avait bondi. Elle n'eut que le temps de bloquer son frère par les jambes en se jetant sur lui. Elle avait fermé les yeux de terreur, et ce n'est qu'en sentant les mains de Jules qui la tiraient en arrière qu'elle trouva la force de murmurer :

— La corde. Il faut l'assurer.

Zeller bloqua la corde tandis que Louise tenait l'enfant. Lorsqu'il fut correctement calé, Jules tira la corde qui comprimait sa taille, en hissant très légèrement l'animal suspendu dans le vide afin de soulager la pression. À l'autre bout, Belle gardait le silence. Sébastien n'osa pas l'appeler, de peur de rompre l'équilibre. Sa sœur remarqua sa pâleur, et lui chuchota, aussi calmement que possible :

— Écoute bien, Tinou. On va vous remonter lentement, la chienne et toi. Chaque fois qu'on tirera la corde, tu reculeras d'un pas, d'accord ?

— Je veux aider aussi !

— C'est ce que tu peux faire de mieux. Toi, tu es attaché. On sera devant toi et si tu glisses on pourra te retenir. Esther, tu l'accompagnes. Les enfants reculent, les adultes tirent.

— Viens, Sébastien !

Contrairement au garçon, Esther avait pris l'habitude de faire les choses sans jamais discuter. Elle savait percevoir l'urgence en présence du danger, comme maintenant. Sébastien se mit debout et elle serra sa main aussi fort que possible, à travers l'épaisseur des gants.


Durant les premières secondes, Belle avait tournoyé dans ce vide qui ouvrait sous elle une gueule gigantesque et vorace. La corde solidement enroulée autour de son poitrail était son unique point d'appui. D'instinct, la chienne évita de se débattre. Encore tétanisée par le choc, elle demeura immobile, absolument silencieuse. À l'autre bout du lien, elle savait que l'enfant veillait, qu'il ne l'abandonnerait pas. L'homme et les femmes parlaient avec les intonations aiguës de l'affolement. Enfin, elle perçut la voix familière. Le mouvement giratoire cessa pour devenir une simple oscillation. La paroi rocheuse flottait devant son museau, à quelques centimètres. Malgré l'envie de grimper, elle résista encore, soulagée de sentir la corde mordre ses chairs. Tant que ce lien tenait, elle ne serait pas avalée par le vide !

Insensiblement, le mouvement repartit, mais cette fois, au lieu de tourner, il allait vers le haut. Belle discerna le bord de la falaise gelée. Le mouvement stoppa. Elle était coincée, alors que son salut se trouvait si proche ! Comme elle se préparait à bondir, la voix de l'enfant l'arrêta net.

— Attends juste un peu, Belle. On vient te chercher. Du calme. Tu y es presque !

La corde bougea encore, et les mains de l'homme l'agrippèrent sous les flancs. Elle se laissa hisser jusqu'au bout. Quand ses pattes touchèrent le sol, elle avait déjà oublié sa frayeur. L'enfant la contemplait, les yeux brillants.

— C'est bien, ma Belle, ma toute Belle.

De bonheur et d'émotion, le petit humain pleurait.

Ils traversèrent l'un après l'autre, conscients que chaque seconde comptait désormais, que chaque geste pouvait les sauver ou les précipiter dans la mort. La chienne passa en premier, avec des précautions qui auraient pu paraître comiques en d'autres circonstances. Sébastien redoutait un refus, mais Belle n'hésita pas. Angelina fut la deuxième. Elle franchit le pont en quelques foulées et alla se poster au bord du vide. Jules lui lança une corde, garda l'autre extrémité, puis se posta non loin du précipice de façon à tendre une ligne de vie qui permettrait à Louise et aux enfants de s'assurer un minimum. Esther traversa d'un pas léger. Sa mère se tenait prête à bondir en avant. Elle eut à peine le temps de défaillir que déjà la fillette chantonnait joyeusement :

— J'y suis ! À toi, maman ! C'est facile !

Louise marcha d'un pas décidé, sans regarder ses pieds, pour oublier qu'elle mourait de peur. Depuis leur départ de Paris, dans les pires moments, la certitude de la mort lui servait d'aiguillon. Cette fois encore, elle l'aida à accomplir l'impossible. Une fois en lieu sûr, elle tomba sur la glace, prise d'un tremblement incontrôlable.

Sébastien s'engagea à son tour. Il lui fallut neuf pas pour franchir la langue de glace. La fatigue commençait à lui brouiller la vision. Au milieu du pont, il eut un bref éblouissement et faillit s'arrêter. Il n'avait qu'une envie, soudain, se rouler en boule à l'abri du vent et se reposer. La faim lui rongeait l'estomac.

Jules garda la corde enroulée autour de son bras pour les rejoindre. Les autres s'étaient groupés autour d'Angelina et tenaient toujours fermement la corde. Le vent ne se calmait pas. Quand Zeller se trouva au-dessus du vide, il songea fugitivement qu'il suffirait de se laisser glisser et l'enfer prendrait fin. Ce serait si facile, presque un soulagement... Il revint à la réalité, entouré par les siens, sans savoir comment il avait exécuté les derniers pas. Angelina s'exclama dans un rire nerveux.

— On a réussi !

Sébastien se dépêcha de rejoindre Belle pour se blottir tout contre elle. Il cria avec impatience :

— Et les Boches ? Tu les oublies ?

— Oh que non... Louise, je peux vous demander de me passer le piolet dans mon sac ?

Elle s'empara de l'outil et retourna devant le pont, le visage animé d'une joie mauvaise.

— Qu'est-ce que tu fais ?

— Je nous donne du temps, Tinou.

Elle banda ses muscles et asséna un coup violent à la limite de la glace, arrachant au passage un bloc qui roula dans le vide. Le teint empourpré par l'effort, elle grognait en frappant à la volée, prise de frénésie. L'angoisse de se perdre, le froid, l'horreur de se sentir traquée explosaient soudain en une fureur qui armait son bras et lui insufflait une force titanesque. En quelques coups bien placés, la glace s'effrita et chuta, morceau après morceau. Jules s'était accroupi face au ravin et, muni d'un second piolet, il frappait aussi à coups de rancœur et de peur vaincue, des larmes plein le visage. Brusquement, une fissure énorme zébra la surface gelée puis s'élargit sous la double violence. La glace céda dans un craquement sec, emportant dans le vide la moitié de l'édifice tandis qu'Angelina rugissait de triomphe. Ce qu'il restait du pont ressemblait à un plongeoir gelé ouvert sur l'abîme.

— Vous avez entendu ?
— Quoi ?
— Un cri. Un cri de femme. Ils sont là, juste devant !
— C'est peut-être... un animal ?
— Un bouc ? Ou mon imagination peut-être ? Ou le vent qui imite le cri d'un juif en fuite ? ! Savez-vous où j'étais l'an passé, sergent ? Stalingrad, ça vous dit quelque chose ? Si j'affirme qu'une femme a crié, c'est qu'une femme a crié !
— À vos ordres, commandant.

Les deux hommes se faisaient face, bloquant la colonne. Ceux qui suivaient profitèrent de cette pause pour se regrouper frileusement. Ils étaient à bout de forces et chacun espérait que le voisin trouverait le courage d'interpeller le commandant, sans que personne ne se décide à être le fou qui défierait Wilhem Straub.

Hans tenait à peine debout. Voilà près de quarante heures qu'il n'avait pas dormi et il vivait son pire cauchemar. Cette maudite montagne était en train de le tuer. Il crèverait les pieds gelés. Son nez tomberait, rongé par les engelures. Il avait entendu dire que le froid était pire que la lèpre ! Seule la certitude d'être abandonné en cas de défaillance lui donnait l'impulsion de traîner les pieds. À un moment, sans même en avoir conscience, il s'était délesté de sa paire de skis devenue inutile depuis qu'ils grimpaient le glacier. Personne n'avait rien remarqué, sauf Krauss, mais lui non plus n'avait plus la force de lutter.

— Je crois pas que je vais tenir longtemps, jeta-t-il.
— On n'a pas le choix. Tout ça, c'est à cause de ton idée de merde, Hans !

— Non ! C'est la faute de Braun. Et c'est toi qui l'as convaincu ! J'étais à moitié bourré, il m'aurait pas écouté sans toi !

— Peut-être, mais il voulait des résultats !

— Tu parles d'une médaille ! On lui trouve ses juifs et voilà comment on est remerciés ! Le commando de chasse ! J'ai jamais voulu ça ! On va crever ici !

— Tais-toi, je te dis !

Krauss désigna le commandant d'un coup de menton. Straub venait vers eux, la mine étonnamment réjouie. Les hommes se redressèrent en un semblant de garde-à-vous qu'il ne remarqua même pas. D'habitude, il gueulait pour moins que ça. Sa voix avait un accent de triomphe.

— On les tient ! Ils sont juste devant nous à une distance que j'estime à moins de deux cents mètres. Pour être sûrs de les coincer, on va former une ligne et on les prendra en tenailles. Laissez trois à cinq mètres entre vous mais restez tous à la vue ! Ce n'est pas le moment de se perdre. Exécution !

Cette annonce inespérée rendit aux hommes un regain d'énergie. Si le commandant disait vrai, ils pourraient regagner la vallée et oublier cet enfer blanc !

Wilhem Straub ne put s'empêcher de marcher en avant, poussé par l'impatience et l'intuition du chasseur. La visibilité avait beau être nulle, cela n'avait plus aucune importance, les fugitifs étaient tout proches, il pouvait presque sentir l'odeur de leur peur. Il faisait confiance à son intuition. Peut-être qu'il tuerait le passeur en guise d'avertissement, et abandonnerait son corps sur le glacier, histoire de décourager les autres. Un rire nerveux l'ébranla, une joie démente où se mêlaient le soulagement et l'envie de sang. Quelqu'un devait payer pour cette randonnée.

Derrière lui, à quelques pas, emportés par une euphorie contagieuse, les soldats avançaient en ligne. La curée. Tous voulaient en finir.

Le vent tourbillonnait, chargé d'un grésil pénétrant qui cinglait, coupait les souffles, mordait les chairs. Il semblait jaillir de toutes parts, du ciel et des pentes gelées, il prenait son élan pour repartir à l'assaut des hommes, piètres obstacles à sa toute-puissance. Cet incessant tournoiement donnait paradoxalement l'illusion d'une immobilité absolue, ou plutôt d'un piétinement sans fin. Et pourtant les soldats avançaient, galvanisés par la promesse de Straub.

Soudain, un cri perça la rumeur du blizzard, suivi d'un second hurlement horrifié qui cessa aussitôt, coupé net. Les hommes se figèrent et d'instinct cherchèrent leur chef. Stoppé net, il se tourna vers eux, le visage aussi blême que la neige.

— Soldats, comptez-vous !
— Eberhard.
— Dietrich !
— Feuerbach.
— Krauss.
— Schultz.
— Weber !
— Brunner !
— Koesler.
— Fuchs... (L'homme continua d'une voix altérée.) Commandant, je crois qu'il manque Glaas et Vogel.
— C'est impossible ! Ils sont là ! Appelez, nom de Dieu !

Straub chercha son guide du regard et l'aperçut à une vingtaine de mètres, gesticulant.

— Commandant ! Ils sont tombés !

Il désignait un point devant lui. En approchant, les soldats virent ce que la brume leur avait caché : un ravin béant et noir qui formait sur cette blancheur une cicatrice vertigineuse. Sur la neige fraîche, deux traces parallèles finissaient dans le vide. Plus loin, ils remarquèrent alors d'autres empreintes, là où le groupe avait dû piétiner. Et juste devant, une avancée de glace qui ressemblait à une dent cariée.

Straub tomba sur les genoux et hurla à la mort sans pouvoir s'arrêter. Derrière lui, Schultz s'était évanoui.

# 7.

À peine eurent-ils passé le col du Baou que la tempête s'apaisa.

On aurait cru un miracle. Une lumière laiteuse irradia derrière la couche de nuages, et brusquement on vit percer un rayon de soleil. Peu à peu, le ciel se dégageait, le vent tombait. Belle s'immobilisa, les flancs soulevés par un souffle trop rapide, la queue basse. Pour la première fois depuis leur départ, elle laissait voir des signes d'épuisement. Sébastien s'agenouilla à ses côtés et dénoua le harnais.

— T'en as plus besoin.

En relevant les yeux, il aperçut le rocher dont César avait parlé, un profil effilé couronné par deux bras de pierre qui pouvaient ressembler à des andouillers. Il se mit alors à courir en hurlant et Esther lui emboîta le pas, entraînée par son cri. Harassés, stupéfaits, les adultes les regardaient dévaler la pente enneigée, poursuivis par la chienne qui jappait joyeusement. Ils se dévisagèrent, hâves, couverts de neige, le visage exsangue, n'osant comprendre tout à fait. Angelina brisa cet état de stupeur d'un rire nerveux.

— On est arrivés ! Vous comprenez ! On est en Suisse ! Vous êtes sauvés ! Sauvés !

Louise se mit à pleurer, sans bruit. Elle semblait ne pas comprendre tout à fait.

— Esther... elle va grandir ?

Jules saisit les mains de son épouse et, délicatement, lui ôta ses gants pour porter ses paumes à ses lèvres.

— Bien sûr, mon amour. Esther grandira et nous, nous vieillirons ensemble.

Comme Angelina s'éloignait par pudeur, il lui cria :

— C'est grâce à vous, Angelina ! Si nous avons une autre petite fille, plus tard... elle portera votre nom !

Les enfants grimpèrent sur un promontoire pour admirer la vallée étendue à leurs pieds. Dans cette blancheur étincelante sous le soleil, seul un ruisseau gelé rompait l'uniformité du paysage, une trace sinueuse qui courait au fond de la combe, puis disparaissait sous des amas de glace bleutée. Par endroits, la lumière se réverbérait si violemment qu'il fallait détourner les yeux. Un rapace poussa un cri en tournoyant, et son ombre plana un instant sur la neige.

— Tu la voyais comme ça, l'Amérique ? murmura Esther, joueuse.

— C'est pas l'Amérique. C'est la Suisse. T'avais raison.

— On s'en fiche toute façon. Pas vrai ?

— Vrai ! Et puis tu seras pas si loin. Un jour, je viendrai te voir...

— Tu le promets ?

— Juré craché.

Ils parvinrent au lieu de rendez-vous avec plus de douze heures de retard. C'était un refuge d'altitude, juste sous le col du Grand Défilé, côté suisse. Ils trouvèrent des bûches et des patates dans un sac de jute visiblement destiné aux arrivants, ainsi qu'une jatte de lait frais. L'homme chargé de les accueillir s'était sans doute lassé de les attendre, mais il avait eu la bonne idée de laisser les provisions. Ils purent se restaurer, et surtout faire une flambée de tous les diables !

Dans un coin du refuge, non loin de l'âtre, trois châlits doubles s'alignaient sur lesquels ils étendirent leurs vêtements les plus secs, avant de s'enrouler dans les couvertures encore fumantes d'avoir séché devant le feu. Ils sombrèrent aussitôt dans un sommeil comateux.

Le lendemain matin, Angelina se demandait déjà comment prévenir les passeurs puisqu'elle ignorait la composition du réseau, quand un appel retentit, un « Ohééé ! » traînant dont l'accent ne laissait aucun doute. Elle se précipita dehors et vit surgir un berger armé d'un solide bâton. On aurait dit le portrait de César jeune, aussi trapu et vigoureux, le regard aussi circonspect.

— C'est vous les gens de Saint-Martin ?
— C'est nous !

Le berger laissa échapper un sifflement approbateur. Il semblait sidéré de les voir là, sains et saufs.

— J'ai vu vos traces ! Vous êtes passés par le col du Baou !
— Oui !

— Où est Guillaume ?
— C'est moi qui le remplace.
— Vous ! Et vous venez du Baou ? Par cette tempête ?
— Oui. Grâce au chien. On l'a suivi...

Angelina désigna Belle qui reposait au soleil. Consciente qu'on parlait d'elle, la chienne battit poliment de la queue, puis, paresseuse, se leva et s'approcha.

— Elle nous a sauvé la vie. Jamais nous n'aurions pu passer sans elle.

L'animal se dressa sur ses pattes arrière et lécha le visage de Lina qui bascula, entraînée par son poids, étouffant de rire sous ses rudes assauts d'amitié. C'était la première fois que le chien lui montrait son affection. Elle était adoptée !

Les Zeller venaient d'apparaître sur le seuil avec les deux enfants et tous s'esclaffèrent devant le spectacle d'Angelina renversée par Belle. Le berger siffla de nouveau. Il avait peine à croire que ces gens avaient franchi la montagne en pleine tourmente. Il offrit sa main pour aider la jeune femme à se relever, et demanda :

— Alors, vous repartez tout de suite ?
— Pas encore. Je vais vous expliquer... Les enfants ? Vous pouvez m'attendre en bas du chemin ? Je dois discuter avec le monsieur...

Le moment de la séparation était venu. Sébastien et Esther s'éloignèrent sans oser se prendre la main. Ils savaient qu'ils ne se reverraient plus avant longtemps. Esther se retenait de pleurer. Pourtant, elle se sentait heureuse et incroyablement légère depuis qu'ils avaient passé cette frontière. Tout avait changé rien qu'en faisant quelques petits pas. Ses parents aussi avaient changé. C'était bizarre, ce mélange de joie et de tristesse.

Elle s'arrêta devant un puits et s'assit sur la margelle de pierre tiédie par le soleil. Son corps lui faisait mal partout, même aux pieds, elle gardait encore la sensation du froid dans ses os. Mais cette douleur aussi devenait presque agréable. Elle jeta un coup d'œil à Sébastien. Il restait debout, les bras ballants, sans rien dire, sans oser la regarder. Esther dissimula un sourire. Les garçons étaient toujours plus empotés que les filles, ça, elle le savait.

— Tu sais, je t'oublierai pas. Jamais.

— Moi non plus. Sauf qu'on aura pas besoin de pas s'oublier parce qu'on va se revoir, pas vrai ? La Suisse, c'est pas si loin que l'Amérique.

Il lui adressa une grimace comique pour montrer qu'il plaisantait, et elle se hissa sur la pointe des pieds, parce qu'il la dépassait d'une tête, et posa ses lèvres contre sa joue glacée. Ensuite, pour masquer ses pommettes empourprées, elle appela Belle qui s'empressa de venir les rejoindre.

— Même si tu es très grosse, tu me fais plus peur. En plus tu es très jolie et de tous les chiens et les chiennes de la Terre, c'est toi la plus courageuse !

Angelina venait vers eux, un sourire étrange aux lèvres. Pour Esther, il était temps de rejoindre ses parents.

— Je ne vais pas rentrer avec toi, bonhomme. Est-ce que tu te sens capable de revenir par le col du Défilé tout seul ?

— Mais pourquoi tu veux rester avec eux ? Et moi ?

— Je ne reste pas avec les Zeller. Je vais tenter de rejoindre Londres. Au village, si ça se trouve, je suis déjà grillée, on se méfiera de moi. Je veux aider à gagner cette guerre, Sébastien. J'ai un peu parlé aux Zeller, et avec ce qui se passe… On ne peut pas laisser faire ça sans réagir, tu comprends ?

— Ben oui. Je crois. Sauf que tu faisais déjà des trucs courageux à Saint-Martin.

— Je reviendrai vite, je te promets. Dès que la guerre sera finie. Ça va aller ?

L'enfant hocha la tête, gravement. Il attendit d'être sûr que les larmes qui l'étouffaient ne couleraient pas et, après avoir dégluti, murmura :

— T'inquiète pas, j'ai Belle avec moi.

Sa sœur le contempla, les yeux brillants, et il reconnut ce regard empli d'amour qui hantait sa mémoire et qu'il avait pris pour le visage de sa mère. Angelina veillait sur lui depuis sa naissance. Elle avait toujours été là, présente, vigilante. Il se rendit compte qu'il y avait un tas de choses qu'il n'avait pas eu le temps de dire, et maintenant elle partait dans un autre pays ! D'abord Esther et puis Lina. La violence de cette séparation lui coupait le souffle.

Percevant son désarroi, la jeune femme l'attira d'un geste tendre. Faute de pouvoir le consoler, elle lui ébouriffa les cheveux sans qu'il proteste. Il se contenta de renifler et balança un coup de pied dans un caillou, violemment, en l'envoyant rouler sur le chemin. Belle avait déjà démarré, croyant à un jeu. Elle rattrapa la pierre et vint la déposer à ses pieds, la tête à demi penchée, sa gueule de chien ouverte sur un sourire, impatiente de recommencer. Sauf que Sébastien n'avait pas envie de jouer. Il haussa les épaules, renifla encore. Lina parlait d'un ton hésitant, comme quelqu'un qui cherche ses mots.

— Sans toi et ta chienne, jamais on n'aurait franchi cette frontière. Je peux te le dire maintenant, Tinou, j'ai eu très peur qu'on ne voie jamais le col ! Si elle ne nous avait pas guidés jusqu'au pont de glace, si elle n'avait pas senti les Allemands, si elle avait simplement choisi une autre piste, on serait tous morts...

— Moi, je savais qu'elle trouverait le chemin. Tu sais, Lina, Belle, c'est pas juste un chien qui obéit. C'est...

Il se tut, faute de pouvoir expliquer ce lien étrange qui les unissait tous deux, lui et l'animal.

— Je crois que j'ai deviné.

Elle laissa retomber le silence, goûtant cette complicité. Il faudrait attendre la fin de la guerre avant de se revoir. Un mouvement attira son attention. Deux cents mètres plus bas, les Zeller venaient d'apparaître sur le seuil du refuge, chargés des sacs. D'un ton plus léger, elle interrogea :

— Tu as compris le chemin ?

— Par le col du Corvier et ensuite je tombe sur le Grand Défilé. C'est bon. Après le col du Baou, ce sera une petite balade de rien !

— Ça, je veux bien te croire ! Surtout avec Belle !... Écoute, Tinou, tu diras à César que je suis... que je l'aime. Et à Guillaume... Tu diras juste que...

— Que tu l'aimes aussi ?

Ils éclatèrent de rire et se serrèrent l'un contre l'autre. Cette fois, ils ne cherchaient plus à retenir leurs larmes. Le berger rejoignit Angelina à l'instant où Sébastien commençait à partir. Il ouvrit de grands yeux stupéfaits.

— L'enfant ? Il part tout seul ?
— Il n'est pas seul.

Elle désigna Belle, qui se retournait déjà pour voir si son allure collait à celle de son petit compagnon.

Dans le ciel lavé de nuages, un aigle tournoya en poussant un cri aigu. La journée s'annonçait magnifique. Angelina s'était avancée sur la saillie rocheuse qui formait un balcon au-dessus de la vallée. Elle tenait la main d'Esther serrée dans la sienne. Derrière, les Zeller souriaient. Tous avaient le cœur serré en regardant l'enfant et la chienne s'éloigner. Ils n'étaient déjà plus, au loin, que deux petits points sombres au bout de la ligne bleue que leur piste dessinait dans la neige vierge.

Sébastien avait chaussé ses raquettes et avançait d'un bon pas, en dépit de l'épaisseur de la couche neigeuse qui lui montait presque aux genoux. Le précédant de quelques mètres, la chienne progressait plus aisément.

Soudain, à mi-côte, l'enfant stoppa et la chienne fit aussitôt demi-tour pour le rejoindre. Lina se mordit les lèvres, inquiète. Esther retenait son souffle et, sans en avoir conscience, elle tendit la main vers lui.

Sébastien s'était tourné vers eux. D'en bas, son visage dessinait une tache plus claire sous son capuchon de laine. On ne distinguait pas son expression, mais Esther et Lina devinèrent qu'il souriait. Il enlaça l'animal et leva l'autre bras pour l'agiter largement, en guise d'adieu. Puis il se détourna et entreprit de dévaler la pente. Devant lui, Belle bondissait.

# Épilogue

Le printemps était arrivé tardivement, en cette année 1944, comme pour symboliser l'essoufflement de cette guerre interminable. Depuis quelques jours, cependant, il semblait vouloir rattraper le temps perdu. Dans la lumière crue du ciel, les couleurs explosaient, le vert tendre des mélèzes aux pignes empourprées, les pensées blanches ou jaunes, les gentianes d'un bleu éclatant et les crocus violets, piqués au ras des alpages. La couche de neige avait fondu, laissant place à des pentes verdoyantes, lavées des engelures de l'hiver. Seules quelques plaques de glace subsistaient dans les replis de la montagne, et composaient des taches de lumière dorée sous les rayons du soleil.

Un aboiement retentit, suivi de jappements, brefs, surexcités. César qui venait de s'asseoir devant la bergerie s'exclama pour lui-même, moitié bougonnant, moitié riant :

— Fichue tête de mule ! Tu les choperas jamais et tu vas me réveiller la montagne tout entière !

Il avait déjà observé la chienne à l'œuvre, et rien que de l'imaginer fonçant derrière les marmottes, un rire le chatouillait. Évidemment, il se gardait de se moquer devant Sébastien. L'enfant avait tendance à prendre l'animal pour une sorte de créature parfaite. À l'occasion, il pouvait même se montrer susceptible et de mauvaise foi !

Belle adorait chasser les marmottes. En fait, elle tentait vainement d'en croquer une depuis que la fin de l'hibernation avait jeté les mammifères hors de leur terrier. Mais les bestioles se montraient bien trop vives et malignes. Frustrée, la chienne s'entêtait à fouiller les terriers en creusant le plus loin possible, jusqu'au moment où elle se retrouvait à moitié coincée dans le boyau de terre. Alors elle renonçait et on la voyait revenir bredouille, la tête maculée de boue. Et puis une autre marmotte surgissait et Belle démarrait aussitôt comme une dératée !

Les aboiements changèrent soudain d'intensité. Le petit serait bientôt ici. Chaque jour c'était la même affaire.

Le berger leva son visage vers le soleil, heureux et serein. Ça sentait bon la terre, exactement comme il aimait. Tout à l'heure, ils iraient voir les agneaux. Après les devoirs, évidemment. La connaissance, c'était sacré ! L'espace d'une seconde, il ne put s'empêcher de ronchonner. Tout ce qu'on pouvait leur fourrer dans la caboche, à ces gamins ! N'empêche... Les choses changeraient bien un jour. La guerre prendrait fin. Bientôt. Et une fois devenu un homme, Sébastien choisirait en conscience son devenir.

En entendant le rire perlé de son petit-fils, César cligna les yeux, aveuglé par la lumière. Il aperçut d'abord la chienne blanche qui bondissait vers la bergerie, puis Sébastien, émergeant à la lisière du bois, flanqué des gamins de la ferme Ducrocet. Té ! Il les avait oubliés ces deux-là ! Le trio était devenu inséparable et César avait beau s'agacer que c'était pas demain la veille qu'ils iraient chasser tranquilles, ça lui faisait secrètement plaisir. Tant pis. Il préférait mille fois le bonheur de l'enfant à tout le reste.

Belle arrivait en trombe, la queue ondulant dans l'air. Elle s'assit devant le berger, sagement, comme pour démontrer sa bonne volonté de chien patou. Depuis qu'elle l'aidait avec le troupeau, ils s'entendaient à merveille.

César lui flatta la tête et se leva pour accueillir Sébastien.

Partir vous aussi :

Pour ceux qui aiment les chiens, l'aventure, la nature :

LE CAMP NICOLAS VANIER : « La nature en partage »

Inauguré en 2011, ce camp écologique à vocation pédagogique propose de nombreuses activités nature dans le magnifique et sauvage Parc naturel du Vercors, parmi lesquelles l'initiation et la randonnée en traîneau à chiens, les balades et expéditions toute l'année et notamment l'hiver avec les chevaux, et différentes formules « multi-activités » pour les familles et les enfants.

Renseignements : www.campnicolasvanier.com

Réservations sur le site ou par téléphone, au 06 98 23 29 77.

Composé par Nord Compo
à Villeneuve-d'Ascq (Nord)

Imprimé en France par

à La Flèche (Sarthe)
en avril 2014

POCKET – 12, avenue d'Italie – 75627 Paris Cedex 13

N° d'impression : 3004994
Dépôt légal : mai 2014
S24608/01